刺客信条：异端

(美) 克里斯蒂·高登 著

夏青 孔颖 译

新 星 出 版 社　NEW STAR PRESS

感谢百度刺客信条吧及其吧内汉化组"寒鸦号飞天神教"在本书出版过程中的大力协助。

序　章

　　秋夜的寒冷割穿了逃跑的男人身上那单件薄的衬衫，他先是在混凝土小路上飞奔，接着又跑到了屋顶公园修建齐整的草坪上。为什么我要上来这里？他疯狂地想着，但这个想法已经太迟了。我就像是一只被困在陷阱里的该死的老鼠。

　　圣殿骑士们正在追捕他。

　　他们知道他逃到了什么地方。他们也和他自己一样清楚，除了电梯和现在他们冷酷无声地现身的那两条楼梯之外，已经没有其他路可以逃离这个屋顶。

　　快思考！快想办法！

　　思考曾许多次救过他的命。他一直依赖于逻辑、理性和分析，去解决生活扔给他的种种施虐般的玩笑。但现在，这些对他毫无用处。

　　在他身后响起致命的枪声。树，他的理性在大喊，接着逻辑思考拯救了他。他改变了方向，曲折前行，让自己变成一个难以预测走向的靶子，像醉汉一般毫无规律地倾斜身体，朝着能让他避开子弹的树林、灌木丛、雕像，还有现在空空如也的冰激凌货摊方向跑去。

但这也只能让不可避免的事情推迟发生而已。

他十分了解那些圣殿骑士的能力。而且他也知道他们想要的是什么。他们不是来盘问、或者抓捕他的，他们想杀了他。因此，要不了多久，他就会死。

他身上并不是没有武器，他的武器十分古老而强大。那是一把伊甸之剑，圣殿骑士和刺客们为此争斗了好几个世纪。他早些时候已经使用过这把剑了。伊甸之剑被他捆在背后，它的重量让他感到平静和安心，而他不会去动这把剑。现在他用不上它。

圣殿骑士们目标明确，他们只献身于统治和死亡——他的死亡。这里只有一条出路，如果能成功的话，那将是一个该死的奇迹。

他的心脏怦怦直跳，胸膛上下起伏，身体的负荷达到了极限。无论他接受过怎样的训练，无论他的血液里流淌着什么样的基因，归根到底他还是个人类。但他并没有慢下动作，他不能慢下来。不能让他那个能正确推理、善于分析、理智的头脑，阻挡来自他内心深处原始的生存本能所迸发的信号。不能让头脑影响到他的身体。

因为他的身体知道是什么在呼唤着他，他的身体知道要怎样去做。

他身旁的树枝被子弹击中炸开。木头的碎片擦破了他的脸，血渗了出来。

身后的圣殿骑士为他书写的命运是一种无情的必然结局。而围绕着阿布斯泰戈工业伦敦办公室屋顶花园边缘的石制屋顶，却给了他一个疯狂而绝望的机会。

只要他有信念去做。

他没有慢下来。当靠近墙壁时,他突然向前,像跨栏跑手一样翻了过去。他的长腿蹬向空中,弓起背、展开双臂——

——然后纵身跃下。

1

火炬的亮光在议事厅的石墙上跳跃，给镶了铁贴边的木门和已故的伟大圣殿骑士大团长全身画像投上诡异扭曲的阴影。假定者身着白色礼服，套着另外一件更加厚重的红色外袍，用尊敬的目光凝视着这幅有白色胡须、眼神和蔼但姿势有力的画像。

一个嘹亮柔和而又深沉的声音在一片沉寂中响起："雅克·德·莫莱是最后一位公开的圣殿骑士团大团长。他被寡廉鲜耻的人诬告为异端。人类对于人性的改善并不感兴趣，而仅仅热衷于自己自私的追求。我们中最优秀的人承认犯下了最严重的罪行，而他并没有犯过这些罪。他的敌人，以及历史，都相信圣殿骑士已经和他一同死去了。但其实并没有。"

圣殿大师踏进议事厅，站在了假定者身旁。"雅克·德·莫莱在极大的痛苦中死去，因此圣殿骑士才能存活下去——十分安全，秘密匿藏，只有那些愿意为其而死的人才会知道它的存在。"

假定者看着大师的深色双眼。大师说："如尘土般卑微，如岩石般坚定。"他伸出带着手套的手，指着大理石地板。假定者低下身，趴在冰冷的石头上，手臂平展在身体两侧，做出一个十字架的模样。

"你会在洞察之父的陪伴下独自面对夜晚的暗影。愿他剥夺你所有对增强骑士团无益的品质，赋予你确定的意义。愿他掏空你，把目标重新注满于你。不可睡，不可做梦。在破晓时分，我们会来找你。如果我们发现你能够加入骑士团，我们会晋升你。如果你没有我们需要的品质，我们将会背弃你。愿洞察之父指引你。"

假定者听到鞋子走动，门嘎吱嘎吱响然后关上时的声音和锁门声。他孤身一人，房间只有那扇门这一个出口，属于内殿团的一部分。如果他失败了……不，他不会考虑失败这个选项。

这里没有让他进入睡眠的危险。虽然有火炬的光亮，但这些光亮并不温暖，即使他身穿着两层的仪式礼服，大理石的地面仍然吸取着他的体温。时间正在冷漠缓慢地流逝，对这个人的不适无动于衷。在过了几乎一辈子的时间之后，他终于听到了骷髅钥匙插在门上满怀希望转动的声音。假定者被拉起来，强忍着不发出痛苦的嘶声。趴在冰冷的石头上的几个小时已经对他的身体产生了影响。

假定者沉默地跟随着把他拉起来的两人站了起来。他虽然还是在石头地面上行走，但他走在了石板路上。他们走过了一道用砖头和岩石砌成的大门。大树的树干一直延伸向上，消失在黑暗之中，伸展到火炬投映在台上的微弱亮光以外的地方。

几个穿着袍子和披风的身影在等着他。虽然他们每个人都手持着蜂蜡蜡烛，但他们的面容还是被包裹在黑暗中，只能看见在火光下闪烁的眼睛。

"人的身体拥有一颗心，"圣殿大师吟诵着，"地球拥有一个核心。

一切的事物都有一个中心，是最深处的力量来源。圣殿骑士团也是如此，它拥有着内殿团。必须由九人组成，三乘之数为九，如果你有足够资格，你将成为第九人。说出三件在你守夜之时所悟到的关于骑士团的真理。"

这个问题让假定者措手不及。他的头脑空白了一会儿，然后他开口说了话。

"我明白了真正的知识只能被真正渴望知识的人所掌握。我明白了权力必须由远离是非的人所行使，只有他们才能看得出交织着的规律。我还明白了智慧是由知识所引导的结果。"

没有人说话，但有一些内殿团的成员交换了几个眼神。

圣殿大师继续说着："世上存在的骑士团成员十分稀有，被选择加入内殿团的人则更少之又少。你已起誓要拥护骑士团的准则，和我们所持有的立场。你愿意深入到我们的核心之中，与将世界塑造成应有模样的人肩并肩吗？你是否发誓永远对这里发生的事情三缄其口，将你所知道的事情完全完整地与内殿团成员分享，永远不会做出与圣殿骑士的一切意义和内心相悖的事情？"

"洞察之父引导我至此，我将以此起誓。"假定者回答道。

很长一段时间内，大师一直保持沉默。然后他点了点了点头。其他人一同把蜡烛举到与脸齐高，让他看到他们的真面目。

"你现在是内殿团的一员了。"圣殿大师走向前，把一枚别针紧扣在假定者的袍子前。这枚修长的银针被打造成了一把剑的模样，镶着红宝石的矮十字架粘在剑柄上。这枚别针不仅仅是装饰物，它的尖端还裹上了一层毒药。如果被袭击，这枚别针就可用来对付敌人……若有必要的话，也可用于自我了断。当别针被别好之时，其他的圣殿骑士吹灭了蜡烛的火光。

"转过身来迎接你的同胞们吧,西蒙·海瑟威。"

那些火炬上由全息影像巧妙制作出来的火焰立马"熄灭"了,烛台流畅地缩入石板墙的凹室里。小门划动着关上,把烛台隐藏起来。室内逐渐充满光亮,一开始略为昏暗,让他们的眼睛适应光线。左边墙上的石雕像在慢慢滑动的时候发出轻微的嗡嗡声,展现出了一幅带有闪烁小光点的世界地图。每一种光点的颜色分别代表着阿布斯泰戈工业和圣殿骑士在不同区域的活动。

当内殿团欢迎新成员加入的时候,他们掀开了兜帽,仪式礼服翻至身后。西蒙花了点时间抚摸他身上沉重的仪式外服。这件外服是手工制作——剪羊毛、用梳毛机梳洗、纺织、染色的过程全都用手工完成,而不是用机器。而上面的刺绣……西蒙摇了摇头,对礼服的做工可以保养得如此完好感到惊讶,也许有一天他会在内殿团欢迎新成员的时候穿上它,像以往的圣殿骑士们一样长久地把它穿在身上。作为一个历史学家,他更加珍视这件外袍做工的真实性。

他不情愿地把仪式外袍换成了西装外套,面向了他的新同僚们。这些人他或多或少都认识:利蒂希娅·英格兰,是执行部门的总经理。虽然有个贴切的名字,但利蒂希娅实际上是美国宾夕法尼亚州分部的运营者。中村光子,是血缘研究与获取部的主管,把她自己的工作时间分给了宾夕法尼亚的办公室和在罗马的阿布斯泰戈学院。西蒙为此疯狂地嫉妒她。在阿布斯泰戈,"获取"有着与在其他公司不相同的意义。这里的"获取"意味着要测试与阿尼姆斯适合的个体,而西蒙现在还没体验过阿尼姆斯这项技术。

西蒙对未来科技部善于交际的阿尔瓦罗·格拉马提卡和凶狠的尤哈尼·奥措·博格更为熟悉。他们目前都是在阿布斯泰戈的其他分部里工作。虽然不能亲自前来出席仪式,但他们还是目睹了西蒙的加入,他们通过两个大屏幕往下凝视着这间房间。

这两人都曾与西蒙的前任和上司、已故的伊莎贝尔·阿尔当共事过。伊莎贝尔在一年前被刺客杀死。西蒙并不是特别喜欢她，不过说真的，西蒙不会特别喜欢或厌恶一个人，但他们都一起在剑桥大学进修，一个同样出身剑桥的圣殿骑士不应该死在一个因懦弱而不敢面对她，而在背后捅她一刀的人手上。他也曾迁怒过博格，因为他在伊莎贝尔被杀的那晚负责她的安保，他不该让她被杀害的。

同样出席的还有大卫·吉勒曼，代替了已故但无人惋惜的沃伦·韦迪克（至少对西蒙来说是这样）成为阿尼姆斯项目的领头，以及阿尔弗雷德·斯特恩斯。吉勒曼身材高大魁梧，但他肚子的那块柔软绝不是在暗示他内心也是如此温柔。

斯特恩斯是这九人里最年长的成员。他在新旧世纪之交时主导了一次绰号为"大清洗"的活动根除了刺客组织。他现在已经退休，利蒂希娅代替他成为执行部门的领头人，不过他仍然是内殿团里受到高度重视的成员。他们礼貌地握了手。虽然斯特恩斯已年过八十，头顶光秃，留着短短的雪白胡须，但西蒙还是认为他和自己所见过的任何人一样危险。

阿格妮塔·赖德，是阿布斯泰戈金融集团的首席执行官，是西蒙第一次见到的成员。她很酷，为人风趣，正是那种人们愿意看到为阿布斯泰戈工作的一个重要部门掌舵的人。

当然了，还有艾伦·瑞金，阿布斯泰戈工业的首席执行官，也是西蒙所知道的最为重要的圣殿骑士。好吧，至少他知道自己知道这一点。当涉及到骑士团事务的时候，没有任何人会比他更为清楚确定。

瑞金是阿布斯泰戈工业的公开形象人物。西蒙很难想到有比他更好担任这一角色的人。瑞金特别聪明，呈现出一种彻底的控制欲，只要他一下令、说话，就能得到全世界的关注。

门打开了，两辆餐车被推了进来。神秘的过往岁月被令人愉快而简单的闲谈、杯子茶托和刀叉碰撞的声音所取代，内殿团的成员们安定下来，享用着传统的英式早餐。短短的时间里，先前充满着传统的仪式似乎是发生在几百年之前，而不是在二十一世纪。

"你还喜欢你的新办公室吗，海瑟威？"中村光子问道。

"我现在还没安顿好，"西蒙回答。他从外套口袋里掏出了金边眼镜，戴在鹰钩鼻子上。"我觉得首先确认我是否被圣所接纳比较明智。省得我打包收拾两次。"

更多人被逗笑了。"很实际。"阿尔瓦罗·格拉马提卡说着，他和善的脸在显示屏上看起来特别巨大。伊莎贝尔曾经不能忍受他，而西蒙不得不承认阿尔瓦罗已经在他的"不喜欢的人"名单上有着重要地位了。既然现在西蒙是历史研究部的领头人，他得更加经常看到格拉马提卡自命不凡的讥笑了。真令人高兴。

"我希望能给部门带来一些积极的作用。"西蒙礼貌地回答，把一根油炸到恰到好处的硬面包放到自己的鸡蛋黄里蘸了蘸。

"我们浏览过伊莎贝尔的所有文件，你的名字出现过好几次。"瑞金说，"你成功地让她刮目相看——这可不容易。"

"谢谢您，先生，我很荣幸。伊莎贝尔在她自己从事的事业上做得很不错，而我也会力争用我的方式为骑士团效劳。"

"听上去你好像不怎么赞同伊莎贝尔管理她部门的方法。"虽然其他人，包括美国人在内，在这顿英式的早餐里都在喝茶，但西蒙留意到瑞金的杯子里用银勺不断搅拌着的是咖啡，他深色眼睛的视线一直没有离开过西蒙。

西蒙把他的杯子放在易碎的茶碟上发出叮当的声响，向他的雇主回答："虽然我尊重伊莎贝尔的方法，但我有我自己的想法，我希望能展示一下我的全新方向。"

"继续说吧。"

好吧，开始了，西蒙想。"首先……我是个历史学家。这是我的长处和优势所在。历史研究部，毕竟是专注于对历史进行探索和分析。"

"这也是骑士团更进一步的目标。"利蒂希娅补充道。

"说得没错。我相信研究方向回归到部门的本源能让骑士团获得极大的好处，以下是原因。"

西蒙向后移了一下椅子，大步走向其中一堵墙，按了一个按钮。这面墙滑动移开后出现了一个白板和几支彩色马克笔。

"西蒙，你是我认识的唯一一个还在用白板做演示的人。"吉勒曼悲叹着。

"别说话，大卫，否则我就要求给我提供一块黑板，然后让你掸掉黑板擦上的粉屑。"他的俏皮话引得几个人咯咯直笑，吉勒曼是笑得最大声的。西蒙在白板上写下"历史研究部"，退后一步端详着这几个字，修正了一下"历史"里的T字母。

"好了。我们最伟大的工具就是阿尼姆斯。"他在讲解的时候向吉勒曼点了点头。现任的阿尼姆斯项目负责人举起涂着橘子酱的吐司向他表示支持。"我们都知道阿尼姆斯能做什么：获得实验目标的基因记忆，找到特定的一位先祖，诸如此类的。据我了解，有一部闪亮亮的新设备即将可以投入使用了，是吗大卫？"

"准确来说，已经可以使用了，"吉勒曼纠正道，"这是科技上的一次伟大飞跃，版本为4.35。我们几乎除去了像恶心反胃和头疼这样的副作用。而且我们还找到了让阿尼姆斯变得更加综合化的方法。"

"就我个人而言，我很高兴听到这样的消息，你们马上就会知道为什么了。"西蒙说。

他转身面向白板,用亮红色写下了"阿尼姆斯"这个词。他还在底下分别向左和向右画了两个箭头。"目前为止,我们主要利用阿尼姆斯收集特定类型的情报,那就是伊甸碎片的所在位置。"

圣殿骑士只有单一的使命:引导人类在正确的道路上发展,但利用不同的工具去实现这个使命,伊甸碎片或许是其中最重要的部分。它们是一个文明所留下来的遗物,这个文明有着各种各样的称呼,例如伊苏、先驱者或者是第一文明。他们不仅先于人类出现,而且实际上还创造——甚至在一段时间内,还奴役了——人类。先驱者们残存的科技有着给予使用者控制他人的潜能。它们的价值让一般被定义为"历史的"和"货币的"事物黯然失色。虽然圣殿骑士团可能以拥有全世界最大规模的收藏而自豪,但他们并未拥有多少件这些无价的神器,而且他们拥有的几件藏品要么破碎不堪,要么不可使用。

"当我们得知了伊甸碎片的存在时,"西蒙继续说着,"无论是口述、手稿中的提及,或者是一个和伊甸碎片有关系的人——我们都会出动去找到它。"

在"阿尼姆斯"向左伸展的箭头下方他写下了"信息"。接着他潦草地写下:一、伊甸碎片,以及在其下面的(一)定位。"搜寻,除了其他因素以外,还由以下方面组成。利用我们手头上的庞大活体基因材料网络——或者说,就是我们有价值的客户和忠诚的阿布斯泰戈工业员工。"西蒙在(一)定位下面加上了1. 客户和员工。

"我们研究的第二分支包含了要尽量研究我们的老对手,刺客们。我们也和寻找伊甸碎片时同样希望要做一件事——获得在如今发现他们的方法。"

西蒙写下了(二)刺客,然后重复了先前所写的(一)定位和

1. 客户和员工。

"现在来说，很好，完全可以说很棒。这些因素强烈地帮助了扩大圣殿骑士团以及我们公司最底层部门的影响力。"

"不过，这里有一个'但是'。"赖德说。

"我希望你不是想要暗示我们要放弃这条线路的研究？"英格兰的声音表面上听着很平和。

"一点都不，"西蒙向她保证道，"但我认为阿尼姆斯能为骑士团做出更多贡献。阿尼姆斯还有另外一个我们还没有进行过调查的方面。我相信这一点，如果时间过得够久，而且运行时小心谨慎的话，阿尼姆斯可以以它自己的方式使我们获利，让我们获得伊甸碎片。"

他现在在白板上继续书写，在第二个箭头下面写了知识这个词。

"好了，也许你们会认为信息就是知识。但是资料需要一个环境才能变得有用。比如说，有个地方有着土地、石头、树木和水是事实。当我们发现水是一片海洋，土地和石头是岩石较多的海岸线，而树木是海上一条船上的桅杆，我们就为这些资料提供了一个环境。曾经未加工过的资料，现在已经让我们知道这是有可能发生了一次海难。"

"我今天的时间排得很满，西蒙。"瑞金说，"说重点，否则你自己的船在处女航之前很可能就沉没了。"

西蒙的耳朵发红，但他必须承认这个暗喻还是很恰当。"我想说的重点是我们有电脑可以解读这些信息，而且我们肯定能更好地利用科技，我们也明白人性化的价值所在。我马上就讲到这里。我们开始不仅将阿尼姆斯用于收集数据和信息，而且还用于收集知识。在这个细微的差别上，我们可以看看阿尼姆斯会为我们打开什么样的新世界。"

他转身对着白板，在知识下面写上了伊甸碎片。

"有了那些信息，我们会知道那是什么——有足够的信息去鉴定特定的一件神器——还有它在哪里。但如果有了知识的话，我们会知道神器的作用，神器的使用方法。还有……"他把最后的几个字加粗书写着。"……**如何修复神器**。"

他的内殿团同僚们盯着白板看，脸上的表情有怀疑、感兴趣，还有直截了当的反对。但是更多的人至少都是看上去对此感兴趣，而他可以利用这一点。

"现在我们来说说刺客方面的知识。"西蒙继续说着，"我们不仅知道在某一段特定时间内什么人曾是一名刺客，或者是这名刺客现今在什么地方。我们会知道他们曾是谁——他们都是什么样的人。我们会知道对他们、对刺客兄弟会而言，什么是重要的，而且还要标示出经过这些年以来，事情都是如何发生变化的。我们最好知道要怎么能把他们玩弄于鼓掌之间，怎么粉碎他们。当我们开始重视知识，而不是只有资料和信息，很难说我们会在其中发现什么。我们不知道我们不知道的东西是什么。这其中的潜力是令人震惊的。"

他向后退了一步，看了看板书的内容。"当然了，我们还是会将这些目标视为头号目标。"他边说边把"信息"和下面的内容都用笔画了圈，"但只要我们开始滚雪球，我们就可以利用阿尼姆斯看到交织的信息以及模式。我们可以重新发现已遗失的理论、想法，还有发明。一劳永逸地获得有着上百年历史的秘密。发现隐藏在古老神话、传奇和民间传说中的真相。如果我们拓展了阿尼姆斯的用处，以及开阔我们的思想，我所提到的以及更多的东西都可能成为现实。"

"我们现在正在这样做。"吉勒曼说道。他的手交叠放在大肚子上，而他的眼睛里也不再闪烁着幽默。"相信我，西蒙。我们对学到的东西都特别关心。"

"是的——而且我们用不着花大功夫也能做得更多。"

"我们在十五年前并不需要这些浪漫和富有情感的方式把我们的敌人几乎都铲除干净的。"斯特恩斯的不屑一顾让整个房间里的人都感到了一阵突然而来的寒冷。

"不,当时并不需要这种方法。但是现在刺客们变得更加难以发现。他们变得更聪明和更富有创造性。如果我们要阻止他们的话,我们也要变得和他们一样。"

"时间是宝贵的资源。"博格提出尖锐的意见。

"是这样没错,"西蒙同意道,"而我们必须要做到如何谨慎分配时间。我们已经花了不少时间在伊甸碎片上。当我们已经获得了其中几块时,我们要么对它不了解,要么那些神器或多或少已经有了损毁。我们可以对阿尼姆斯的体验做出限制,只是常规性使用。我们需要把目标瞄准在我们所知道的含有更多先驱基因的个人,然后——"

"我们也已经在这样做了。"格拉马提卡说。

"通过阿布斯泰戈娱乐和中村博士的部门,是的,"西蒙回答,"那些不是圣殿骑士的人也不知道究竟要在里面寻找什么。如果是我们其中一员的话,进入阿尼姆斯的时间会变得有多么高效?我们的基因是未开发的庞大资源。

"我们在阿尼姆斯里的一个小时可以找到目前未解决难题的解决方法,"西蒙继续说着,"而且当然了,看在知识的份儿上,我们还能找到知识。要为这些东西明码标价是不可能的。"

"听上去就像是历史学家说的。"博格说着,他成功地让自己说的话听上去有点令人讨厌。

"我会证明给你们看。"西蒙听到自己这样说。他马上希望他可以收回他的话。可是他的话已经说了出来,就像是丢失的气球一样在空中飘浮着。一旦开始，就做到底。他这样想着，深深呼吸了一口气。"如我先前所说的，我们都知道自己的世系。我就有一位曾在圣女贞德的军队效命的先祖。人们相信圣女贞德曾经持有其中一把伊甸之剑……据清单所示，那是第 25 号伊甸碎片。我有一个可能与雅克·德·莫莱本人所持有的其中一个理论相似的理论。"

"那个在我办公室里。"瑞金轻快地说。他转向了内殿团的其他人。"伊甸神剑的历史还有很多谜团，我们知道的只是它曾经属于雅克·德·莫莱，后来在法国大革命期间到了弗朗索瓦－托马斯·日耳曼的手上。刺客阿尔诺·多里安在杀死他之后从他那里夺走了神剑。"

西蒙点了点头。"我打算亲自在阿尼姆斯里花些时间，确认那把剑是否就是被编号为第 25 号伊甸碎片的剑。"

瑞金靠在桌上，一手拿着变冷了的咖啡，一手摸着下巴。"德·莫莱的剑在日耳曼手上的时候就已损毁，无论它曾经显现过什么特别的能力，它似乎也不能拥有那些能力了。"

"我重复一下——有一个像我一样渊博的人坐在阿尼姆斯的椅子上，如果我能亲自看到它是怎么使用的，也许我就可以确定要如何修好它。"

瑞金的嘴弯出一个微笑。"好吧，"他说，"我们把这称为测试运行。海瑟威，我会让你追踪这条线索，然后找到它把我们带领到什么地方。如果你可以在一周内给我一个具体的结果，我就让你的部门的研究新方向得以通过，把合适的资源分配给你。"

西蒙的心沉了下去。一个星期？瑞金的微笑变大了，就像是他可以读出内殿团最新成员的心。

"成交。"西蒙说着，挺直了身体。

"很好。"瑞金把餐巾放在桌子上站了起来。"那，你最好能说到做到。"也许有很多种结束一个会议的方式,但是西蒙现在并没有想出来一个。

"噢对了,西蒙?"

"是的,先生?"

瑞金和吉勒曼交换了一个眼神,似乎他们有着什么秘密。"阿尼姆斯已经不再是一张'椅子'了。"

"那是什么?"西蒙问道。

"你会看到的。"

2

这是个熟悉的办公室,但现在是他的了。西蒙发现房间里有点不一样。

他拿着一大箱书,停在了门口四下观望。房间的左边是伦敦眼、大本钟,还有被英国议会占据了大部分的威斯敏斯特宫的惊人景象。第二扇大窗户在房间的右侧,距离伊莎贝尔的——现在是他的——办公桌很近,能确保办公室里光线充足。宽敞而舒适的皮椅可以让他坐在上面缩成一团看书,巨大的书柜里有好几百本书籍供他选择阅读。飘飘然的旧纸张气味和书皮的皮革味道充满了整个办公室:令人兴奋的属于古老过去的气味。

西蒙穿行过休息区,他的脚步在厚重的红色地毯上没有发出声响,他把箱子放在了大办公桌上。伊莎贝尔并没有在这个办公室里留下很多私人的印记,但西蒙留意到了柜橱上的一些物品很明显已经被清走了。格拉马提卡有一个妻子和几个孩子,但他从来没提起过他们——

又或者，考虑到他在实验室里所花费的大量时间，据说她根本没见过他们。瑞金有一个女儿叫索菲亚，不过她已经成年，而且凭着她自己的能力成为了一名圣殿骑士。说来也奇怪，冷酷的杀手博格是西蒙唯一认识的有一个年纪尚小的孩子的高阶圣殿骑士。他的孩子是一个患有囊性纤维化的小姑娘，博格看上去是真的很爱她。西蒙知道这个，仅仅是因为她的治疗是吸引博格加入他们的其中一个主要因素。

西蒙没有妻子孩子，也没有女朋友，甚至连一只宠物猫也没有，他对自己目前的生活状态很是满意。

西蒙在大厅里拿着自己的东西来回走动，他想到了瑞金给他的限期。幸好西蒙在做展示之前就已经做好了研究。关于圣女贞德的生平已经有了完整的记载，原始的资料来源非常丰富——这些都是先前学者们的研究成果。但愿这些资料够让他在这短短一个星期里充分利用好。

圣女贞德。十分迷人，因为他声称自己有一位曾与她一同前行的先祖。他之前从来没有亲自试用过阿尼姆斯，因为他之前从来没有成为调查员，也没有参与到阿尼米训练项目中来。他清楚地知道那些写出珍贵资料的作者们在撰写时很难保持中立。不过他是一个历史学家，就像他们说的，他对此完全不感兴趣，他可以保持一个更加客观的态度。

他打开了电脑登录。阿布斯泰戈的巨大标志出现在了庞大的墙壁屏幕上。"阿尼姆斯室。"他大声地说。他就站在办公桌前，当他拆开一个装着稀有十一世纪印刷本普鲁塔克《希腊罗马名人传》的玻璃展示箱时，阿尼姆斯的顶级技术师的脸出现在了屏幕上。她有着出于职业的素养而扎成圆发髻的黑亮头发、一双深棕色的双眼，还有友善的微笑。

"早上好，海瑟威教授，我是阿曼达·塞基博。需要我帮忙吗？"

"你好，塞基博小姐。虽然我们还没有正式见过面，不过我是新的——"

"历史研究部的新部长，是的我知道，先生。"她回答道，"吉勒曼博士已经把你所有的情况都告诉了我们。我们很期待把我们的新阿尼姆斯展示给你看。我今天我能帮你做点儿什么吗？"

"一小时之前我和瑞金先生开了一个会，"他说，"我得到了使用阿尼姆斯的许可，要进行一个时间略微紧迫的研究。如果方便的话，我想要首先安排我使用阿尼姆斯的第一个阶段。"

塞基博皱起了眉毛。"请稍等……啊好的，你已经被确认拥有阿尼姆斯的使用权，不过使用之前你要和毕博博士见一面。"

"他是谁？他什么时候在这里？"

"准确来说是'她'，先生。她是我们最顶级的四名精神科医师之一。"

西蒙寒毛直竖。"我之前已经接受过多项评估，而且这些评估都不是匆忙写下的。我很确定自己不需要浪费这些优秀医师的时间去用来——"

"我很抱歉，先生。瑞金先生说得很清楚了。"塞基博脸上露出了那种无论其他人说了什么，都打算要对人说"不"的那种抱歉的神情。

当然了，西蒙很清楚使用阿尼姆斯时存在的多种危险。这一点儿都不像让阿布斯泰戈娱乐获得无数大奖并在数年内（顺便说一句其实不是这样）为圣殿骑士提供了大量收入和情报的畅销游戏。使用阿尼姆斯需要监控，而且他也知道如果没有其他人的帮助，他或许还不能坐进这台新的阿尼姆斯里。西蒙摘下眼镜，用拇指食指捏着鼻梁，一会儿之后他叹了口气，点了点头。

"好吧，我当然会尊重瑞金先生的决定。我现在就去约见毕博博士。"

这个女人就算是有些不安也会让自己看起来很优雅。"不过先生，她今天晚上才从美国飞过来。我相信她在明天早上就能准备好和你会面。"

"好吧。"西蒙说道。这当然了。"还有一件事——我只是想确认一下瑞金先生是不是真的再三向你们强调了我在一星期之内要完成一个项目？"

"是的，先生，只要你完全没问题了，你就可以开始了。"

"这真不错。"西蒙说着，挂断了通话。他自言自语地说："那就只剩六天了。"他扑通一声跌坐在伊莎贝尔·阿尔当坐过无数次的舒适皮椅上，在公司通讯录上找到了毕博的名字，然后给她发了一封"明天七点半准时在风暴餐厅见面"的请求。

如果你能让我在阿尼姆斯多待一分钟的话，上天会保佑你的。他酸溜溜地想着，点击了发送。

第二天

结果，差点儿迟到的是西蒙。入会仪式导致的睡眠不足让他尝到了苦头。当他在七点二十六分赶到的时候，维多利亚·毕博已经在等候他了。

他不是很确定自己所期待看到的是什么，不过肯定不是这个双眼明亮、留着俏皮短发、露齿而笑但笑容真挚的苗条女性。他很好奇她是怎样做到看起来不受到时差任何影响的。她握手的力度很坚定，但并没有压迫感。

"很荣幸见到你，海瑟威博士。"她说道。她说话带着一些法语口音。

"我希望你的飞行旅途很愉快。"

"谢谢，的确如此，我很高兴能再次来到伦敦。当我和我的茶杯都在英格兰的时候，我总感觉茶的味道都香浓了起来。"

"我不能再同意了。"他在两人走进餐厅时说。阿布斯泰戈在伦敦当地一共有三个餐厅，既有提供快餐小食、咖啡和茶的零食小屋，也有为重要的客人提供美酒和精心制作佳肴的贝拉齐博。还有"茶壶里的风暴"，经常被简称为"风暴餐厅"，仅仅制作简单的早餐、午前茶和下午茶，这家餐厅是西蒙的最爱，主要是因为他几乎总是发现自己在午饭和晚饭时间工作，在空闲时他就可以去那里就餐。

"早上好，海瑟威博士。"服务生向他们问好道。他的托盘上有一个小茶壶、两个茶杯、牛奶、柠檬和蜂蜜，他在两人之间的桌子上放置这些东西时开口问道："还是您平时点的那些吗，先生？"

"一直都是。"西蒙回答。"普尔，这是维多利亚·毕博博士，来自美国的鹰巢。她会在这里和我们待一个星期。"

普尔的双眼发亮。"我很荣幸，博士。如果你要和海瑟威博士共事的话，毫无疑问在风暴这里会更经常看到您。"

"我已经有这样的感觉了。"毕博回答他。

"您会在伦敦郊外走走吗？叶子已经变色了。"

"很可惜，不可以。恐怕在这里我一直都要工作了。"

"那真糟糕。您一定要过来这里享受我们的下午茶——我们每年在这个时节会有南瓜饼干和辣苹果蛋糕供应。"

"我希望我们能有空过来，"维多利亚笑着说，"虽然说，现在我还是也想来一点普通的早餐。"

"两餐架的吐司面包和咸烟熏肉。"普尔点头说着,朝厨房的方向走去。在毕博将牛奶倒进自己的茶杯时,西蒙决定直奔重点。

"所以……毕博博士,为什么是你?"

她抿了一小口茶后回答说:"因为我有帮助阿尼姆斯的首次使用者融入其中的宝贵经验。"

"是的,我已经拜读过你在阿布斯泰戈娱乐和鹰巢时的工作成果。"他说道。鹰巢是一个专门用来训练年轻人的特别设施。受训的年轻人的独一无二之处在于他们——加起来比单个人还拥有更重要——也更有价值的基因记忆。"我已经很久没有看到过年轻人了,博士。"

"请叫我维多利亚,"她说,"而且我也能看得出来。我在阿布斯泰戈娱乐曾有一个,好吧,能从不同方面,无论是好是坏,改变我人生的一个案例。重要一点就是,在骑士团里没有多少人比我更清楚阿尼姆斯会和人脑产生什么样的互动。我不知道你有没有和吉勒曼博士谈过,不过你将要使用的那台阿尼姆斯是新的——准确来说是一台原型机。"

他皱起了眉毛。"是的,我当然和他谈过,我也知道这是一次对阿尼姆斯的改进。"

"即使如此,你还是初次使用者,你只有一星期的时间去证明你的方向是正确的,而且你得在阿尼姆斯里花费不少时间。简单来说吧,你需要我,西蒙。"

普尔带着吐司和烟熏肉来到他们的餐桌。西蒙抿了一会儿茶,然后说:"很明显,你已经阅读了我的资料和我的研究。"

"啊,是的。"维多利亚回答说,"当我们一起共事时,我会对学习你的那些想法很感兴趣的。在你提及之前,我也已经阅读过你所有的心理评估,发现你的状态异常稳定。我感觉我们不会遇到太多问题。"

"我认为不会有任何问题。"

她真诚地露出一个大大的微笑,用中古时期的法语说:"好吧,两周。"

"我恐怕我不会说法语。"

"你可能有两周的时间。好吧,"她改正了一下,"其实这是十五世纪里随便说的话而已。"

"那应该就是中古法语了,抱歉。"

"你对溶血效应熟悉吗?"

"啊……当然了。"溶血效应是在待在阿尼姆斯里的其中一个副作用。有的时候,使用者先祖的性格、情绪,有时甚至是体能都会"流入"使用者的身上。"我已经精通俄语、西班牙语和阿拉伯语,但我不敢想象一个能方便使用中古法语的场合。"

"可能在派对里能变得很有趣。"她说着笑了笑,一会儿之后神情变得严肃起来。"不过老实说,溶血效应不会立刻发生,而且我觉得你能不能说得流利也是个问题。有的时候溶血效应会是好事情,像学会新技能,比如说学会武术或者一门新语言。但如果我不向你提起溶血效应可能会产生严重后果的话,那我就是玩忽职守了。我确定你对第4号和14号实验体的先例很熟悉了,溶血效应的毁灭性效果就发生在他们的身上。然而很不幸的是,我当时有机会亲自去观察他们。"

她在提及此事时眼神暗淡,声音也随之变小:"我们有一个在阿布斯泰戈娱乐工作的分析师在追赶实验体的进度时做过头了。到了最后,这个实验体坚信自己是法国大革命时期活跃的一个名叫阿尔诺·多里安的刺客转世。"

"法国大革命。在历史上肯定不是最好的时代。"西蒙说,"当时发生了什么?"

"他试图对我们的项目进行破坏。他毁掉了珍贵的研究——删掉了文件、砸烂了硬盘，还烧掉了他的笔记。骑士团曾经想要阻止他，但他极力反抗。"说完后，她双唇紧闭。

西蒙知道这是什么意思。"啊，我明白了。这可真糟糕。那些研究——就这样没了。你们可以恢复什么东西吗？"

他猜测不出她脸上的表情。"只有一些。"她回答，"总之，我的理解是我们碰到过的大多数使用阿尼姆斯时出现的问题差不多都已经消失了。这是我们的目标，至少是这样。也就是说，我们现在主要关心的就是溶血效应了。只要人类还是人类，我认为我们永远也不能完全解决这个问题。"

当他们要结束早餐时，维多利亚向西蒙问起了他的业余爱好。他一开始还有点犹豫，说："我是个圣殿骑士，我们不能有业余爱好。"但维多利亚跟他说，她喜欢制陶和跑马拉松。"虽然这两个爱好不能同时进行，"她灿烂地笑着说，"不过它们能帮我从脑力劳动中走出来，让我享受一点闲暇时光。你肯定有一些自己很喜欢做的事情吧。"

西蒙承认了他对海洋很是喜欢。"航海吗？"

"其实我喜欢跳水，"他说，"沉船。"他停顿了一下。"还有隐秘的走廊。伦敦这里有很多。"

她看着他的眼神多了几分崭新的敬意。"你可真是人不可貌相啊，西蒙·海瑟威。"

他想了想，叹了一口气。"其实不是这样的。我和任何人所预料到的一样迟钝。"他把话题引回到了他们的任务上，详细说明了他想要达成的目的，还大概讲述了伊甸之剑的历史。"如果当时你的分析师是在研究阿尔诺·多里安的话，你可能会看到我们将要调查的这把剑。弗朗索瓦-托马斯·日耳曼曾经持有过神剑，直到多里安，呃，处理掉了他为止。"

他从公文包里拿出平板电脑，把一些包含圣女贞德生平的笔记发送给了维多利亚，这些笔记可能会让他们对他的先祖的研究变得更加高效。维多利亚说，这些笔记在拟订演算的时候能帮上大忙，让他们充分利用在阿尼姆斯里的时间。

"你对这一历史时期有多少了解？"他询问着，还挥手示意普尔给他们多拿一壶茶过来。

"我担心自己知道的并不是很多。我不到一天前才被拉来执行这个项目。我发现自己并不用成为一个优秀的历史学家，去帮助研究的分析师。不过我觉得，能知道一些基本知识还是有点益处的。"

西蒙把他的不满隐藏了起来。虽然技术上说，他是一个认为教书会十分令人沮丧的教授，但他没有打算让维多利亚一步步去跟他学习历史知识。"好吧，"他用虚假的愉悦心情说，"我们来看看能不能在喝完这壶新鲜出炉的茶之前把所有的事情理一遍。

"1428年，圣女贞德登上了历史舞台。那个时候的法兰西对于'合法的国王'的定义就和时局一样混乱多变。法兰西充斥着政治、军队和联姻，还有各种各样麻烦的死亡。百年战争——其实持续了一百一十六年，在这期间一共有九十个君主。因为莎士比亚的戏剧而鼎鼎有名的亨利五世，在此六年前35岁时就去世了。他并不是死在光荣的战场上，而是死于肮脏的痢疾，这种疾病无论对君主还是对平民都一视同仁。而法兰西君主查理六世，在历史记载中被同时称呼为'被爱者'，因为他看上去似乎如此；以及'疯子'，他肯定曾是这样，在英格兰敌人之中仅仅存活了两个月。

"而贞德的王储，未来的查理七世，实际上是他父亲的第四王位继承人。他从来没想过会成为国王，这个可怜的人一直都对自己登上王位感到不安。当英格兰和勃艮第人散布疯传的流言也不能帮助到他。勃艮第人是在菲利普·勃艮第的带领下转投英格兰麾下的一群法国人——"

"是的。"维多利亚打断了他，双眼闪闪发亮，"我觉得对勃艮第人的确很了解。"

"啊，那当然了，抱歉。回到主题。查理的母亲、巴伐利亚的伊莎贝拉，被指控包养情夫，包括她丈夫的兄弟，所以查理继承王位的合法性受到了质疑。"

"她真的是查理的母亲吗？"

"我们认为是这样的。他在历史记载中的确拥有瓦卢瓦家族遗传的鼻子。"

话题转向了西蒙在部门的研究新方向。虽然他所说的很多内容是复述昨天在内殿团的展示内容，不过他还是加上了一些昨天没有说起的东西。

"圣女贞德曾拥有我们所知道的至少三把剑。"他说着，"所以这并不会如我们所想的那样，像在公园里散步一般容易。"

"所以你没有对瑞金说出全部？"

"其实这无足挂齿，"他坚持道，"我预感到那会是哪一把剑。我还是很渴望看看这一路走过会出现什么。对我来说，神剑只是其中的一部分。"

当他们吃完早餐的时候，西蒙勉强接受了维多利亚的出现。如果他要在刺探过去的时候有一个保姆照顾他的话，他想维多利亚是一个可以忍受的选择。

有直达电梯一直往下到达伦敦办公室的最深处——包括先前西蒙加入内殿团和向成员们作展示的那些房间——只有特定的一些楼层才

可进入。但这个房间并没有对他们开放。他们只得先回到历史研究部，然后再转乘其他的电梯。他们离开了风暴，在楼层指示灯逐渐向上亮起表示电梯已经到达的时候，他们略显局促地站在一起没有说话。电梯门打开了，西蒙发现他和一个留有及肩黑色长发，其中夹杂着充满反叛气息的樱桃红挑染的女士面对面站着。

她棕色的眼睛稍微睁大了。"西蒙，"她说道，"真高兴能见到你。有一段时间没见了。"

"是啊，"他回答，"阿娜雅，这是维多利亚·毕博博士。她会在这里待几个星期，来帮我对付历史研究部的一些事情。维多利亚，这位是阿娜雅·乔达里。她以前是一名调查员，但现在她是我们最棒的白帽黑客成员之一。"

有那么一会儿，维多利亚感到很迷惑，然后突然明白了过来。"道德黑客。"她道。

"有些人觉得这很有争议，不过我喜欢这个名字。"阿雅娜在和维多利亚握手时这么说道。

"你们所做出的贡献不容小觑。我肯定你们曾经把阿布斯泰戈从大量灾难中解救出来。"

"谢谢，"阿雅娜回答，"我会尽最大努力的。我知道西蒙做事情总是急急忙忙的，所以我就不耽误你们的时间了。"她的目光回到了西蒙身上。"我很高兴碰到你了。以为不见了的蓝色的套衫。"

西蒙的大脑一片空白，接着才想了起来。"噢！好的。"

"我要帮你重新洗一下吗？"

"啊，不，不用麻烦了。把它拿去乐施会之类的地方捐出去吧。"他走进电梯，在门关上的时候对她点头，"我应该早就穿不下了。再见。"

他用拳头捶向了按钮，电梯以温和的速度向上攀升。维多利亚先是没有出声，过了一会儿后问他："你们俩之间发生过什么吗？"

西蒙瞥了她一眼。"如果你真的想知道的话，其实也没有什么令人兴奋的事情。就是工作、职责之类的。我没有必要告诉你圣殿骑士会要求别人做些什么。"

"特别是一个圣殿大师和内殿团成员。"

他惊呆了。"这些你都知道，是吗？"

"我觉得……对我来说，知道的话会是好事。而且，圣殿骑士们的确都成功拥有了自己的配偶和家庭。"

"我没有。而且我想起来你的档案里表明了你也不属于这些幸福的少数。"

他还以为她会为这番评论而生气，但她笑着说："你说中了，西蒙。"

3

阿尼姆斯位于地下几层深的地方。阿布斯泰戈的安保工作一直都是最重要的。显眼的钥匙卡片挂在道德黑客这些看不见的军队成员的脖子上,极度聪明的阿娜雅就是他们的指挥官,确保一直有人在监视着阿布斯泰戈的物资和技术安全。

电梯在一个宽敞的两层房间打开。在房间的四个墙面上都挂着三维显示屏,穿着白大褂的技术师就坐在显示屏前。西蒙的眼角还瞄到了很多人在被分析分类的时候逐渐走向不可避免的命运终点的三维影像。在房间的其他地方,无价的古物被庄严地放置展示着。有着多个世纪历史的文物让镀铬的灰色水泥墙色调柔软了起来:剑,古埃及、古希腊和罗马诸神的小型雕像,旗帜,盾牌,圣餐杯和号角,填满了展示柜。

但是阿尼姆斯像是在命令他要注意它,他顺从了,眼镜片后面的浅蓝色眼睛盯着那台机器,露出疯狂的光芒。

他现在知道瑞金说的阿尼姆斯再也不是一张"椅子"是什么意思了。它闪闪发光，十分完美——当然了，它肯定会很完美——阿尼姆斯再也不用让使用者坐进去了。现在阿尼姆斯会"拥抱"着使用者。

一个科技和意外混乱艺术的结合体，从天花板连接着构架，看起来就像是一个金属人体骨架——如果人体的骨骼是以蛇骨为模型生长的话。这台机器有脊柱、手臂、腿等除了头以外的身体部位，不过西蒙怀疑有一个单独的头盔充当了机器"头"的部位。有一个庞大的金属环能让使用者保持站立，还有很多看起来十分安全的皮带能绑住使用者让他们保持在原地。

他们吸引了走过来打招呼的阿曼达·塞基博的注意。"海瑟威教授，毕博博士，"她说道，"欢迎来到阿尼姆斯室。那么，教授——你觉得我们的新机器怎么样？"

"这看起来有点像是以前宗教法庭用过的东西，不是吗？"

看到塞基博的表情，维多利亚赶紧上前插话说："其实这个比鹰巢里的阿尼姆斯更加复杂精致。你应该仅有一点头疼，可能还完全不会呕吐。"

"棒极了。"

"我希望可以告诉那些孩子们，他们很快就能有一台这样的阿尼姆斯了。"她对塞基博说道，"你介意让我熟悉一下操作吗？"

"当然不介意，博士。"

"请叫我维多利亚。"西蒙很好奇她是不是不让其他人用姓来称呼自己。他尾随着她们，在她们继续深入探讨那些技术含量太高的术语时毫无反应，而在说起他知道的事情时就礼貌地倾听着。如果他现在是坐在一张桌子前的话，他的手指可能就在不停敲击着桌面了。在过了有一个世纪那么长的时间之后，维多利亚向塞基博道了谢。那位年轻的女士走到她的团队成员那里，温柔地拍了拍他们的肩膀。他们关闭了工作台，显示器上的迷你头像消失了，然后他们安静地到了电梯里。

西蒙和维多利亚被单独留下了。"你准备好了吗？"维多利亚问。

"准备迎接那边的铁娘子吗？"

"噢，我可不会这样称呼它，"维多利亚说，"我认为你不会知道它是如何比先前的型号更加先进的。这一台是阿尼姆斯4.35，源于阿布斯泰戈为4.3型号的阿尼姆斯所开发的科技——这台4.3现在在马德里投入使用。我知道在马德里的那台机器效果更加逼真，但是它对使用者产生的效果更富有攻击性。比如说，我在使用4.35型号的时候就不会产生脊椎抽液般的效果。"

"噢，我明白了。"他深吸一口气。"那么……就像据说是圣女贞德所说过的那句话一样，宜早不宜迟。"

他们走向了那台机器。西蒙踏上了分成两个部分的平台，把自己套进看起来轻盈耐用的系带里，而维多利亚则把大金属环环绕在他的腰部。他小心翼翼地把一只脚套进机器脚里，接着是另外一只脚。机械平台顺畅地做出反应，就像是一个先进的爬楼梯器械或者是椭圆的代步器。

"你知道，这台机器有可能会成为一台绝顶的锻炼机器。"他装作严肃地说道。

维多利亚笑了。"你不知道的还多着呢。"她说，"我应该要给你戴上一个运动腕带，记录你的行走步数。"她在继续绑紧系带和把东西都插好的时候说道："你可以完全自由行动。其实这些系带和机械外骨能在你跟着先祖行动的时候支撑着你的身体。记住，这不会是对你祖先的一生全部经历过的过程。我们的时间段是三到四年，但我们只有一周的时间进行。"

我们。融入这个项目时她所使用的随意措辞让西蒙感到困惑,但他很快把这个想法放到了一边。她会在整个过程中指导他。他知道他需要一个助手,但她现在正在变成一个搭档。

西蒙知道自己不怎么会与他人相处,但现在他无法回避这个问题。维多利亚再次检查了所有的系带,赞同地点了点头,西蒙直到现在才发现自己有多么脆弱。也许到头来自己还是很高兴能有这样的一个搭档。

"呃,"他轻轻扯着系带说道,"如果在工作台前突发心脏病了,那备用计划是什么?"

维多利亚大声轻松地笑了出来,西蒙的嘴角也扬起一丝微笑。"警报会响起,门会自动解锁,医疗团队会在第一时间进来。最后会有人把你从阿尼姆斯里弄出来。"

"好极了。"

"阿布斯泰戈坚持认为实验者要一直被监视着。现在,如果你愿意冒着受重伤的风险,你可以马上松开最后一条带子,自己进入阿尼姆斯。"她的露齿笑逐渐暗淡了下来。"我个人不建议这样做。我曾经和一个想要用阿尼姆斯摆脱自己瘫痪状态的孩子共事过。"

"噢。这样。好吧——一切都准备好了吗?"

"除了头盔之外都好了,"维多利亚回答道,"我来帮你戴上,然后我们就可以用头盔进行交流了。"她走到他的身后,把头盔放低到他的金色脑袋上。这个头盔就像是一个剥夺了传感的密室,戴上了之后十分黑暗,还听不见声音。这种感觉很奇怪,西蒙在耳边听到维多利亚说话的声音时其实就已经要开始了。这声音几乎就像是从他的脑海里出现似的。

"舒服吗？"他试探地动了动，惊讶发现他的答案是"对的"，接着如实回答。

"现在你的视线应该是一片漆黑，"维多利亚接着说，"你首先看到的应该会是一个记忆走廊。记忆走廊是用来让你更轻松进行模拟。我们在这里可以轻松交谈，但模拟正式启动的时候，我们的交流会变得更加困难。我们总是从记忆走廊开始行动，但是第一次使用是特别重要的。不要担心。这跟以前的型号比起来，过渡阶段应该会更加简单。"

黑暗似乎在逐渐消退，从漆黑一片逐渐变成一片柔和的鸽子灰雾气。西蒙想起了几年前一次到苏格兰高地的旅游，当他在攀爬本尼维斯山的时候，山上的雾以不可思议的速度迅速翻滚着。那几乎就像是有一朵云打算扑通一声重重掉下来。当西蒙的眼睛被看上去像是闪电的霹雳裂纹弄得眼花缭乱时，这个比喻突然就变得更为恰当了。雾，或者是云，在缓慢地跳动翻滚，当西蒙被深深吸引看着这景象时，它在到处变幻出不同的形状，似乎是想要将自己变成一栋建筑、一根树干，又或者是，本尼维斯山。

他没有多想，伸开手臂，往下看着自己的手。西蒙的手指修长，而且除了在打字和翻阅厚重的书籍之外都很少使用。有时，他的双手会沾上墨迹。但他现在所看到的这双手十分强壮，遍布老茧和细小的伤疤，手指甲也裂开了。他现在的手也已被晒得黝黑，原本是很苍白的。西蒙向下看了看自己，看到自己穿着一件经常被修补和弄脏的米黄色羊毛短上衣，穿着一条蓝色紧身裤和一双简朴的皮靴，头上戴着一顶带了短披风的兜帽。

感觉到用右手的拇指和食指擦拭着粗糙的披风时，他的嘴唇咧开了一个愚蠢的微笑。他举起左手摸了摸脸，发现脸上长着属于年轻人的初次长成的柔软胡须。

"你好，加布里埃尔·拉克萨尔。"他说道。

"你和他长得真像，"维多利亚说道，"如果我看到你和他出现在同一个地方的话，我就会知道你们是一家人了。"

"这很不寻常吗？"

"不，但是人们在知道他们长得不像他们的某个祖先的时候经常会感到很惊讶，"她回答道，"我把你放到了他十七岁左右的时候。你在帮助你的父亲，迪朗·拉克萨尔——"

"干农活，是的，我知道，"他说，"现在日期是？"

"1428年的五朔节，星期四。我还以为我们会从头开始的。你在模拟场景加载完毕之前继续走动吧。"

这种感觉很奇怪，像是穿着一整套衣服似的穿进了一个躯体里。这个孩子很苗条——好吧，西蒙很苗条，而加布里埃尔是瘦得皮包骨头——但他的身体很结实，行动也更为方便。他自然地做起了打麦脱粒的动作，但当西蒙想要把他的木拐杖当成长矛或者是剑挥舞时，他的拐杖掉在了地上。

"很明显还不是一个圣殿骑士，"维多利亚干巴巴地说道，"现在，你要记住这件很重要的事。你只是在经历着他的经历。不要抗拒这些记忆——因为你不能改变记忆。不要强迫加布里埃尔做他不会做的事情，也不要让他说他不会说的话，否则你会失去同步。失去同步可不是令人愉快的。"

"什么，这台阿尼姆斯中的猛兽还没有解决这个问题吗？"

"这不是一个时间机器，西蒙。你不能改变过去。如果你试图这样做的话，阿尼姆斯会毫不含糊地警示你的。换句话说，阿尼姆斯会剧烈反应，以及对你产生严重的影响。你告诉我加布里埃尔是私生子，他直到最近才和亲生父亲共同生活。这是你的福气。他对其他人而言都十分陌生,所以如果你做出了失常的行为,也不会有太多人会留意到。"

西蒙同意地点了头。从历史的角度来看,非婚生的私生子所背负的污名是最近才兴起的,所以对拉克萨尔这个务农家庭来说,收留了一个体格健壮的年轻人不是什么令人惊讶的事情。加布里埃尔的出身也解释了为什么西蒙的研究里都没有提起过他。私生子除非在某个重要方面拥有非凡才华,否则历史几乎不会把他们记录下来。家族谱可不喜欢胡乱的旁支。

当维多利亚还在说话的时候,翻滚的雾气变得更加结实、清晰,单调的灰色变成了绿色和蓝色。西蒙发现自己面对着一片只有一些牛羊在其中的翡翠绿地。身后崎岖不平的道路和小屋都表明他正在一个村落的郊外。

栋雷米镇。贞德的出生地。这里只有风刮过树林的沙沙声、鸟的啼声和牛群的鸣声。宁静得让人觉得有点不安。这里没有汽车飞机,或者是空调、电脑和手机。出于一些原因,他没想到会是这样。

他在原地站了一会儿,适应了自己在重新经历着一个去世了很久的年轻人的记忆这件事。这是如此真实,从轻刷着他的脸的微风,到周围的气味,和他脚下的土地。如果阿布斯泰戈的游戏里具有哪怕是一小部分这样的元素,西蒙想着,就难怪他们能获得那么多的奖项了。

西蒙低头看着加布里埃尔的手,意识到他正在拿着一个包袱,包袱里是面包和奶酪。维多利亚说现在是五月一日……盛会的一天。啊……现在他想起来了。他从研究里得知,在几个特定节日里,栋雷米镇的老传统就是镇上的年轻人们都会去踏青。他们在被称为"淑女树"或者是"仙子树"附近的地方野餐。这个迷人的传统也被称为

"娱乐源泉",他清晰地发现,现在加布里埃尔就在加入这些年轻人们的路上。

他开始走路,让加布里埃尔找到方向。这个男孩又高又瘦,就像西蒙年轻的时候那样;他领会了长腿的动作,加布里埃尔是一个已经习惯了走路的人。

微风中传来了快乐的笑声、歌唱的声音(但有些人唱得严重走调),还有烟斗的明亮响声。一棵大树在蓝天下呈现出硕大的阴影,在它的枝丫下有人在活动。西蒙不是植物学家,他甚至也不是特别喜欢大自然。但是这棵树十分美丽。白色的花瓣点缀在绿色的树枝之间。其他粉色、红色和冷色调的花朵交织成一个个花环,在庞大的低矮树枝上垂下来。

不同年龄的姑娘们成群坐着,她们在欢笑着摆弄着花朵的时候都低着头。还有些姑娘围成一个圆圈,在粗厚的树干下跳着近乎令人眩晕的舞蹈。小伙子们有的在爬树,有的趴在草地上撕着大块的粗糙黑面包。稍年长的小伙子把一些面包分给姑娘们,而年轻一点的则把小块的面包扔向她们。

我不属于这里,这个念头出现在他的脑海里,西蒙不确定这是他的想法还是加布里埃尔的。

有那么一会儿,加布里埃尔的长腿像是被钉在了原地。其中一个年纪稍大的小伙子从树枝上轻盈地跳下,大步流星地向他走过来。他有着深色的头发,黝黑的肤色,脸上还挂着坦率友好的微笑。

"你一定就是我们的加布里埃尔表亲了!"他高兴地说道,"我是皮埃尔。那边的笨蛋是我的哥哥让。"被提及的那个笨拙的人正在忙着把衣服上残留的面包屑扫下去。他比皮埃尔年长,块头也比他大,而相比之下,皮埃尔更加机灵和轻盈。

"你好，皮埃尔。"加布里埃尔说，"你——你们的妈妈让我把这个带给你们。"

"哈！"皮埃尔说，"嘿，让！看来你能继续吃东西了。"被叫到名字的让抬起头来看着皮埃尔，慢慢地朝他们走来。

即使现在加布里埃尔正在和他的表亲们说话，但西蒙还是很好奇贞德在哪里。"我听说你的父亲在土匪来袭的时候保护了镇子。"加布里埃尔说道。雅克·达克是城镇的老前辈，负责栋雷米镇的税收和组织城镇的防御。

"你说的是，勃艮第人。"皮埃尔黯淡地纠正他。

"这是一回事。"让说道。他掰下一块面包，把它递给了加布里埃尔。这块面包虽然质感粗糙但十分美味，奶酪口感细腻，味道浓郁。"生活在布雷昂沃，你距离瓦尔库勒很近，所以你还是有国王的军队来保护。"

"他们也应该要来保护你们。"加布里埃尔说，但皮埃尔只是耸了耸肩。很明显，这在栋雷米镇是一个不怎么令人感到舒适的话题。"那么，"他再次试着说，"你们有亲自参与对那些土匪的作战吗？"加布里埃尔从来没有亲自看到突袭，而这听起来也特别令人兴奋。

"噢，没有。我们避开了他们。爸爸租下了一个坐落在岛上的堡垒，我们都把我们养的动物和所有能带上的东西都带着离开了。如果有时袭击阻挡了我们前往小岛的路，我们就会动身去纽沙特尔。"皮埃尔愉悦的表情逐渐消退了下去。"我们的房子是用石头做的，但大多数人可没这么幸运。"

加布里埃尔听到这些话之后神情变得严肃。"有……有人被杀害了吗？"

"最近还没有。我们大体上收到了警告，所有人和动物都能去避难的地方待着。"

皮埃尔踢了他哥哥一脚,他的回答因为嘴里塞满了奶酪而含糊不清。"加布里埃尔,在这头猪把这些东西全吃掉之前拿一些给让娜。她跳舞已经跳一整天了,当她没有跳的时候她就到处闲逛,看着河水发呆,就好像河流在跟她说话似的。我肯定她肚子饿了。"

"哪个是她?"西蒙的胸口因为兴奋而紧张不安。

"很活泼的那个,穿红色衣服的,"皮埃尔一边说一边指了过去。让娜的确很活泼,她的动作充满活力,身体在移动的时候显得强壮而轻盈。她那稍微狂乱的黑色长发里有一些花朵在其中点缀着。

我是这个世界上最幸运的历史学家,西蒙这样想着,在加布里埃尔蹦蹦跳跳地大步向让娜·达克走去的时候几乎都要头昏眼花了。

"让娜?"加布里埃尔叫道。他的手在抓着要给她的面包和奶酪的时候在不停发抖。

让娜·达克、圣女贞德、奥尔良的少女、未来的法兰西守护圣人,转过头来。

她的眼睛很大,蓝色的双眸显露出犀利和坚定,她的眼神看上去像是要割穿加布里埃尔,似乎可以刺穿他的躯骨,直到到他的灵魂深处。他不能呼吸,只能回看着她,血液突然从他的血管飞奔到他的脸上,然后——

整个世界像皱纸团一样被包了起来,所有的影像、色彩和固性都在以危险无比的速度向后退去,把那张无比神圣的脸庞从他身边夺走。

西蒙·海瑟威只能与黑暗和自己的惨叫作伴。

4

西蒙，怎——

一波剧烈的呕吐感击垮了西蒙，仿佛有一个恼火的巨人狠狠地向他的肚子揍了一拳。他的喉咙沙哑，他才明白过来之前大喊大叫过，而且现在还在喊叫，只不过他听不到自己惨叫的声音。他在束缚带里不停颤抖，全身被汗湿透，嘴巴像棉花那样干。接着他的头盔被摘掉，他湿透了的脸沐浴着凉爽的空气。他停止尖叫，大口大口呼吸着空气，看着一个他不认识的女人的脸。

不是她的。

"我很抱歉，西蒙。"她的声音很耳熟，一个名字浮现在他的脑海里，刺痛着他的恐慌。维多利亚。"我从来没想到在这个特定的模拟情景里会有这么剧烈的反应。你需要一个呕吐桶吗？"

这个想法太过可怕，西蒙强迫自己咽下将要涌上喉咙的胆汁，嘟哝了一些她会理解为"不需要"的话，而维多利亚帮他从像是爬满他全身的扣钩和监视器中解放出来。他现在十分渴望能有一条质地良好，简单而有些粗糙的羊毛巾包裹在他的身上。

"发生了什么？"他声音嘶哑地问道。

她用关心的眼神注视着他。"你失去同步了，而且反应还很激烈，"她回答说，"这个反应似乎和战场的重现更切合。刚刚是怎么了？"

"我不确定。"他点头道了谢，接着开始走下平台。他还是有点摇摇晃晃，当维多利亚扶住他的肩膀时，他接受了她的帮助。维多利亚带他坐到一张椅子上，给他递过去了一杯水。"你说对了——失去同步真的不是什么令人愉悦的事情。我觉得胸口像是被一匹马狠狠踢了一脚。"

维多利亚微微一笑，看到他迅速恢复过来也松了口气。"听你这样说感觉就像是亲身经历过似的，是吗？"

"不，"西蒙说，"不过加布里埃尔被马踢过，感觉就是那样的。发生了什么？"

"我不是很确定。"她说，"可能是有几个原因。西蒙——你故意把自己拉出了加布里埃尔的身体。为什么？"

"我没有。"他回答。

"不，"她坚持道，"你就是有。加布里埃尔就没有打算要去任何地方。"

"胡说。我也没打算要这样。看在上帝的份儿上，我是一个见到了圣女贞德的历史学家，为什么我要回避？"

"那要你告诉我，"维多利亚举起手示意要打断他的话，"西蒙，我做这份工作已经有一段时间了，我已经很擅长于确认突然失去同步的原因。"她温和地说，"西蒙……你逃避了。"

西蒙的脸变得通红。

"直到我知道原因为止,我不能昧着良心和你一起继续进行项目。这可能会不安全。"

"那我来告诉你什么是不安全的——如果我不能给瑞金展示他想要看的东西的话,我现在的这个工作就很不安全了。"他大声呵斥着,用一只手揉着头发,发现他的头发也被汗水浸湿了。

维多利亚继续无情地说:"如果是和溶血效应有关的话,你最不该担心的就是找工作了。西蒙,你的检测数据已经远远超过标准了。你开始出汗,心跳突然急速加快,大脑突然大量分泌化学物质。就像我说的,如果你是在战场上的话,那还能说得通,但是……"

她摇了摇头,有一会儿都没说话。然后,她用更为冷静的声音继续说:"我告诉过你,我曾经看到有人太迷失于过去,他甚至还以为,他就是自己正在研究的那个刺客。他和他的女朋友分手了,因为他爱上了一个已经去世了两百多年的姑娘。他还会暂时失去知觉,当他醒过来的时候,我们发现有一些阿尔诺·多里安写给他的信——还是用法语写的。他对此事闭口不谈。西蒙,最后他死了。我发现这种事情让我特别难以忍受,从那之后我就一直背负着罪恶感。我应该在事情变得更糟糕之前就让他离开这份工作的。我拒绝犯下同样的错误。所以请你告诉我——为什么你失去同步了?"

西蒙叹了一口气,闭上了眼睛。"那个女孩身上的某种东西让他感到战栗——而且把他吓坏了。"

"那你没有?"

他犹豫了。"我现在感觉不到了。"他这样说着,至少这是一部分真相。

维多利亚歪着头,用奇怪的表情看着他。接着,让他感到疑惑不解的是,她似乎在忍着不要笑出来。

"稍等一会儿。"她说着,回到了电脑前检查他的数据。"你大脑所分泌的物质主要是血清素、多巴胺和去甲肾上腺素。你知道这些是什么吗?"

"我可不是化学家。"

她的笑容变得更大了。"别告诉我你忘了初恋会有多么让人不知所措。"

他盯着她,懊恼地问:"真的吗?"

"真的。"

他叹了一口气。"好吧,那简直是见鬼的美妙,"他说,"我将要进入的是一个突然陷入了热烈初恋的少年的身体里。但愿一场打架能好好释放掉那些睾丸素。"

"喔,那可能会变得更糟。"维多利亚说。

"是啊,"西蒙的声音疲惫不堪,但他说的话却十分诚恳,"的确会这样。"

"如果能帮上忙的话,"维多利亚说,"我得提醒你一句,圣女贞德本来就是一个特别具有领袖气质的人。一个对女孩子感兴趣的小伙子可能不会追求成功的。"

冷静下来之后,他想到了他自己的工作。西蒙回想了他在阿尼姆斯里都看到了什么,试图从自己、而不是从一个荷尔蒙分泌旺盛的青年的角度,去看待这个以后将要成为法国守护神的女性。

"我猜我能接受这样的假设。但是不知怎么,我想……事情远远不止是这样。有几个因素在起着作用。"他看着她,"我想要回到那里。"

她考虑了一下,然后点头同意了。"好吧。但是我们不要回到那个时间点上。"西蒙对此十分感激。维多利亚的眼睛在她的笔记上闪烁着。"贞德和拉克萨尔一家回到了布雷昂沃待了一个星期。"她看着西蒙，忍着不笑出来。"也许她是想要花点时间和加布里埃尔相处。"

"噢，好极了。"西蒙叹了口气。

"抱歉了。"维多利亚说着，但她的声音已经暗示了她没有这么想，"我要把你传送到5月12日星期一的深夜——或者是5月13日的一大早。准备好了吗？"

"当然了。"他的声音里透露出他自己都感觉不到的坚定。

他知道在这个时间段里会看到什么，因此并没有之前那样感到特别吃惊震撼。即使如此，记忆走廊的迷雾还是让他感到陌生。他也不确定在回到模拟场景的时候，会有什么效应发生在自己的身上。

当奇异的乌云逐渐成型的时候，维多利亚问道："那么，西蒙，你是怎么看待贞德的？"

"我吗？好吧，她很令人着迷。"他说道，"如果她的确拥有伊甸之剑的话，各种关于她的记载似乎就更为合理了。她生活的那个时代比我们的时代对宗教更为虔诚，当谈及听到了上帝的声音时，对他们而言，那并不是关于是否有人真的听到了什么声音，而是他们听到的话语到底是来自上帝还是撒旦。"

"但你是怎么看待她的？"

"说实话，我还没有想法。"他说。场景的模拟快要完成了。"我是个历史学家。说真的，我不应该有自己的好恶，我只能进行研究。"

"这能让你抵抗任何溶血效应。"维多利亚赞同地说。

记忆走廊里的雾气逐渐消退，被柔和的黑暗所取代，天空只是被星星和渐渐变小的月亮发出的黯淡光芒所点亮。

加布里埃尔在午夜时分醒了过来。自从让娜到来之后，他发现自己一直坐立不安，不能集中注意力，睡眠也经常在看上去十分随意的时间被打断。就连帮助他父亲照顾牲畜的累人体力活，也和他之前担任商人继父的助手工作如此不同,将他的能量全部耗尽,因此他在晚上睡得很熟。他很喜欢在狭窄的街道上漫步,虽然布雷昂沃是一个很小的地方,而他的旅途也从来不能持续很长时间。他会像现在这样徘徊在拉克萨尔家的外面,身子靠在拱门上,向上看着天空,然后回到房间里翻来覆去,直到下一次醒来为止。

好吧,西蒙,你现在感觉怎么样?

"我很好,"他回答,虽然加布里埃尔现在口干舌燥。那么对让娜他是什么看法呢?她的脸蛋并不是传统意义上的那种美丽,下巴稍微有点方,额头也有点太高了。但是她用西蒙所见过最湛蓝的眼睛看着加布里埃尔——这是最坦诚的事实,一点都不夸张——而她的眼睛、如乌鸦翅膀般漆黑的蓬乱头发(好吧,这部分是夸张了)都和她从未被压抑的活力兴奋地融合在了一起。

"你在守夜。"一个柔软如歌声般的声音说道。

加布里埃尔动了动身子。让娜就在几步之遥的地方,衣服都已穿戴好,也和他一样,紧紧披着一件斗篷,阻挡着夜晚的湿气。现在天色漆黑,他应该是看不到让娜的,但加布里埃尔还是能看到她脸颊和嘴唇的每一条轮廓。她的双眸映射着星星的微弱光芒,对他而言,她就像是在发光,星星就像从她的双眼里发出光亮。

"你在做什么?"他结结巴巴地问。

她边向他走近边说道:"僧侣们都这么说的。他们也管这个叫守夜祈祷、夜景或者是晨祷。你知道祈祷时间的。"他当然知道了。每个人都知道祈祷的时间。教堂的钟声一天会奏响八次。但他从来没听说过守夜祈祷有这么多其他的叫法。

"在家的时候,我听到教堂的钟声响起时,就会丢下所有的事情到教堂里礼拜。"她说着,露出一丝笑容。"我甚至有时会在敲钟人迟到时不得不呵斥他们。不过要在晚上进行守夜祈祷的话……我只能偷偷溜出来。"

她的嘴巴咧成了一道顽皮的笑容,加布里埃尔的呼吸停顿了一会儿。她的脸面向着群星,脸上的笑容慢慢消退了。"你知道吗,他们都在捉弄我。"

"谁?"

"大多数时候都是男孩儿,我的兄弟,甚至是我的朋友们。虽然他们很爱我,但他们觉得我这么喜欢去教堂很奇怪。"

听到其他人都是怎么谈论她的,加布里埃尔自己觉得这样很古怪。但那些都是在他遇到她之前的事情。从某种程度上说,让娜只是个姑娘——她会欢笑,会去做自己的家务,那些捉弄她的人似乎从来都不会让她感到心烦意乱。实际上,她给予的东西和她所得到的东西都同样美好,但这只是偶尔才会发生的,因此她的这次坦白让他很惊讶。

她转过身来面对着他,双眼在深邃的阴影中充满了星光。"你觉得我是个很奇怪的人么?"他很想告诉她,自己不是这么觉得的,但他发现自己的舌头违背了想法。他不能对她说谎。

"是的,但这只是一开始。在这之后我得以了解你。我……我看到你是多么快乐。你在祈祷的时候发光发亮。我觉得这很美丽。"

他差点儿就说出了"我觉得你很美丽",但他还是管住了那条不忠诚和不经过思考的舌头。她的脸柔和了下来,露出了微笑。

我要溺死在她的眼中了。加布里埃尔这样想着,心跳也加快了。

"加布里埃尔……你有没有感觉过,你和其他人是不一样的?"

有那么一会儿,她说的话狠狠地冲击到了他。他几乎想要躲避这个问题了。"我是个私生子。我知道我和其他人都不一样。"

"你对此很困扰吗?"她的眼神充满了同情。

他点了点头。"当我和我妈妈和爸爸在一起的时候,这对我来说不是问题。我的意思是,我的继父。"他纠正道,"他们是我所知道的唯一父母。我的继父是一个在南希做生意的商人。我甚至在……在他去世之前,都不知道他不是我真正的父亲。他是因为发烧的并发症而去世的。"

让娜发出柔和的声音,握住了他的手。加布里埃尔紧张了起来,他预料到了这种奇异、几乎是痛苦的感觉像是要在这个不合时宜的时候从他的身体飞奔而过。但是她的手很凉,能安慰到他。和令他兴奋相反的是,她的接触让他平静了下来。他身体内的紧张感正在得到缓解,他的倾诉也变得更为容易。

"妈妈抗争了一个月。但是到了最后,她让我写了一封信给迪朗,问他能不能照顾我。我觉得他是不会这么做的,而且就算他接纳了我,我也不知道他的妻子会怎么看待我。"

让娜歪了歪头,脸上仍然闪烁着光芒。这是因为星光,还是因为我?加布里埃尔不禁想到。"你在这里的家人,拉克萨尔一家……他们都是很好的人。这也是为什么……"她突然停下,捏着他的手。"冉娜好像对你很好。"

是的……另外一个冉娜。西蒙这样想到。"让娜"是法语名字"冉娜"英语化的发音,而且很明显,这也是加布里埃尔继母的名字。这个名字看上去有些可笑地普遍,西蒙想,要把这些所有的让娜——还有冉娜——都分清楚的话,可是一个不小的挑战。

"她对我很好,"加布里埃尔赶紧对她保证道,"你说得对,她很善良,和她的表亲一样好。"加布里埃尔试探性地回握了她的手。"但我来到这里时间还不长。南希是一座更大的城镇。我在那里的时候都在算账目、写收据、管理仓库。干农活……跟这些很不一样。而且我还不知道有什么地方可以容纳我。"

"我也是不一样的。"让娜说道,"不过我知道我这辈子必须要做什么。"她收回了手。加布里埃尔突然感到了空虚,夜晚也突然变得寒冷。"我们是朋友,对吧?"

加布里埃尔的心脏在缓慢而痛苦地跳动着,有那么一会儿他的心跳似乎要停止了。他说出的话就如同尘土一般,但他还是说了出来。"是的,"他轻柔地说道,"如果我们之间不会发生什么的话,我会珍惜我们的友谊。"

"那么我必须要请求你的帮助了。平常我不会轻易这样做的。"

"没关系,"他说着,口气有点过于渴望,"什么都可以,让娜。"

"明天,我会请求你的父亲帮我一个忙。这听起来可能会很奇怪,你也许会对此很好奇。不过我需要你帮我说服他。"

"你现在不能告诉我吗?"

让娜看向了别处,脸上的神情变得忧郁。她似乎是在盯着他肩膀上的什么东西看,但加布里埃尔转过头去,并没有看到有什么东西。那里只有一只猫,在黑暗中显得很苍白,站在墙顶舔着它的前爪。

"不,"她说,"不是现在。我需要你相信我。你可以吗?"

她看着他,她那强壮苗条的身体绷得很紧,奇特的星光似乎要比之前更加明亮。只有一个答案。"当然了,让娜。无论你想要我父亲帮助你做什么,我都会说服他的。"

让娜严肃的表情变成了微笑,加布里埃尔可以发誓自己的心脏正在开裂。"你是个好人,加布里埃尔。晚安。"接着她离开了。加布里埃尔在那里站了很长时间,在纳闷刚刚的事情是不是他凭空想象出来的。

西蒙对加布里埃尔在看着让娜的时候看到了什么感到很不解。模拟场景开始消退,变成了一片灰蒙蒙的雾,接着变黑。我在把你带出来,维多利亚的声音说道。过了一会儿,西蒙感到肩膀传来的轻微触碰感,在提醒着他维多利亚就在身边。当她把头盔摘掉的时候,他脸上感觉到空气的凉爽,才意识到自己一直在出汗。

"维多利亚,"当维多利亚开始帮他拆下无数的夹子时,他试探性地问,"你……你看到了刚刚发生了什么吗?贞德的脸是怎么回事?"

她迅速而好奇地瞥了他一眼。"你说的是什么意思?"

"她……她……"西蒙在努力组织语言。"她……我不确定是否因为星星的光亮,加上加布里埃尔对她的迷恋,但是她看上去——就像是在发光。"

她的神情变得小心翼翼,不掺杂自己的感情。毫无疑问她正在转变成一个治疗师。"我通过你的观察已经看到了,加布里埃尔认为她在发光。"她不置可否地说道。

"我还想会在找到神剑的时候看到与之类似的东西,但……但那是她。神奇的是她。加布里埃尔看到了。"

他的右手自由了,在维多利亚转过来解放他的左手时,他把手放到了她的肩膀上。

"维多利亚……我觉得我们找到的不是一个,而是两个拥有极高比例先驱者基因的古人。"

5

维多利亚直到西蒙吃了东西的时候才同意跟他讨论任何事宜。"食物是基础,"她说着,"能帮助你回到自己的身体,离开加布里埃尔。快吃吧。"说着,她把一块能量棒扔给了他。西蒙感到有些恼怒,但还是顺从了。

"好吧,我会遵循医嘱的。那么,毕博博士,请说一下你的看法。"

"说实话,当你第一次从模拟中被拉出来的时候我是有一点点担心的。"西蒙其实也有点担心,但他选择了要搜集到这一个情报。"但在加布里埃尔对贞德的那些感情中,她的个人魅力起到了重要的作用。考虑到你是第一次使用阿尼姆斯,我也不是过于担心。老实说,你能自主选择失去同步,这说明了你有坚强的意志。我觉得你不会被任何负面的溶血效应所影响,至少在这段时间里还不会。"

"这可真令人松一口气,"他说,"但关于贞德和加布里埃尔——我从来没听说过有这样的事情。"

"我也没有。"维多利亚承认。

"她在释放出某种……"他在寻找合适的词汇,"能打动人的力量。不,不是这个。'神授的力量'已经被使用得太泛滥了。加布里埃尔对她的反应就跟人们通常被伊甸苹果影响时的反应那样。他对她痴迷,几乎要奋不顾身。我看到了这一切——从他眼睛里的闪光所看到的。而贞德的毕生事业——至少,在一开始——就让我们一次次看到了她是怎么激励人,怎么让其他人对她信服。"

"加布里埃尔也许是一个例子,但我们已经知道了他大脑里分泌的荷尔蒙在完美地起作用,而且很明显,她还没有影响到每个人。这并不像是伊甸碎片赋予了她一个人类的躯体。"

维多利亚并不是想要如此无情,但西蒙还是畏缩了一下。他一直尝试着不去想这个故事会如何结束。维多利亚是对的。如果贞德是拥有了人类躯体的伊甸碎片,她的命运就不可能那么悲壮。没有人能对她处以死刑。

"不,她不是,感谢上帝。伊甸碎片作为无生命物体,它们的力量足够强大。但活生生的人,甚至是为了正义而奋斗的人,真的会恐惧去思考的。"

"与此同时,我必须同意贞德和加布里埃尔似乎的确拥有高浓度的先驱者基因。对我们来说,发现这一点很重要。任何先驱者基因在现在都是很稀有的,而且随着人类历代的繁衍,会变得越来越稀少。"

西蒙对此十分清楚。实际上,圣殿骑士现在的一个行动就是要追踪一个叫夏洛特·德拉克鲁兹的人,有传言说她仅仅拥有一丁点这些珍贵的基因。

"圣女贞德一直都是一个卓越的人,"西蒙说,"我猜,我们要找出来她是如何卓越的。我知道她要迪朗和加布里埃尔为她做什么——她想要他们带她去沃库勒尔。"

"那里发生了什么？"

"她坚持要见指挥官罗贝尔·德·博垂库尔。贞德希望他能把她护送到希农，当时法国王储所在的地方。"

"他有这样做吗？"

西蒙皱起眉头。"其实他并没有。总之，在那时还没有。我想我们应该跳到下一个重要事件发生的时间。我不肯定你是否知道对于一个历史学家来说，不能经历历史的关键时刻有多么困难。对我来说，哪怕只错过了一个关键点都让我十分难受。当贞德第一次失败后返回栋雷米镇的时候，整个村子的人都被迫向南撤离到讷沙托①。当她回到栋雷米镇的时候，看到的是被烧毁的教堂。几个月之后，贞德就被卷入了一宗约定中。我怎么不会想要去看呢？"

维多利亚对此不由自主产生了兴趣。"什么样的约定？"

"婚约。贞德的父母把她许配给了一个人，然后将要成为她未婚夫的那个人在她拒绝的时候把她传唤到了法庭上。她说她从来就没同意过这门婚事。这个人的名字已经泯灭在历史中了，不过我很渴望想要找到他。你可别告诉我你对这个也没兴趣。"

"不，我没有。不过我知道的是，我们只有一星期——纠正一下，五天的时间——去探索加布里埃尔的记忆。只要你能向瑞金成功论证了你的研究方向的价值，你就很可能会有更多的时间来满足你个人的好奇心。"

西蒙看着她说："这是专业的好奇心。我在加布里埃尔的伪装下不会有任何醒来之后发现我写给自己的笔记的危险。"

---

① 法国城镇，与栋雷米镇同样位于法国洛林大区孚日省。

"我也不用担心这个。"她说。但是西蒙可以从她的表情上看出，她的确是在担心一些事情。他在想，根据维多利亚所设计和执行的运算，下一个"重要的事件"会是什么。

1429年1月7日，星期三

加布里埃尔双臂拥抱着让娜，让她在他怀里哭泣。

到底怎么了？西蒙疯狂地想着。

"接下来很明显一定会发生什么！"让娜的声音在面朝着加布里埃尔的衬衫时显得有些模糊不清。她哭得是那么伤心，他感觉到他的衣服被慢慢浸湿。"为什么这个男人不会见我？我做错了什么事情？"

西蒙稍微有些警觉地在加布里埃尔的认知里搜索着一些最新的消息。迪朗·拉克萨尔，听从了他儿子的建议，已经回到布雷昂沃陪伴着他的妻子和刚出生的孩子。让娜和卡特琳·沃耶同住在一个房间里，而加布里埃尔和昂利住在另外一间房。昂利在他的店铺里，卡特琳在如今被当成厨房、饭厅和灶台使用的起居室里。

就在不久之前，让娜一直站在德·博德里古家的门厅外站着，直到因为寒冷而倒下但她还拒绝进食。加布里埃尔只得把她带回来，他才刚刚说服她喝下了一碗汤。加布里埃尔本来想着会看到让娜疲惫但斗志昂扬的样子，而且已经做好了回到城堡之后会爆发争吵的心理准备。但是，他看到的却是一个泪流满面的让娜。

加布里埃尔就像是抱着一个孩子似的抱着她，让她感受到来自他内心深处的安稳以及平和。让娜死死地抱着他，将她被德·博德里古重复拒绝的愤怒，和走进死胡同的挫败感通过眼泪全部都发泄出来。

"奥尔良的人们自十月以来就被包围。仅仅是今天，他们就遭受了一次抢夺英军粮食的失败。在城墙内的孩子们正在挨饿，这个愚蠢的指挥官甚至都不想要跟我说话！"

1429 年 2 月 12 日——鲱鱼战役①。护送英军补给的约翰·法斯特尔夫爵士让这次掠夺变成了对法军的灾难。他在莎士比亚的戏剧里被丑化成了醉醺醺的享乐主义者约翰·法尔斯塔夫爵士。这次战役得名于本来要送往朗镇②的大量腌制咸鱼。让·迪努瓦③，以奥尔良的私生子更为人所知，也只是勉强逃了出去。让娜很快就要见到他了。

但是让娜是怎么知道的？

加布里埃尔同样也对她说的话感到震惊，但是让娜只是说出了简单的事实，所以他相信她。

过了一会儿，让娜停止了哭泣向后退了几步。她哭得脸颊浮肿，双眼通红，但是她的光芒再次闪耀了起来。加布里埃尔觉得他的心在看到光芒的时候感到舒适；她的光芒对他来说要比太阳的光亮还重要。"你现在要吃点东西吗？"他问道，"这是我的吗，让娜……我是说，贞德？"自从她第一次和博垂库尔见面之后，她就开始称呼自己为贞德，摒弃了那个女孩子气的昵称。

贞德叹了一口气。"给你的。"她不情愿地说。

他笑着松了一口气。"谢谢。我也去给你拿一些面包和酒吧。"他从床上坐在她身旁的地方起身，走到门边——然后僵住了。

在主厅里，他听到了一个人的声音……但昂利现在还在他的店里。贞德停了下来，放下她的勺子，把头扭到一边。她把碗放下站起身，她的动作流利而有意为之，轻柔地把加布里埃尔推到一边，拉开了门，

---

① 百年战争奥尔良之围期间的一次小规模军事行动。战役爆发当天，贞德第二次与博垂库尔见面。
② 位于法国东部的安省。
③ 迪努瓦伯爵（1403～1468）是法国的将领、外交家。奥尔良公爵路易的私生子。

大胆地走了出去，仿佛她的力量立马已经回来了。

另外一个德·博垂库尔的人。这个人十分高大，在小小的房间里看上去就像是一个巨人，他正在礼貌地和卡特琳说话。感觉到他们出现之后，他转过身来。他大概比加布里埃尔年长十岁，胡子修剪得很干净，他的深色双眼跳跃着幽默感。他看上去就是经常笑的人。

"我要找的就是这个小泼妇。"他大声惊呼道，"你就是那个声名狼藉的少女，折磨我的主人博垂库尔队长的那个人。"

在贞德可能会说出一些尖锐的话回击他之前，卡特琳平和地说："让娜，加布里埃尔——这位是让·德·梅兹，他是德·博垂库尔大人的一名侍从。他来这里是想要和你谈些事儿。"

卡特琳看上去有点心神不安，她为这个陌生人提供了一把椅子坐下。贞德故意坐直身子，双手交叠在胸前，一句话都不说，怒视着这名随从，就像她先前对着其他所有随从那样瞪着他。

她的态度似乎把他逗乐了。他向后靠着椅背，把他的长腿伸向壁炉的方向，脸上的微笑逐渐变成了咧嘴大笑。他叹了一口气，多少有点夸张，说："我亲爱的姑娘……你在这里做什么呢？难道你不认为国王注定会失去他的国土，然后我们剩下的人很快就要说英语了吗？"

贞德很小声地低吼着，加布里埃尔强忍着不笑出来。这个让·德·梅兹不知道他正在对付的人是谁。

"我来到这个声称拥护王储的地方，和罗贝尔·德·博垂库尔谈话，这样他可能就会带我、或者送我去面见国王。但他并没有注意过我，和我说的话。"她缓慢小心地说，仿佛是在跟一个小孩子说话。"可是，在我们到达朗镇中部之前，我必须在国王身边，哪怕我必须要跪下去！"

"去希农的旅途十分漫长，"德·梅兹继续说道，"要花十二天，也许要两周。在白天,你可能会被英格兰人或者是他们的勃艮第朋友袭击;而在晚上,你可能会遭遇拦路抢劫的壮汉,他们会把像你这样的姑娘洗劫一空。"

他的视线在贞德的身体上下走动着。加布里埃尔感到了一股白热化的怒火,但是贞德并没有退缩。她向德·梅兹大步走去,他在她接近着自己的时候站了起来。他的身高要比她高。

贞德直视着他的眼睛。"我并不害怕。如果有士兵或者是土匪挡住了我的路,上帝会让我前行的道路变得安全。"

"天啊,你可真有信心,不是吗?"

"你已经听说过预言了。"贞德阐述着,"那个说法兰西会葬送在一个女人的手中,但是一个来自洛林的少女会夺回法兰西的预言。诡计多端的伊莎贝尔王后已经签署了《特鲁瓦条约》①,把法兰西拱手让给英格兰那个乳臭未干的国王。"她的眼睛闪烁着光芒。"而我,则来自洛林。"

"你不是第一个声称是洛林少女的人——"德·梅兹开始说着,但是贞德无视了他的话。

"我生来就是为了这项事业。在这个世界上,没有人,无论是国王还是伯爵,还是其他任何人,能够光复法兰西。如果不是我的话,这个国家不会有任何希望!"

她的声音一直都是如此悠扬,但现在变得十分洪亮。但是,德·梅兹令人难以容忍地低下头,一边笑一边看着她。

"是你的兄弟们把那些战争和战斗的想法塞进了你的漂亮小脑袋里吗?"

---

①该条约迫使法国国王查理六世承认英格兰国王亨利五世为其继承人及摄政,并将卢瓦尔河以北划归英格兰。

她发出了一声短促的苦笑。"我宁愿和在栋雷米镇的可怜母亲一起织布。但这不是我要做的事情。但我必须离开，我必须要这么做，因为上帝希望我这么做。"

她的声音和话语都十分有力，而她的光芒，不可思议地一直点亮加布里埃尔的心的光辉，并猛烈地爆发了。德·梅兹英俊的脸蛋圆滑的表情消失了，取而代之的是其他的表情，愉悦，但更为深沉。就在卡特琳、加布里埃尔和少女本人惊讶的注视之下，让·德·梅兹单膝跪在了她的面前。

"圣女，"他说着，现在他的声音和神态都十分严肃，"我将为你提供帮助，以此证明我对你的信仰。我会带你前往德·博垂库尔大人，我的主人面前。我以我的声誉起誓，我会护送你直到安全到达王储所在地。"

德·梅兹双手合十，像是在祈祷，接着他把手举到贞德面前。奇怪的是，她的脸变得如此光亮，加布里埃尔几乎不能直接注视着她。贞德的手紧紧握住了他的双手。这是一个古老的表示忠诚的手势，加布里埃尔——和西蒙手上的汗毛，都竖了起来。

加布里埃尔正在回应着德·梅兹对贞德的效忠。而西蒙留意到的完全是另外一件事情。

贞德美丽的脸庞并不是唯一发光的地方。隐藏在德·梅兹袖子下的阴影中，除了少数经常能比普通人更频繁看到的人之外，其他所有人都不会看到。一件在闪光的东西。

这件东西不仅尖锐。而且致命。

那是一把袖剑的剑尖。

让·德·梅兹是一个刺客。

6

"你看到了吗?"西蒙控制住自己之前就大声地喊了出来。当他说了这句话之后他立马就感到很抱歉,眼前的影像正在扭曲,变成了成一片灰色。他感到一阵猛烈的痛苦向他的头部袭来,仿佛梅兹的袖剑就恰好刺向了他的太阳穴。

接着他就脱离了模拟场景。他浑身都是汗,眼睛睁大,心跳加速。维多利亚摘掉他的头盔,发出了责备的喷声。"西蒙,你比我的那些年轻实验体还要差。你有时会变得太过兴奋。"

这个评价让西蒙感到不安,因为他一直觉得自己是一个很冷静的人。但这是真的——而且还令人感到惊讶。在他还是一个孩子的时候,他就一直很偏爱历史——真正的"历史"——而不是童话故事,而他的这个嗜好也一直持续到他成年以后。他意识到历史的最吸引人之处是有多么遥远。历史课只有研究和做笔记而不是体验。当然了,并不是像现在这样亲身体验历史,直到现在西蒙才开始明白过来历史对他的影响是有多么深刻。

我要怪在加布里埃尔的头上。他这样想到。

"那么，你在里面看到了些什么让你这么兴奋的东西，使你不得不失去同步了？"她继续问道，把西蒙的手举高好让他从阿尼姆斯的怀抱中重获自由。

"让·德·梅兹有一把袖剑。"他冷静地说。

维多利亚突然抬起头，睁大了眼睛。喜悦洋溢在她的脸上。"他是刺客！西蒙，这可真是个好消息！"

"我想为没有早点儿想到这一点而狠狠踢自己一脚，"西蒙想明白了之后说道，"贞德是一个令人振奋的人物。刺客和圣殿骑士当然会对她感兴趣。他们可能会对看上去能实现预言的人多留一个心眼。看起来我们可以有机会对十五世纪刺客们的活动有更多了解，也能得到更多关于第25号伊甸碎片的情报，还可以追踪研究两个拥有丰富先驱者基因的个体。"

"也是能让瑞金对你的研究新方向感兴趣的另外一个方法。"维多利亚帮他松绑了最后一条绑带，在西蒙从机器下来的时候走到另外一边。西蒙意识到自己在颤抖，心跳仍然很快，他让维多利亚把他带到座位边坐下，给了他一杯水。她把平板电脑拿了过来，开始阅读上面的参数。

"你看上去要比我更高兴，"他观察着说。

"为什么我不该高兴呢？"她露出笑容，拉过来一张椅子在他身旁坐了下来。

他把头伸了过去看着屏幕。"对谁可能是刺客或者是圣殿骑士有什么想法吗？如果能的话，我们在研究里要确认把遇到过的刺客和圣殿骑士都写进去。"

"好吧，在这段历史里，当然没问题。"维多利亚在划动点击着屏幕的时候说。"这时距雅克·德·莫莱被处死和圣殿骑士团陷入了混乱，仅仅过了一百多年。"

陷入混乱。这个词用得真恰当。曾经十分强大的圣殿骑士团变得一团糟——特别是在法兰西。圣殿骑士被迫撤出。刺客们占据了上风，无情地追捕着他们的敌人，一个接着一个地消灭了他们。但是没有什么能阻止圣殿骑士团再次崛起，骑士团在缓慢地恢复元气，从欧洲撤退到英格兰逗留了一段时间。

"对圣殿骑士而言，夺回法兰西会是一个重要的奖赏，而刺客们肯定会阻止他们。"西蒙说。

"在这个时间段里我们并没有获得很多人的名字。"维多利亚说道。"丢失的资料实在是太多了。当骑士团陨落和德·莫莱以异端之命被处以火刑的时候，刺客们都在欢庆。他们不愿意看到法兰西成为圣殿骑士卷土重来的一个重要据点。对刺客们来说，法兰西必须由法国人统治；而圣殿骑士则认为，只有法兰西处在英格兰人统治之下，圣殿骑士的存在才能变得更为强大。英格兰人和勃艮第人会做任何事情来败坏王储，以及所有支持他的人的名声。"

"比如说我们的贞德。"

维多利亚点了点头。"现在……我们确切知道了一个圣殿骑士的先祖是谁。"她把图片展示给他看，西蒙的愉悦不知怎么的消退了一些。

"啊，他啊。可爱的小家伙。"

他曾经阅读过这个人的档案。现已身亡、在西蒙眼中无人为其哀悼的沃伦·韦迪克，阿尼姆斯残忍而聪明的缔造者，曾经在这项技术正在开发的时候探索过他自己的基因记忆。他声称他有一位像他一样令人讨厌的先祖：乔佛里·泰拉热，当时处死贞德的其中一名刽子手。

"那些极其希望有奇迹发生的人曾流传过一个残忍的流言,贞德的内心固执地拒绝被执行火刑。"他告诉维多利亚,"有些目击者声称,他们看到贞德在灰烬中仍然保留了完整的躯体。泰拉热是那个收集贞德骨灰的人,接着他就顺手,把这颗属于未来圣人的不被火焰所烧灼的神奇心脏扔进了塞纳河,这样一来,她的敌人就不会被那些传言和圣遗物所困扰了。这真是个有趣的讽刺。他的后人——任何圣殿骑士都会的——要是能保留了一些贞德的基因用于研究,都会兴奋得要命。这肯定会把韦迪克气得要死。"

泰拉热是个英格兰人。西蒙开始对自己作为一个来自英国的圣殿骑士,要在这个特别的情景中决定要支持历史上错误的一方而感到不适。

维多利亚轻轻碰了他的胳膊,打断他的沉思:"现在时候不早了。"

"还没那么晚。"

"你今天已经做了大量的工作,但是你的大脑还需要消化你所获得的信息。在阿尼姆斯的头几天,对人的精力都消耗不小。"

西蒙开始想要抗议,但还是叹了口气。"我猜这是医生的命令,而不只是一个友善的建议?"

"恐怕是的。你今晚做的梦会十分有趣,你或许会试图都记住梦境里的事情,在你睡醒之后还想要把它们都写下来。在你睡着之后,有时会出现二次回想。"

西蒙想要忍着不打哈欠但还是失败了。"我的身体背叛了我。"他嘟囔着说,"如你所愿。我会带一个风暴的'努力工作'快餐篮回我的办公室。明天一早见?"

"早上见。"

在紧闭房门的办公室里,艾伦·瑞金倒上了一杯白兰地。他把酒杯递给毕博,但她拒绝了。

"我们已经取得了一些实质性的进展。"她开始说道,但瑞金举起了手示意她停下。

"首先,"他说着,"我要知道你对海瑟威的看法。说起我们这位新上任的历史研究部主管——和内殿团最新成员的话,你就是我的耳目。很明显,我认为,他应该可以说是,十分热情。"

"我对您的信任,和让我前来协助感到荣幸。"毕博说道,"我很高兴我能帮上忙。而且老实说——我宁愿看到一个过于兴奋的合作对象,而不是一个完全对此没兴趣的人。"

瑞金盯着她看了一会儿,在抿一口之前,不停转着手中装有琥珀色酒液的玻璃杯,让它散发出酒的香气。维多利亚·毕博博士坐在他的办公桌前,耐心地等待着他的回应。瑞金回到桌前,敲打着键盘,接着把显示器转过来让她也能看到。她的脸色变得煞白,低下头看着自己交叠的双手。

图片上是一个曾经可能长得挺不错的一个男人,但现在看起来则恐怖吓人。他的身体被子弹打成了筛子,他临死前,眼睛和嘴都是张大的,脸上呈现的是恐惧或者是愤怒的神情——也许两者兼有。他的手死死抓着撕下来的纸片。

"你对此很肯定吗,毕博博士?"

毕博深呼吸了一口气,强迫自己看着这幅血腥的图像。"罗伯特·弗雷泽只是一个普通人,"瑞金继续说道,"一个有天赋的业余画家,敏锐的观察者,忠实的员工。他对自己的工作也有十足的热情。"

"但弗雷泽先生不是圣殿骑士,更别提是内殿团的成员了。"毕博回答说,"海瑟威博士在精神上比他更稳定。"

"我再确认一次……你对此肯定吗,博士?弗雷泽太过沉浸在成为刺客阿尔诺·多里安的兴奋感中,而且,"他补充了一句,"还沉迷于多里安悲惨的恋情中。现在,我们有了一个已经对历史相当热情的人,通过一个糊涂少年的角度来研究圣女贞德。这……很令人担忧。"

他的话让毕博紧张了起来。"我知道我在罗伯特·弗雷泽的悲剧中起到了什么样的作用。没有人会比我更不希望这样的事情再次发生——特别是像西蒙·海瑟威这样对骑士团如此重要的人。"

瑞金友好地微笑着,收回了他冷酷的进攻。"博士,你对骑士团来说也同样重要。我不希望你们任何一个人受到伤害。这就是为什么我命令你要向我报告——这样的话,如果出现了差错,我们就有快速高效应付这些问题的准备,把问题扼杀在摇篮之中。"

她凝视着他的双眼。"先生,一旦我发现有什么疑问,我当然会马上来告诉你。"

他只是继续笑着说:"我感觉,保持警惕是更为……妥当的态度,毕竟这是一个成败攸关的项目。好吧。你刚刚提到了令人高兴的'实质性进展',我没说错吧?"

"当然了,先生。有以下几个方面。首先,圣女贞德似乎有数量惊人的先驱者基因。"瑞金在她描述着贞德的感染号召力,以及甚至没有第25号伊甸碎片的情况下她是如何显现影响他人的能力时认真听着。

"这真迷人。"他说道,"真可惜她没有任何后代。"

"第二,"毕博继续说着,"我们已经确认了,她的其中一位忠实追随者是一名刺客。"

瑞金的眼睛稍微睁大了。"只有一个吗?考虑到当时的政治氛围,我还以为会有更多刺客。"

"我们现在已经确认了一个。我同意可能会有更多的刺客这种说法。当我意识到我们有可能会和刺客接触的时候，我交叉参考了在之前的阿尼姆斯研究里搜集到的关于1429年法国政治氛围的资料。我认为加布里埃尔和贞德在某个时间点碰到一个刺客导师的可能性有80%以上。"

瑞金向后坐靠着椅背，用崭新的尊重眼光看着她。"这对我们很有用，"他不得不承认这一点，"我们只是知道托马斯·德·卡内里昂是十四世纪初的刺客导师。直到两百年后出现的艾吉奥·奥迪托雷，我们才听说刺客有其他的导师。我想，我们应该对有一位刺客导师出现在百年战争期间并不会感到惊讶。"

"这的确是佐证了海瑟威博士关于撒下大网的理论，"毕博说，"让我们一头扎进去的唯一情报就是贞德曾经持有伊甸神剑，在她之后就有人把神剑夺走了。我们对刺客的联系纽带、以及贞德本人的基因一无所知。"

"我留意到了。但是……你们甚至还没有找到那把剑，"他微笑着说，"你和海瑟威教授还有五天的时间。好好利用剩下的时间吧，博士。"

罗德里格·利马，阿娜雅的监管员，把头探进了她和其他两个同事共享的办公室里。

"你的等级还不足以拥有你自己的办公室，"他意味深长地看着那两张空桌子说，"你知道的，你用不着加班。"

她对他报以微笑。"也不看看是谁在说话。你在这里也待到很晚。你作为一个老板太好心了。"

"啊，是的。但我要准备走了，你还没呢。"

"别担心。我不会走上你的老路。"她说道，"你太善良了，不像一个上司。"

他咧嘴笑了笑，靠在了门边。"那么好吧。因为我喜欢我的工作。我工作的其中一部分就是要关心员工。"罗德里格收起了他的微笑。"这份工作能把你吃掉，我不想看到你为了工作而耗尽能量。阿布斯泰戈需要你。所以不要加班到太晚，好吗？"

她点了点头。"好吧，老母鸡。"他翻了个白眼离开了，关上了身后的门。

阿娜雅说的话是认真的。罗德里格是那种最好的上司——他虽然对部下要求严格，但是也跟他们一起并肩工作，把巴西人的热情、工作的经验和如何激励整个团队的认识完美融合在了一起。阿布斯泰戈需要他。

但是……阿布斯泰戈是不是需要她呢？

这已经不是她第一次想过这个问题了。她曾这样问过自己——不止一次。现在，她再次进入阿布斯泰戈的官网，点击其中的"职业生涯"，输入了她的通行码。一个圣殿骑士专用的方位子集弹了出来。她向下滚动着页面，直到她找到了自己想要的东西。这条信息已经在这里整整三个星期了。

信息安全中心，总监。蒙特利尔。

每个人都说阿布斯泰戈娱乐是一个能让人愉快工作的地方。在传统观念里，一个人的职业生涯最好的起点就是在伦敦、马德里或者是东京分部的底层开始做起，而不是阿布斯泰戈娱乐蒙特利尔分部的高级职位，这个职位甚至还没有出现在阿布斯泰戈的主页上……但是阿娜雅还是很好奇。既然这里都已经没有多少上升空间了，她可以走得越远越好，不怕威胁到能干的罗德里格，因为她也真的不是很想要顶替他的职位。

阿娜雅深呼吸了一口气。她不想变得那么保守，但是毫无预备地碰上了西蒙让她比之前以为的要更害怕了。考虑到安全部门和阿尼姆斯部门的紧密联系，这样的碰面肯定会更有可能发生。他们的分手也不是那么糟糕。阿娜雅想，如果他们的分手很不愉快的话事情可能会简单很多。不，他们的感情只是……消退了而已。不过真的，也算不上是无果而终，只不过是他们之间的火花没有那么多了。至少，西蒙那边是这样的。

但是她这边的感情也足够让她在看到他那张轮廓分明的脸蛋时感到似乎有一把冷淡的刀刺入了她体内。

而且，她很希望能在工作时再次用上法语。她在来到伦敦之前本来有机会在巴黎工作的，但是她错过了这个机会。

阿娜雅不得不对着自己笑了笑。她的整个职业生涯都建筑在她的胆量之上，而当涉及到工作以外的东西时，她在改变面前却退缩了。那句话是怎么说的来着？"天佑勇者。"她小声地说着，按下了"网上申请"。

7

第三天

　　风暴餐厅的"努力工作"快餐篮好几年前一位由比西蒙更聪明的人设计出来的,现在在客户中也是颇受欢迎。西蒙向送货人道谢并大方地给了她小费,他还悲哀地做了个预测,自己会在维多利业到达办公室之前把这一整个篮子都吃得干干净净。

　　维多利亚告诉他要看看自己做的梦。西蒙一整晚都忙个不停,这显而易见,因为他醒来的时候很疲惫。他没有特地记住这些梦,但他还是不能很好集中精力,在维多利亚来到之前没法好好做任何事情。虽然他的确给她发了一条短信,以防她也起得很早。

　　他小心翼翼地把这个"努力工作"快餐篮移动到离易碎物品比较远的地方,接着写下一些可能很重要的事宜,胡乱写下一些像是那么王储怎么样了?圣殿骑士在哪儿??还有是哪一把见鬼的剑???这样的问题。

维多利亚在九点时准时出现。"在我的努力之下，我认为还剩下了一个马芬蛋糕和一些茶，如果你想吃的话吃一点儿吧。"他说着，指着那个篮子。

她缓缓在一张皮沙发上坐下来，举起一个大号的外卖杯子。"我已经有咖啡了，不过还是谢谢。"

"咖啡是魔鬼的饮料。"

"那可是我认识的魔鬼。"她耸了耸肩膀，靠近地盯着他看。"你看上去筋疲力尽。"她观察着说。

"忙着做梦，"他回答道，"当我回到阿尼姆斯的时候，我就完全没问题了。"他在她旁边坐下，把他的笔记递过去给她看，这样一来他们就可以一起阅读了。"好吧，这是接下来我们的贞德要经历的事情。德·梅兹的确安排了她和他主人的一次会面。这个德·博垂库尔也算是一个聪明人。他——噢，美国人都是怎么说的来着——'把这个锅推给了'他自己的主人，洛林公爵查尔斯。这个公爵相当希望要见到她。"

"你觉得这个公爵有可能会是刺客吗？"

"我对此高度怀疑。"他在维多利亚输入信息，手指在她的平板上飞舞着的时候说道。"我在过去的一个小时里深入地查过了他的资料。在1429年的时候，他已经六十五岁，病入膏肓了。老实说，这有可能是他同意要见贞德一面的理由。关于这个预言的传言正在翻腾，所以他有可能认为贞德可以施展出一些能治愈他的神奇法术。对他而言，很遗憾的是，贞德所做的只是请求他的女婿雷内和其他人陪同自己，然后还因为他在道德上的不检点而责难他，让他摒弃自己的情妇，回到妻子的身边。"

"哈！那他有这样做么？"

"不，但是他的确允许了贞德前往希农，还派遣了好几个手下护送她。老实说吧，如果我是一个生命只剩下两年的老人，有这么一个脾气刚烈的女子走进来胆敢对我说这种话，我可能也会做出同样的事情。也许这是那个老家伙在这么多年以来最能娱乐身心的事情了。"

"那么贞德和她的护卫队接下来就要前往希农了，是吧？"

"还没那么快。在他们出发之前……我们要去看一眼贞德的神剑。"

1429年2月22日，星期二

早在1428年贞德首次造访之后，关于这个洛林少女的传言已经传遍了整个沃库勒尔。当这个长着一头黑发和一双始终固执地保持警惕的发亮双眼的姑娘来到这里，希望能得到一个与德·博垂库尔见面的机会时，她已经自由地和任何愿意聆听她的目的和号召的人说过话了。当她从南希回来之时，镇上的居民们都已经为她准备好了衣物和补给，让她旅途得以平安。

贞德、德·梅兹和另外一名侍从贝尔特朗·德·普朗吉已经在德·博垂库尔府邸的前厅内等待了一段时间。当此刻，贞德走出大厅，身穿男装的短上衣和紧身裤，黑色的长发被剪短地如同一个士兵时，西蒙的心漏跳了一拍。

德·梅兹建议贞德换装的时候，加布里埃尔有点惊讶，但是他的提议特别在理。他们将要穿行的是危险的地方。如果贞德第一眼看上去像是个男人的话，他们整个队伍就不会那么吸引其他人的注意。对贞德来说，穿男装还可以让她在没有长裙和下摆的阻碍下更方便地骑马。她站立在那里，脸色通红，对人群为她欢呼时所吸引的注意力感到有些不自在。而且她在加布里埃尔从人群中开出一条走向她的路，牵着一匹被精心梳理过的温顺棕色马给她时，似乎忍住了泪水。

"这是爸爸的马。"他告诉她，西蒙感到了这个小伙以他的父亲为傲。贞德在人群中寻找着迪朗的身影，用手捂住嘴巴，强忍着不哭出来。

"加布里埃尔，你的家人——还有这些善良的人们——你们没法负担得起——"

"少女，"德·博垂库尔说道，"请不要为你的表亲和沃勒库尔的好心人们的慷慨感到担忧。我将会为他们对你的爱戴和对你肩负使命的信心而补偿他们的。"

他说得真好听，维多利亚的声音说道，但是他看上去肯定不像是会分享情感的人。的确，西蒙想起来贞德有一次在博垂库尔让她特别心烦意乱的时候曾戏称他为"苦瓜脸"，在今天这个时候，这个外号就更加贴切了。但是让·德·梅兹的神情却十分愉悦。他在自己的领主点头示意下站了出来。他伸出来的双手上拿着用德·博垂库尔家族的黑色和金色包裹着的一样东西。

"少女，我把你托付给了妥当谨慎的人。"德·博垂库尔说，"我将为你能安然无恙到达我们的国王身边而祈祷。但我也要把你的第一件武器交给你。希望你不需要用上它，但你需要帮助的时候，它会效忠于你。"

这就是了。西蒙感觉自己的身体绷得就像弓弦一样紧。现在在瑞金办公室的那把剑是完好无损的。一件无价的古老武器，是的，但仅此而已。它目前所保留的唯一威力已经被其他的剑所分享。但如果这就是第 25 号伊甸碎片的话——它会不会跟现在的状态有所出入？西蒙能否看到它的特别之处，它能否被使用，纯净的力量是否能释放出来？

贞德举起了那件武器，人群在疯狂为她欢呼。

这肯定不会是第 25 号伊甸碎片。该死。

"那么，请出发吧！"在贞德的队伍骑上马，把马头调转至城门方向时，德·博垂库尔大喊道，"迎接可能会出现的一切！"

迎接可能会出现的一切，的确如此，西蒙想。我的降职，这是肯定的。或者会更糟。

刺客让·德·梅兹在她的左侧，而她忠诚的加布里埃尔在她的右侧。圣女贞德走过了法兰西的大门，走出了她谱写历史的坚实第一步。这个时刻对西蒙来说本该是十分令他激动的，但是他的心情已经被失望感毁掉了。至少，加布里埃尔是很开心的。至少目前来说是这样的。

我很抱歉，西蒙。维多利亚的声音在他的耳边响起。

眼前的场景被浓雾所吞噬，西蒙对此感到很高兴。这个情景太过乐观，充斥着太多的期待和希望，但只要这两个天真的人第一次体验战争的恐怖和背叛的痛苦，就很快转变为苦涩了。

浓雾重新自己组成了形状。一轮明亮的月亮把寒凉的光亮撒在覆盖着白雪的大地上，建筑在夜空中缓慢地移动。当浓雾变得更为真实的时候，西蒙从这栋建筑映照着屋内烛光的染色小窗中发现，这是一座教堂。很快，剩下的浓雾就形成了贞德和加布里埃尔行走中呼出的雾气。现在还不是守夜的时间，但他们二人就像是被召唤似的醒了过来。

贞德的小队从沃库勒尔出发前往希农的旅途已经进行了十一天。虽然他们从边缘经过的几个镇子都被敌人所占领，旅途路程也超过了四百英里，但贞德关于他们不会受到任何伤害的大胆预测是正确的。

今晚，整个小队都安全地暂住在一个小屋里，因为圣卡特琳德菲耶尔布瓦[①]被法兰西的军队占领了。但在其他的夜晚，前往希农的旅行者们曾被迫睡在田地或者是森林里。有时，贞德没有和男士们在一起的时候，他们会说一些关于她的荤话，还有如果不是宣誓要保护她的话他们会对她做出什么事情。起初时，加布里埃尔还会愤怒地突然站起来跟他们理论，但是让·德·梅兹让他冷静下来，把他支开。

"只管等待，观察。"他小声地告诉他，又补充道："我以我的生命起誓，我会把让她陷入危急状况的人的手砍下来。"

当然了，贞德会到达这里，在他们之中安定下来，就像她还和家人一起时一样的满足和无畏，而那些士兵们——都很年轻、强壮，对她身体曲线的欣赏也是十分露骨——看上去像是失去了对她的所有兴趣，他们脸上的表情会从猥亵的笑容转变为真实温暖的微笑，言语也从粗鲁变成端庄得体。当第一次看到的时候，加布里埃尔盯着他们看，然后转头看向了德·梅兹，疑惑地扬起眉毛。

德·梅兹笑着说："我知道会这样，因为这也发生过在我的身上。她是那么美丽，那么优秀，不过……只要待在她的身边就足够了。"

加布里埃尔点点头，转头看着贞德的笑容。她完全信任着这些男人，并且在这种信任中安然无恙。不应该是这样的，但这还是发生了。贞德自己看上去并不是那么惊讶。

教堂的门锁打开了，他们走了进去。在那天的早些时候，这一小队人得以在旅途中进行仅仅是第二次的弥撒。贞德已经口述了一封给未来国王的信——她一直称呼他为王储，而不是国王。她坚持要继续这样做，直到她把他护送到兰斯为止。其中一名骑士已经在前往兰斯的路上。

[①]法国安德尔－卢瓦尔省的一个市镇，属于尚翁区圣莫尔德图兰县。

现在这个寂静的时刻，贞德和加布里埃尔像是在教堂里有事情要做。贞德盯着圣凯瑟琳①的雕像，但是女孩全神贯注的脸在加布里埃尔灵魂深处的意义要比雕刻出来的形象更加深刻。他们在行走的路途中没有说话，到现在也一直保持着沉默。当他们接近圣坛的时候，加布里埃尔感觉疲劳正在离他远去，就像是一件被丢弃的斗篷那样。贞德在他眼中容光焕发，他们更加靠近圣坛的时候，他的心感觉到了温暖和满足。他紧跟着贞德的动作，在圣人面前跪下，安静地祈祷。

接着，宁静被贞德的声音意外地打破了。

"我觉得，你应该要知道，"她说。加布里埃尔感到了疑惑，睁开双眼后发现贞德在凝视着他，他们的脸距离仅仅不到几英寸。她的双眼倒映着烛光的光亮。

"他们让我选择，是不是要告诉我的家人我要离开。关于你他们也问了同样的问题。在五月的时候，我差点儿就在我们都起身守夜的时候要告诉你了。但是我很害怕。来自其他人的怀疑和蔑视，我都能接受。但是你，不行。"

加布里埃尔不知怎么的，他就是知道，贞德将要向他揭示启示，以他不能预料到的方式永远地改变了他。但难道她不是已经这样做了吗？

贞德深吸了一口气。"你已经听我说过，我知道上帝想要我做什么。但是你从来没有问过我是怎么知道的。你只要接受就好。就像我一样。"

她身上的光芒似乎在增强，加布里埃尔和西蒙都看得入迷了，他们已经被震撼到彻底不能用语言来形容现在的景象。西蒙知道贞德将

---

① 基督教圣人，天主教会将她视为十四救难圣人之一。贞德称，圣凯瑟琳曾在她面前显灵多次。

要获得神的启示了,这让他内心的最深处感到兴奋战栗。

"第一次这样的时候我才十三岁,"她说着,声音变得小声而虔诚,"当时我在父亲的花园里。"她低头看着右手小拇指上的戒指。加布里埃尔知道这是她的家人给她的礼物。她要他写信给他们,为了她的行动而请求他们的原谅。她还没有收到回信。现在,在说话的时候,她不停抚摸着这枚朴实的戒指。

"那时是夏天。我听到一个声音,我知道那是上帝之声。这声音从我的右边而来,那里是教堂的方向。当那个声音在和我对话的时候,还有一股极其强烈,甚至是刺眼的光芒。我被吓坏了,但是那个声音却十分温和。"

加布里埃尔的呼吸加快,变成了快速的喘息。"它说什么了?"

"开始的时候,只是说要做个好孩子,去做任何让上帝高兴的事情。不要恐惧,因为他会帮助我。接着,我发现一开始跟我说话的是圣米迦勒①。然后我——我看到他了。"她两眼发亮,在说话的时候脸上露出了一丝微笑,"我跪了下来,抱住了他的双腿,就像是孩子们对父母做的那样。他告诉我,圣凯瑟琳和圣玛嘉烈②也会出现在我的面前,上帝赐予了我一个使命。"她转过头,向上看着拥有这座教堂的圣凯瑟琳雕像,微笑着。

"贞德……"

"圣米迦勒告诉我,现在的法兰西正处于可悲的境地,我应该要去辅助合法的国王。这样的话,我不得不离开我的家。我不想这样,我很害怕,但是我内心的声音坚持要这样做。他们告诉我,去找德·博

---

①即大天使长米迦勒,是《圣经》中天主所指定的伊甸园守护者,也是唯一提到的具有大天使头衔的灵体。历史上贞德称圣米迦勒曾在自己面前显灵。
②基督教圣人,传说中的处女以及烈女,历史上贞德称圣玛嘉烈曾在她面前显灵。

垂库尔指挥官，他会为我提供人马与我一同前进，去帮助国王——而如果他第一次拒绝了我，我不能放弃。所以我不停回到那里，不能让我被他拒绝。上帝会让他聆听我的。"

加布里埃尔的嘴就像稻草一样干涩，他花了很大力气才咽下口水。他几乎要害怕到不敢在如此神圣的场所问问题，但是他还是情不自禁。"你怎么知道他们是真正的天使？"

一个能彻底压倒他的微笑出现在了贞德的脸上。"我是从这里知道的。"她说着，把一只手按在了加布里埃尔的心脏位置，"没有魔鬼能让我感觉到如此……如此的平静。如此被爱着。"

温柔的接触让他颤抖起来。他开始说话，让想说的话全都倾泻出来。"贞德，我在你的身上看到了光芒。那一定是守护你的天使，让你闪光发亮，就像是他们向你说话时那样。他……他们也会对我们其他人说话的吗？"

她身上的光芒更亮了。"噢，是的，"她轻柔地呼吸着，声音空灵，更像是优美的低语，"但是其他人却不是总能听到他们的声音。"

贞德不是第一个吸引了加布里埃尔眼球的姑娘。但是他就是马上知道了贞德是不一样的，她的声音、双眼和灵魂都有一些甜美和奇异的地方，他知道自己不能忍受没有它们的时候。他疯狂地想知道，自己对她的这份忠诚热爱是不是从他内心里发出来的，还是从天使的低语而来，又或者，这两者是不是相同的。

他发自内心地说出了这些话："不要让我离开你的身边。千万不要。求你了。"

她转过头来看着他，湛蓝的双眼诉说着悲伤。"我不能保证我们永远不会分离。只有上帝才会知道。而且我还有很多别的事情不能对你做出承诺。"她温柔地把一只手搭在了他的胳膊上，"我已经发誓只要还能取悦上帝，就继续成为洛林的少女让娜，我怎么能同时再成为妻子让娜呢？我在三年前就已经做过承诺了。我的身体，我的心……我的声音现在需要我的全部。"

毫无疑问，如此不顾一切地坚持说"现在"，是一个鲁莽而不顾一切的傻瓜的标志。但是加布里埃尔很早就已经接受自己的确是一个鲁莽而不顾一切的傻瓜了。"只管让我尽可能陪你走到最远就好。"

她冲动地靠近他，抓住了他的两只手。"亲爱的加布里埃尔……这个……只有这个，我可以用我的全部身心自在地承诺你。我的声音很高兴我告诉了你。他们说，你是被选择来跟随我的。你会成为见证人，与我形影不离，只要有必要，你需要多久都可以。"

加布里埃尔的眼中全是泪水。西蒙的心为这个蓝眼少女以后将要发生的事情感到疼痛。她是一个多么欢快和朴实的姑娘，但自认为被神所指引。

这……会变得很困难。西蒙想。到结尾的时候。

阿尼姆斯不是一个时光旅行机器。他只是一个乘客，而不是它的操纵者。而他，和加布里埃尔一样，在这里只是一个见证者。

他们的双手触碰到一起，紧紧地相握。加布里埃尔抬起头看着圣人，感到心里变得一片宁静。他想要离那个圣人像更近一步，想要站起来径直走到祭坛那里，要去——

接着，如晴天霹雳般，西蒙知道了伊甸神剑在哪里。

8

在毕博发短信请求会面时，瑞金一开始还感到很心烦。如果是下赌注的话，我不会过来。

很重要。你会满意的。

十五分钟。

他本来想着要马上走到门外，但相反的是，他挥手示意她进来办公室。听着她的报告时，他意识到自己要迟一点才能去在木槿餐厅的私人午餐了。

"那么，你们知道神剑在哪里了吗？"

"现在还不确定，但是西蒙开始表现得很奇怪。他说在跟我谈论此事之前，有几样东西要先检查确认一下。"

"所以他现在很神秘兮兮。有趣。"

"我认为这就像他说的那样无关痛痒——他想要在提出理论之前做点研究。但是我觉得他可能预感到了神剑会在哪里。而且，"她高兴地补充道,"我认为圣女贞德可能与康苏斯①有联系。"

这倒是引起了瑞金的注意。康苏斯是一个伊苏人所采用的名字——至少是剩下的其中一个。当先驱者们创造（和奴役）了人类时,康苏斯以一个时常表现出怜悯人类对自由渴望的先驱者而闻名。他创造出了后来被称为伊甸裹尸布的布料,用技术上可以进行治疗和修复的布料纺织而成。没有人能弄明白这样的技术是怎么运作的,但总而言之,被广泛接受的一个观点是,虽然康苏斯的肉体已经不复存在,但他的一部分精华——他的"灵魂",如果有人对这个概念比较敏感的话——已经被裹尸布吸收了。就是这么一块裹尸布,为金羊毛②和约瑟夫的彩衣的故事③打下了基础,它会以衣物、斗篷或者是包裹成一团的布料出现。而其中最出名的,就是都灵的裹尸布,现在已经在格拉马提卡的手中,他还经常让自己或者其他人受伤,强迫康苏斯的精神和他产生交流。就像其他先驱者们造出来的东西一样,这些圣裹布也被不能理解它们真正能力和本性的人视为神秘或神圣之物。

有那么一会儿,瑞金想要取消掉现在的行动。也许海瑟威真的是在专心做什么事情。他也许能找到一些与康苏斯有关的重要情报。他也许可能会发现……

解密其他的东西。不,这不能被允许。

"研究贞德十分让人入迷。"毕博说道。

"这不是什么电子游戏。你和西蒙不应该有着什么有趣的经历,他

---

①康苏斯是刺客信条世界观中第一文明的成员之一。
②古希腊神话中,金羊毛象征着财富和对理想以及幸福的追求,较为著名的神话故事是伊阿宋在美狄亚的帮助下智取金羊毛。
③《圣经·旧约·创世记》中,约瑟夫拥有一件父亲送给他的彩衣,他因此遭兄弟忌恨并被他们卖给了路过的商人。之后,约瑟夫因解梦能力获得法老青睐成为埃及高官。后来约瑟夫的兄弟因自然灾害而到埃及购粮,约瑟夫在捉弄他们之后表明身份并原谅了他们,并把剩余的家人都接到了埃及共同生活。

应该要向我和骑士团证明，为什么我们要为了他说的这个广阔撒网理论筹集资金。但进行到现在，我们根本就没找到有什么剑——更别提如何修复好它的情报了。"

只是那么一瞬间，毕博的眼睛闪烁了一下。"我认为，您还没有充分意识到贞德的那个声音和刺客们的重要性——"

"目前为止刺客们什么事情都没有做，你保证过的导师还没有出现，贞德还很有可能是自言自语。"

"也许是，也许不是。贞德似乎拥有高浓度的先驱者基因。我们当然会在继续跟随贞德前往希农的时候，试图辨认导师和其他刺客的身份。"

"她在那里和王储会面。如果我说错了请纠正我，博士，但贞德不是在这个事件之后获得了神剑吗？在这个事件之后好一会儿，或者这才是事实？"

毕博犹豫了。"这要取决于哪一把剑才是真正的伊甸神剑。"

瑞金盯着她看了一会儿。"好吧，好吧，"他说着，"这是我第一次领会到这样的小把戏。"

毕博深吸了一口气。"我们正在调查所有合理的线索。先生，我们有五天的时间，现在我们有一个导师等着我们把他找出来。您不认为我们的发现——我们所知的在两百年内出现的唯一一个刺客导师还有康苏斯出现的可能性——能为历史研究部争取多一点研究时间吗？"

"毕博博士，我很快就要前往西班牙了，我希望能在出发之前看到这个研究能圆满结束。我不喜欢在离开总部之前，有一个部门的研究方向这样重要的事情还没完成。你肯定能理解的。"他毫无笑意地浅笑着，看了看他的手表。"我约了别人吃午餐。有任何进展的话给我发短信，不过不要期望我能马上回复。"

"是的，先生。"

当她离开后，一个号码全是由零组成的电话给他发了一条短信。欧米伽-104第一阶段已启动。等待指令。

继续执行第二阶段。开始准备欧米伽-105。待命。

当他们停下来准备吃午餐时，维多利亚告诉西蒙，他要自己去抓住什么东西。一样快要出现的东西，她是这样说的。

"跟鹰巢有关吗？"

"某种程度上说是的，"她一边在手机打字一边心不在焉地回答道，"我们在两点的时候再碰面吧。你可以的话就去午休一下。"

这个安排对他很有用。他有一个想要研究的理论，和午睡相比，他更想要在午休时间回到他的办公室。就在这时他的电话响了，提示他有一条新短信。发现是阿娜雅给他发短信的时候，他的眉毛扬了起来，读到：午餐时见个面吧？

西蒙想要用不同的理由搪塞拒绝。他午餐有很多东西吃。他可能有事情要做。而且……看到阿娜雅总会让他觉得有些不自在。并不是因为他有任何感到羞愧的理由，他曾经为这段感情的经营做到了最好。只是没有好的结果。

他叹了口气，敲出自己的回复。去拿我的篮子。她知道这是什么意思，她在他桌上看到篮子的次数足够多了。谢谢了。考虑到事情就是这样了，他刚准备把手机放下，但手机又响了。

我有一个消息。挺重要的。

西蒙皱了皱眉，现在他有点担心了。阿娜雅曾经对他来说十分重要。他的投入是如此深，甚至都考虑要买一个求婚戒指了。她也不是那种因为什么事情而感到忧伤才会给他发短信的人。距离他们上次一起干任何事情已经有好几个月了。直到前天。他再上一次碰到她也是几个星期前的事情。

当然了,他马上说。你现在有空吗?

是的。在风暴见?

老样子。

哈哈 待会儿见。

西蒙看着短信,不禁感到了一阵畏缩,提醒自己阿娜雅和她的团队都像"现在的小孩们"一样,发短信的时候使用缩写和看不懂的黑客语。他叹了口气,把手机放在兜里,朝着电梯走去。

阿娜雅在茶铺外面等着他。她穿着整齐的海军色运动上衣,奶白色的丝绸上衣反衬着她的肤色,还戴着略老式的耳环。她职业但低调的穿着和她挑染了樱桃红色的头发形成了鲜明对比。

阿雅娜看到他的时候微笑着。西蒙走上前,不确定她是想要跟他握手,在脸颊上来一个亲吻礼,还是什么都不做。整个场面变得很尴尬而充满歉意。阿雅娜的脸红了,但接着她就大笑起来。

"拜托!"她笑着说道,西蒙感到心里的结被解开了。她一直就像是火炬那样发出光亮,她的笑声就意味着她说的不会是什么坏消息。这能让他大大地松一口气了。"我们去打包,然后去屋顶上吃。"

"屋顶吗?阿娜雅,现在已经十月了。"

"你那些沙滩之旅让你对寒冷太敏感了。"她调笑着说。

阿布斯泰戈把整个水泥做的屋顶变成了一个令人愉悦的花园。每个人都可以把外卖和打包午餐带上屋顶,坐在花园里欣赏华丽高贵的景色。花园在春天和夏天都很漂亮,而且西蒙不得不承认的是,即使是秋天也很美丽。树叶开始变色,再加上今天的蓝天,这样的景色令人感到高兴。但阿娜雅是对的——对他来说现在天气太冷了。他把外套落在办公室了,不过至少还穿了西装夹克出来。

哆嗦着,他马上切入到主题。"那么,你的消息是什么?我希望一切都好?"他问道,环握纸杯温暖着自己的手。

阿娜雅盯着自己的杯子看了一会儿,接着抬起头与西蒙对视。"我想,是这样的。"她深吸一口气继续说道,"阿布斯泰戈有一个总监的职位在竞聘。昨晚我把申请发了过去。今天早上我来的时候,收到了一条视频面试的要求。如果我能得到这份工作的话,对我是一个很大的提升,我想我会喜欢的。"

"噢,我明白了。"西蒙用一只手扶了扶眼镜。阿布斯泰戈娱乐的回复时间是令人惊讶地快,不过,这就是阿娜雅。西蒙对她露出了真心的微笑。"阿娜雅,你在是如此擅长自己所做的事情。老实说,我真的没想到你会去申请,你一定会在蒙特利尔大放异彩的。而且,"他补充说,"我知道你会很享受再次在工作中说法语。"

她的表情柔和了下来。"我会的,当然。"她说道,"我很惊讶你居然还记得。"

"我一直都希望你能安好和快乐。"西蒙这样说道,而且他意识到他是真的希望如此。

"我知道,"她说,"但是我现在还没得到这份工作。"

"你一定会的。要是他们不要你的话,那他们肯定是疯了。他们有没有,啊,说希望你开始在那边工作?"

"马上就行,或者我什么时候能应付就可以去了。不会花太长时间。毕竟,就只有我一个人要挪地方。"

她对此也没有过多强调,但她的话还是有点让人不安。但是,这仅仅是一个简单的事实。只有她一个人。同样,如果是他要转职的话,那也"只有他"而已。

所以西蒙只是点了点头。"趁你还在这里的时候，来试试这些脆到可怕的薯条吧，嗯？"她迷惑地看着他。"你知道是什么。有肉汁和奶酪的那种。"

"噢……你说的是肉汁奶酪薯条？"

"就是这个意思。"西蒙本来能说很多话，比如说我会想你之类的。但是好几个月了，他甚至都没费过心思给她发一条短信，或者是和她一起喝一次茶。我很抱歉。他真的……但这不是他的错，也不是阿娜雅的。

他感到了失落，伸出手与她的手相握。"祝你好运，阿娜雅。"

"谢谢，西蒙。"

风吹得更大了，像是用残忍的快意不停地割着他的外套。即使是阿娜雅也在发抖。"我该回去了。"西蒙说。他举起自己的茶向她致意，停了一下，比起向她致意更像是对自己行礼，然后便离开了。阿娜雅没有跟上去，在这有些寒冷但明晰的中午，自己一个人站在那里。他转过身去时，感到了一股奇怪的忧伤。

"所以，关于贞德的那个声音，我有一个理论，"午餐后，当西蒙和维多利亚乘坐着电梯前往阿尼姆斯室的时候，他说道。

她盯着他看着。"在我们开始之前……一切都好吗？"

西蒙觉得她比他看上去还要糟糕，而他在纠结要不要告诉她关于阿娜雅的事情。但说句实话，他要说什么呢？我那位自从分手之后再也没互相说过话、直到在电梯偶遇的前女友，要在别的地方工作了？这真够烂的。

"我没事，"他说着，然后把谈话的话题带了回来，"如今大多数人，当提及到贞德的声音时，都在假设贞德要么是从上帝那里看到了真正的幻象，要么她完全是在说谎，要么是她患有一些精神疾病，或者是不良的健康状况导致她出现了幻听。比如说，她患有精神分裂，又或者是癫痫的一种症状。

"而对于那些不了解我们所拥有的知识的人来说，后者似乎是一个更合理的推论，虽然一个精神病医生会向你保证，这个说法肯定存在漏洞。"维多利亚对此表示同意。

"很明显的是，她看到的那些东西在十五世纪的观念里被认为是天使。我们曾经看到圣殿骑士和刺客们与先驱者神器产生互动的时候会发生什么。而一个拥有高浓度先驱者基因的人，比如说夏洛特·德拉克鲁兹，就以能接收到过去专门给先驱者们所留下来的信息而知名。"

维多利亚似乎对他的理论并没有感到特别惊讶。但当然了，她是一个聪明的女人，很有可能也得出了相同的结论。"我对德拉克鲁兹有大概的了解。所以你认为康苏斯是找到了一种能和贞德进行对话的方法吗？因为她有着很高比例的先驱者基因？"

"如果真有一个与人为善的伊苏人，以'一个声音'的名义在和贞德对话，康苏斯是最有可能的人选。"西蒙说道，"我们来想想吧。贞德似乎和残余的先驱者们产生了联系。我们就先把这些先驱者称为'那些声音'吧。贞德从十三岁开始与他们对话，一直到她的生命终结为止。希望在今天的进度结束之后，我们能有一些实际性的成果拿去给瑞金看，说不定他会多给我们一点时间。"

西蒙突然意识到他现在使用"我们"这个词的时候觉得多么自在。这很奇怪。他一直以来都很反对有一个监管人管着他，但是现在如果没有了维多利亚，他都不敢相信自己能取得进展。他清了清喉咙，局促不安地转移了话题。"而且，啊……你真的帮了我很多忙。谢谢。"

维多利亚抬头瞥了他一眼，感到很惊讶。"不客气。"她说。幸好这个时候门开了，让西蒙从这不安中逃了出来。

维多利亚帮他进入阿尼姆斯。他现在已经习惯了，已经没有像之前那样觉得像是被一个刑具束缚着，而更像是被绑在了一个滑翔机上。想到这个太过浪漫的比喻时，他皱起了眉头。毫无疑问这是来自加布里埃尔的溶血效应，但是没有什么是他不能搞定的。

"好了，"他活泼地说道，"贞德成功到达了希农，她终于得到了来自皇室的传唤。"

"你想要从贞德与王储的私下会面开始吗？"

"不。我想看看他们的第一次会面。"

"这跟我们的项目并不是完全有关系的。"维多利亚提醒他。

"不是有直接关系，但我想要借着加布里埃尔看看王储的身边都有些什么人。我们要看看能不能发现更多的刺客。"

她点头同意，帮他戴上头盔。一会儿之后，西蒙眼前的黑暗开始变淡，变成了现在他十分熟悉的灰雾，接着就是一个被火炬照亮的夜晚。

1429年3月6日，星期日
希农

西蒙知道在历史上除了圣女贞德之外的其他传奇式人物。火热的金雀花王朝[①]成员就包括其中：亨利二世[②]，他的妻子与王后阿基坦的

[①]金雀花王朝源于来自法国安茹的一支贵族，在1154—1399年期间统治英格兰，也被称为安茹王朝。
[②]亨利二世（1133—1189），英格兰金雀花王朝的首位国王。

埃莉诺，还有他们的儿子狮心王理查[①]和约翰王[②]。还有因为《三个火枪手》而著名的红衣主教黎塞留。

雅克·德·莫莱和他的几个圣殿骑士曾经被囚禁在库德赖塔，西蒙知道贞德本人会在那个地方留宿——虽然她不会是地牢的客人。大团长曾经在自己的囚室里留下了一些涂鸦，西蒙想知道加布里埃尔是否可以瞥到这些涂鸦一眼。

加布里埃尔和贞德有足够的时间从环绕在城堡周围的镇子那里向上凝望着它。除了贞德先前寄去的信，查尔斯让他们一直等待传召，只有两个城堡里的牧师过来跟他们谈话。当被问到为什么想要与国王见面的时候，贞德回答说："在我那超过一百里格[③]的旅途中，上帝一直在保护着我的安全，他还赐予了我两个使命。首先我是要来破除奥尔良之围的，它已经造成了太多的痛苦；其次我要来把王储带到兰斯，他会在那里被加冕为法兰西的国王。"

最终，在牧师和一封来自罗贝尔·德·博垂库尔的私人信函的劝说下，国王恩准了她会面的请求。

当贞德、让·德·梅兹、德·普朗吉和加布里埃尔沿着狭窄蜿蜒的道路前往城堡的时候，已是黄昏时分。他们的护卫手持火炬点亮前行的路，昏暗在太阳慢慢落下时缓慢却无所顾忌地蔓延着。

一座吊桥落下来让他们进入。德·梅兹和德·普朗吉下了马，接着两个侍卫骑了上去，带走了其他的两匹马。加布里埃尔向牵着他的

[①] 即理查一世（1157—1199），因其在被囚禁在狮子笼中时用手伸入狮子口中掏出了狮子的心脏而获得"狮心王"的称号。曾参与过包括十字军东征在内的多次战争。
[②] 约翰王（1167—1216），以十分好战但屡战屡败、导致英格兰不断失去在欧洲的领地出名，也被称为"失地王约翰"。他为维持战争而不断开新税和加税剥削平民和贵族，于1215年与英格兰贵族妥协并签订《自由大宪章》。
[③] 里格，欧洲古代所使用的长度单位，在测量陆地时，一里格通常被认为有三英里（4.827公里）。

坐骑的人点了点头，但那个要牵走贞德的马的人在向她抛媚眼，湿润的嘴唇在火炬的光亮下反射着火光。他体形庞大笨重，下巴消失在一层肥肉里。

"那么，你就是那个著名的沃库勒尔少女了？"他说着，猥琐的笑容在上下打量着贞德时变得更明显了。"陪我睡一晚，第二天你就再也不是少女了！"他转过身，对着他的同伴们大笑起来，但是他的朋友们似乎并不认为他说的话很有趣。

愤怒在加布里埃尔的内心汹涌着，但在他和其他人来得及说话之前，贞德举起了手。她的脸上充满了悲伤和和善。"你的名字是什么？"她温柔地问他。

他好像有点吃惊，但还是直接地回答了她。"安托万·莫罗，"还眨了一下眼睛，"别人也叫我大个子。"

"安托万·莫罗，"贞德在下马时说，"你的话语冒犯了上帝。请马上和上帝……平和相处。"

即使在摇曳的光下，加布里埃尔还是能看到他的脸色苍白，双眼睁大。他开始低声地嘟囔着一些话，接着向后退，牵着贞德的马出了城门，送到马棚里休息。其他人现在上前，在随后尴尬的沉默中把其他马带走。

"少女，我为我同伴的无理道歉。"留下来的马上侍卫说道。

她伤感地笑了。"上帝会宽恕一切的。至于我？我只为他感到遗憾。"

德·梅兹瞥了加布里埃尔一眼，疑惑地对他扬起了眉毛。加布里埃尔稍微耸了耸肩。他不知道贞德和那个侍卫之间发生了什么，而且他也不确定自己想不想知道。

下马之后，贞德的小队动身前往库德赖要塞，这个要塞有着建有一些小建筑的庭院，以及四座高耸在只有微弱月光照亮的黑夜中的楼塔。另外一座吊桥在要塞的右部，他们再次小心翼翼地经过这座桥。在他们脚下。已经干枯的护城河河道很深，甚至连月亮的光芒都不能照映到它的底部。

　　下一个庞大的庭院区是属于第二座主城堡，米琉城堡，西蒙觉得这更像是一个小城镇。庭院的一部分是一个有着树木和雕像的花园。小型的建筑——也许是铁匠铺，又或者是兵营，在黑夜中很难分辨出来，在他们左手边的城墙边一字排开。现在它们都关闭着，没有亮起灯光，只有一些火炬在提供光亮。

　　很快，他们右边就出现了一排只可能是皇家住宿用的建筑，因为它们大多数都没有关闭，也亮着光芒。窗内的火焰在熊熊燃烧，加布里埃尔能听到里面的音乐和不少人欢笑与聊天的声音。当意识到接下来将会发生什么事情的时候，他停下了脚步。

　　他对贞德已经是如此着迷，如此沉迷在她天赐的美丽和她的目标中，以至于那些更为世俗的事情都毫无意义地消失殆尽。但是现在……现在，他将要踏进一个国王的议事大厅里。他，加布里埃尔·拉克萨尔，一个普通农夫的私生子。

　　一只手伸了过来握住了他的手，他往下看到贞德正在对他真诚地微笑着。"一切都会好的，"她说着，"上帝与我们同在。"

　　在他的内心深处，他知道她说的是对的。他能在她的身上看到，对他而言，贞德的光芒要比火炬的光亮还耀眼。但是其他人能看到吗？他之前听到过别人是怎么议论查理的：他是如何优柔寡断、他宫廷里的一些人是如何支配他们本不该拥有的比他更大的权力。

贞德从上帝身边而来，他对此很确定。但她将要取悦的不是什么天使。而是一个国王。

加布里埃尔深吸一口气，朝着法兰西王储、可能还是将来的君主查理的议事大厅前进。

9

　　加布里埃尔曾经认为沃库勒尔是一个壮丽的城市，而南希是一个繁华的城镇，现在他才意识到，它们在与皇室的城堡和国王的大厅相比之下是多么寒酸。

　　"这里有多少人？"加布里埃尔问德·梅兹。

　　"噢，要我说可能有……三百多人吧。"

　　"三百多……都是来看贞德的吗？"

　　"有一些，当然了。但是宫廷里的其他人只是喜欢愉快的聚会。他们的品味很奢侈，国王也想要让他们高兴。"他说的话带着中立的语气，加布里埃尔不能辨认德·梅兹是对此表示反对，还是只是不在乎。

　　这里的一切都让加布里埃尔目不暇接：人们大笑和讨论音乐的声音、食物和蜂蜡蜡烛的味道、挂毯上五颜六色的图案和互相庆祝的侍臣们的衣服。这对他来说几乎已经不可招架了，于是看向比自己更年长、经验更丰富的德·梅兹和德·普朗吉。他们看上去似乎也有一些局促，但至少在一大群穿着得体的贵族们的嘈杂声中，他们能保持泰然自若。

贞德她也是如此。虽然她也是第一次见识到这样的场面，但她甚至都没有因为紧张而让呼吸加快。他们开始引起别人的注意，三个因为旅途劳累的男士和一个身穿男装的姑娘的组合，让在场的一小部分人在看到她之后停暂停了聊天，呆呆地看着她。

加布里埃尔摇摇头让自己清醒，开始有目的地看着周围。大厅的天花板很高，支撑着它的木柱在上方的黑暗中消失不见。在稍低的柱梁上悬挂着一些旗帜，上面印着的图案可能是属于一些贵族的纹章。桌子上堆满了食物，有权势的人和他们的妻子……或者是情妇们，似乎正在畅饮着葡萄酒和麦芽酒。加布里埃尔观察到好几张坐满了人的长凳，但在大厅里远远的另一端，只有一张装饰华丽的大椅，被放置在台上。

那是国王的王座。王座上并没有人。

加布里埃尔脸色苍白，接着因为愤怒而涨得通红。他转过头对着德·梅兹。"国王在哪里？"他质问着，"这是怎么了？"

德·梅兹没有回答，脸上露出了难以理解的表情。贞德朝着人群看了一会儿，然后点了点头。她对加布里埃尔说道："我认为陛下给了我另一个考验。"

噢，贞德，西蒙想，你的考验才刚刚开始呢。

她拉直了自己的短上衣，抬起她那长着黑亮秀发的头，开始在大厅内走动。用疑惑的眼神瞥了德·梅兹一眼后，加布里埃尔飞奔到她的身后，正在试图不要让她消失在自己视线范围之内。贞德偶尔会用锐利的眼神凝视着其中一名贵族。

然后贞德停下了动作，闭上双眼。人们都在公然地盯着她看，加布里埃尔还意识到音乐已经停了下来。贞德慢慢转过身，眼睛还是闭着。她微微笑着，睁开了双眼，直接走向一个看上去很普通，而且穿着并不比其他大多数人好的人。

在这位侍臣硕大松软的帽子底下可能会是光秃秃的头，但加布里埃尔怀疑他的头发会像是现在流行的碗状平头那样，仅仅是把耳朵和后颈以上的部分整齐地剪短。他似乎和德·梅兹年龄相仿——比加布里埃尔年长，但还未到中年，而且他也并没有像其他人那样疯狂快乐地庆祝。他的鼻子是他辨识度最高的外貌特征：鼻子很大，呈鹰钩状，稍微有点弯曲。他用着一种谨慎的眼神看着贞德。

贞德穿过人群向他走去。走到他面前后，她抬头凝视了他一会儿，接着屈膝跪下。

人群窃窃私语的声音几乎都化成了沉默。加布里埃尔盯着这一切。贞德对着下跪的那个人震惊地向下看着，脸上露出了一丝微笑。

"王储殿下，"贞德说着，她的声音在突然安静下来的大厅里回响。"在我的面前，您不能掩盖属于您的光芒！我被上帝差遣而来，我是为了辅佐您和您的王国而来！"

这就是未来的国王吗？加布里埃尔眨了眨眼。查理比人群中的大部分人看上去都要普通。接着他礼貌地让贞德起身，对她微笑，而每个人似乎都对这个姑娘能找到他而感到高兴。不，加布里埃尔在更仔细观察之后纠正着想，不是每个人。有几个人皱着眉转了头。这样看，似乎只有一部分人欢迎少女的到来。

她的脸上满是泪水，但是对加布里埃尔而言，她身上的光芒要比火炬还要亮眼。她紧紧扶着王储的手臂，高兴地张开嘴，王储只能温和地脱身。

"好吧好吧。"他说着，声音十分愉悦和儒雅。"看上去我们的少女能找到真正的国王,而国王还没有坐在王位上。不是每个人都相信你能做到的。"

"我在信函里已经告知您,我是被上帝差遣而来。"接着,贞德冷静地补充道,"可是……您却并不完全相信我。"

"你不是第一个来到这里声称能实现预言的洛林少女,"一个粗哑的声音说道。声音的主人身上黄色和红色相间的衣服似乎在努力容纳着他柔软圆硕的腰,缝线的地方已经被撑得变形。灰色的头发和短短的胡须长在他圆润的脸边缘,而他的脸上愤怒地露出了怀疑的神情。他的眼睛很沉重,几乎要被周围的肥肉吞噬包围了。他那戴着戒指的手握住了一个华丽杯子的杯脚。"殿下已经见过许多像你这样的女孩了。"

"不,"加布里埃尔马上说道,他和其他人一样惊讶,"他没见过像她一样的。"

"平静下来,"贞德温柔地说着,用一个温和的接触让加布里埃尔安静了下来。

"这位是乔治·德·拉·特雷穆瓦耶,吉纳伯爵。他是我们的朋友,也是我们大侍团的成员。"王储说道,"他并没有完全被我们派来与你对话的牧师的言语和报告所说服。但你的信上说,你有事情向我们禀告?"

贞德点头,眼神飞快掠过慢慢靠近、渴望倾听的大臣们的脸庞。贞德的脸色恢复了红润。"的确如此,但除了您以外,其他人都不能听到。把我带到一个只有您能听我说话的地方,我将会把上帝告诉我的话告诉您。"

"陛下,"特雷穆瓦耶说道,"我和其他人一样都很期待这场好戏,而如果她真的是从上帝身边而来,那么上帝也不会在乎有谁会听到她的那些小秘密。"

"我们都有自己的秘密，伯爵大人，"贞德说，"但我并不想要刺探你的秘密。我的话只能被他一人所听。当然了，国王总是必须比他的大臣们知道的要多。"

特雷穆瓦耶红红的脸涨得更红了，但是国王笑了。"少女说得没错，至少在这点上她是对的。"他说着，"那么过来吧。我们退到一个你能对我自由倾诉上帝之语的地方。"

伯爵很明显不喜欢这样，但他对此毫不在乎。"陛下，我打赌我能一五一十告诉您她说的是什么话。我们都知道圣女们会说什么话，我们所有人之前都已经听到过了，对吧？"他看着周围，有一些同僚跟着他一起笑，但是王储没有加入他们。

贞德也没有跟着笑。她深色的双眉皱在了一起。"赌博是罪。"她说着，"王储是不会参加的。"

"好吧，"王储说，试图平息两人的纷争，"如果我们能赢的话。"他示意贞德跟着他，人群在他转身的时候退开，为他们二人让路。

贞德并没有马上动身。她转身对着加布里埃尔，温柔地微笑着。"随我来，我的见证人。"她说道。而加布里埃尔一言不发，几乎不敢呼吸，跟上了她。国王用苍白的眼睛瞥了他一眼，打量着他，接着耸了耸肩。如果这个孩子是贞德的影子，他也不会对他多加注意。

而他的确是的，西蒙惊叹着。历史已经遗忘了加布里埃尔·拉克萨尔，只是提及了他的父亲迪朗，他曾在恢复贞德名誉的审判中提供证词。西蒙发现有一点特别好笑的是，很多对转世观念充满信仰的人总是认为，自己的前世要么是伊丽莎白女王，要么是亚瑟王，或者其他十分著名的人物。但在现实中，绝大多数的人都是农民，生活拮据，野蛮粗鲁，寿命很短，而且与那些重要的大事毫无关系。而对于每个小气的地主而言,他们的仆人足以塞满一个整屋子,像是加布里埃尔这样的私生子就更不值一提了。

加布里埃尔的不同寻常之处并不是被人所遗忘。他引人注目的地方在于他一直都在见证历史。

他们跟随着王储到了一个小室里。这是一间不错的密室,没有主大厅那么结构复杂和花哨,但是装饰还是很高雅,里面悬挂着挂毯,室内,设有一张放着水果和葡萄酒的桌子,还有几张椅子。这里的天花板与他们刚刚离开的大厅的天花板完全一样,虽然那些没入到暗影中的木梁上并没有任何装饰。这是一个设计目的十分明显的房间:提供一个安静、舒适、可以进行私下谈话的空间。

加布里埃尔的手心在不断出汗,而房间里摆着火盆和蜡烛。但在踏进房间,关上他们身后的门时,他突然感觉到了寒冷。大厅里的空间十分宽阔,但有好几百个人和五十支火炬让大厅保持温暖。他试图让自己不再颤抖,随即意识到自己的颤抖并不是因为寒冷,而是因为他自身的兴奋之情。

与他相反,贞德则是典型的反应冷静,在国王坐下、为自己倒了一杯酒,伸手去拿橘子的时候,她双手放在身后,安静地站着。他都没有向客人提供任何食物,也没有示意他们坐下来。他慵懒地给水果削皮,满怀期待地瞥了贞德一眼。"孩子,你可以说了,"他用友善地语气说道,"上帝要你告诉我们什么?"

贞德抬起了头,脸色变得柔和起来,表情开始变得冷淡。她闭上眼睛,抬头望着天的方向,脸似乎正朝着阳光照射的方向。"我是要来告诉你,你是你的父亲路易真正的儿子,因此您是法兰西国王的正统继任者。请不要再哭泣,尊贵的王储。上帝听到了你的呼唤,我被派来擦干你的泪水。"

橘子从查理突然变得无力的手指中掉落，在地上快速地滚动着。他的手紧紧抓住了椅子的手柄。"我曾这样祈祷，"他低声说道，比起和他们说话更像是自言自语，"我曾祈祷过……"

"你是一个勇敢而慈悲的人，"贞德继续说着，"因为上帝和他所有的天使都与你同在。不要伤害那些没有伤害过你的人。不得滥杀无辜。"

西蒙对此感到意外。

贞德睁开双眼，而她温柔的笑容突然变成了一次猛烈的呼吸。她身上的光芒在变亮，在看到国王头上有一些什么东西时屈膝跪了下来。加布里埃尔顺着她的凝视看了过去。他张大嘴巴，腿脚开始不受控制。

在阴影处的光芒，是如同阳光般的金色。脸庞藏在兜帽底下的，正是一个天使。

"我看到了，"加布里埃尔小声说着，"贞德，我也看到了！"

听到这番话后，王储抬起了头。他伸长了脖子，但从他困惑的表情里，加布里埃尔知道王储在阴影中并没有看到任何东西。当加布里埃尔继续看着的时候，那个身影举起了手，并伸了出来。它的拇指和小指相触，形成了一个圆圈的形状。而其他三只手指维持原样，围绕着这只手的金色光芒，看起来就像——

"王冠！"贞德大叫出声。那个身影点了点它那被兜帽包起来的头，接着把紧扣着的手举到了王储的头顶。"上帝派来了一个带有金色王冠的天使，我的王储！来自天堂和凡间的宝藏将会被赐予你！"

在沉静之中，有一个声音低语着："这是一个征兆。圣女将助你为王。"

王储倒吸了一口气。他听到了这个低语的声音，即使他不能看到那个天使。他向屋梁的方向伸出了手，但即使加布里埃尔能看到，天使的身影也开始消退。它的光芒突然就消失了。

小小的密室里一片寂静,只有全神贯注而紧张的呼吸声。加布里埃尔转头看着贞德,而贞德的脸色和王储一样确信无疑,都露出了吃惊的愉悦之情。

查理没有看到任何东西。加布里埃尔看到的是天使。谁知道贞德看到的是什么?

而西蒙·海瑟威看到的是一个刺客导师。

10

西蒙摇了摇头,似乎不敢相信自己刚刚所看到的景象,他的目光死死定在那个金色的身影上。在进行了这番令人震惊的宣言之后,那个身影在屋梁上敏捷地移动,隐退到阴影处,在他们的视线范围内消失。

"它不见了。"他小声说道。加布里埃尔可能以为天使只是回到了天堂,但西蒙正在尽力找到一条隐秘的通道。历史学家们已经在希农发现了一条,而西蒙愿意打赌这只是冰山一角。他很乐意去找到一条新的通道。

王储大笑着扶贞德起了身,挽起她的手往门口的方向走去。他猛地把门打开,大声喊道:"上帝与我们同在,我的朋友们,他为我们带来了能实现预言的少女!"

贞德停了下来,回头看着加布里埃尔,她的蓝色眼睛充盈着欢乐的泪水。西蒙发现自己正在把手伸向贞德伸出的手。在整个世界重新变形的时候,他抓住了灰色的迷雾。他感觉到一阵猛烈的撞击,但他还是无视了。那里有那么多其他的事情需要他集中注意力,而在记忆走廊这里,他可以自由说话。

"我猜你看到了那个东西?"他问维多利亚。

"我看到了——而且我也听到他的话了。他肯定是一个刺客。"

"那个人有着如此的灵敏,这是肯定的。还有就是他说话的用词精准度。"

"不得滥杀无辜。"维多利亚复述着这句话,这是刺客信条的第一准则。

"我想大胆推测,这是一个导师。谁会比一个刺客导师更想知道圣女私下对王储说了什么?不过这也是一个该死的突然想法。这能说得通了,维多利亚!这……这个幻象,一个带来王冠的天使……贞德在她的审判里说得完全不一样。贞德好像不把这些当成是她那个声音说的话。史学家们争论的焦点在于贞德到底是不是自己编造了这些来应付审判,但如果她看到的是一个真人而不是什么天使的话,她自己当然也不会这么想。很明显的是,刺客们,圣殿骑士也有可能——任何拥有先驱者基因的极少数人——都能明白她是特别的,需要去帮助她——或者是阻止她,视情况而定。也许这就像是刺客们所谓的鹰眼视觉。我觉得我们应该要紧盯着德·梅兹。他是个刺客,而且他似乎是真的要效忠于贞德。你能找到他们的下一次互动吗?"

"稍等……好了,我找到了。就在贞德收拾好行装在库德赖安定下来之后。"

1429年3月7日,星期一

迷雾又开始变幻,形成了米琉城堡庭院的样子。庭院在白天的样子截然不同；虽然同样令人印象深刻，但比起加布里埃尔、贞德和他们的小队成员在前一天晚上进来的时候，已经没有那么多的神秘感了。加布里埃尔的注意力并不在他周围的环境上，而在想要击败他的德·梅兹的身上，他们举起剑打斗，还不停喊着战斗口号。能保护加布里埃尔免受那些武器攻击的就只有他自己的剑、盾牌以及一套皮盔甲。

冬日的阳光在铁甲上闪烁。加布里埃尔几乎没法成功举起他的盾牌去格挡德·梅兹的攻击。在皮革盾牌上的重力一击让加布里埃尔的整条手臂都在震动，他倒抽了一口气。他举高自己的剑，想要回击一次。剑刃碰撞，德·梅兹把他的脸靠近了加布里埃尔，嘴巴发出了一声低吼。加布里埃尔闷哼了一声，像之前受到的指导那样调换了剑的方向，但并没有起到作用。德·梅兹向后跳了一步，接着再次对他发起冲击，对加布里埃尔的腿部进行一次佯攻。当这个小伙子竭力把盾牌转过来，试图让自己的腿不会从膝盖那里被砍断时，德·梅兹的剑撞向他的剑，发出了"当"的声音，接着把他的剑打飞了出去。

加布里埃尔的脸涨得通红。德·梅兹大笑起来，但他的笑容十分温厚。"不要担心。你会学好的。如果她能学会的话，那你也可以。"

他示意让加布里埃尔看看贞德和德·普朗吉练习的地方。他们试着去找到适合她更为矮小的身材的盔甲，但她穿上之后还是显得很宽松，而她的头盔对她来说实在是太大了，完全盖过了她的头。和加布里埃尔相比，举剑对她来说要更加困难，但总而言之，加布里埃尔发现了贞德能够在德·普朗吉向她进攻的时时候，成功地把剑举起来挡住攻击，甚至还把他打得向后退。

"好吧，"加布里埃尔说道，"很明显上帝想要让她学得更快。"

一个侍从走上前，手里端着一大壶葡萄酒和几个杯子。加布里埃尔大口地喝着，注意到那个孩子一直在偷偷看着贞德。

"我知道,看到一个女人在战斗总会觉得很奇怪,"加布里埃尔对他说道,"但是贞德是特别的。"

那个男孩点了点头,说:"她从上帝身边来实在是太好了,否则在昨晚之后,有些人就会说她是个女巫了。"

加布里埃尔全身的血液似乎都在瞬间变冷了,然后他在自己的身上画了一个十字。"永远不要这样议论少女!"他猛地说道,而在男孩畏缩着向后退的时候感到了一丝后悔,"激励着真正的国王要取得他应得合法王位,这怎么能是邪恶的呢?"

男孩的脸色变白了。他看着德·梅兹和加布里埃尔说着:"你们还没有听说过吗?"他们摇着头时,男孩继续说道:"昨晚,有人发现安托万·莫罗已经淹死了。"

有那么一会儿,加布里埃尔没想起这是谁的名字。但德·梅兹想起来了。"巨人?那个和贞德说过话的人吗?"

男孩点头,他的视线冷漠地从挥剑的贞德那里回到这里。"他们都说,她告诉他他会死的。在她到来一个小时之后……他们就发现他的尸体漂浮在维埃纳河①上。"

一阵寒冷掠过西蒙的皮肤。他记得之前阅读过对于此事的审判证词,但他觉得这如果不是凭空捏造,那就是在夸大其词。然而事实证明,只有很一小部分关于圣女的事迹是完全虚构的。

"我感到十分抱歉。"一个柔和的声音突然说道。加布里埃尔并不知道贞德是怎么安静地接近他们的,但她就站在那里,一只手拿着头盔,红彤彤的脸因为惋惜而柔和。"我并没有把死亡带给他,年轻的朋友。但是我能看到他脸上有着死亡的阴影。我真心希望莫罗能在上帝

---

①维埃纳河位于法国西南部,属于卢瓦尔河的左支流。

带走他之前,和上帝真正地平和相处。"

那个侍从往下看,点了点头,然后走开给其他一起训练的人倒酒。德·普朗吉和其他护卫一起帮助德·梅兹和加布里埃尔脱下盔甲,给他们披上厚重温暖的斗篷,加布里埃尔感激地接受了他们的帮助。德·梅兹看着他一会儿之后,说道:"陪我走走吧,加布里埃尔。"

加布里埃尔顺从了,跟在德·梅兹的身边一起走开。在远离开多数人们训练的声响之后,他们安静地走进了庭院花园的区域,德·梅兹才开口说话。

"跟我说说昨晚发生了什么。"

加布里埃尔突然快速地看了看周围。他们所在的位置,几棵树的树干和树枝形成了一个不完整但是稳健的遮蔽,与那些在庭院里发生的事情产生了区隔。

"昨晚在那个房间里发生的事情,是我们这些听到的人之间的事情。"他说道。他立马就想要咬掉自己的舌头。加布里埃尔希望德·梅兹不会留意到他说漏了嘴,但是这并没有用。

"听到了什么?"贵族向前走了一步。"加布里埃尔……你听到了贞德的声音了吗?"德·梅兹总是能用简洁而冷静的言语和加布里埃尔说话,但他现在看上去十分震惊——而且还很是紧张。

"我已经说得太多了。"

"我觉得你说得还不够。快告诉我。"

"贞德,你知道的——"

"这能帮助我保证她的安全,加布里埃尔。"德·梅兹回答着,他的声音出现了一丝不符合他性格的迫切。"我知道你对她的感觉,而且我知道你会为了保证她不受任何伤害而做任何事。我必须知道你当时听到了什么。还有你……看到了什么。"

加布里埃尔睁大了眼睛。他从来没有提及过他的幻象——只有他和贞德之间才能看到的幻象。

"你对她宣誓效忠，"他提醒着比他年长的对方，"你说你认为这能让她更加安全时，我是相信你的。但我对她也做出了承诺，你知道的。"

德·梅兹叹了口气，然后点了头。"是的，我的确知道。"他的目光落在了加布里埃尔肩膀后面，露出了笑容。"贞德！"他喊着。

加布里埃尔的心就像往常一样，在转过头去时加快了跳动。他看到的只是残缺的树枝形成的阴影和树干，接着世界变得一片漆黑。

这狗娘养的居然把我打晕了！西蒙震惊地想到。

几秒钟之后，眼前的景象稍微出现了变化。西蒙能看到的还是一片黑暗，但在加布里埃尔眨眼时，他的睫毛刷过了身上的衣服。他正躺在一块又冷又硬的石头上，头疼得厉害。他没有多想，就尝试着去触碰那块石头，却发现自己的手脚都被绑住了。周围的空气闻起来和户外不一样：有陈腐的气味，还带着一些皮革和汗水的味道。

"他醒了。"一个西蒙和加布里埃尔都认得的声音说道。

加布里埃尔突然开始慌张挣扎着。"去你的，德·梅兹！"他大喊着，"你在做什么？"

"安静，加布里埃尔。"德·梅兹说道。令加布里埃尔更加愤怒的是，他的口气与其说是警惕，更像是被逗乐了。加布里埃尔的心脏仿佛在拼命撞击着肋骨，充斥着愤怒，而且当然了，还有恐惧。

"你已经宣誓效忠她了！"他啐了一口。

"你真的这样做了？"另外一个低语的声音在说话时试图表达出一

种特定的优雅。

"我——是的,我们待会儿再讨论这个。"德·梅兹说道,"加布里埃尔,我很抱歉不得不用武力对你做出这种事情。"

"如果你真感到抱歉的话那就是活见鬼了。你是什么人,刺客吗?"

一阵沉默。接着就是爆发出来的隐约大笑声。

"为什么你们在笑?如果你们是要来杀贞德的——"

"不,我的孩子。"第二个声音仍然是小声地说着话。西蒙意识到说话的人是想要尽可能隐瞒自己的身份。缺乏光线的房间,低声说话的声音,这些缜密的安排都是为了让加布里埃尔对他们保持一无所知。"杀掉少女是我们中任何人最不会想去做的事情。"

"很好,那么给我松绑。"加布里埃尔回嘴,接着开始继续挣扎。

"停下来听我们说,那样的话我们可能会这样做。"刚刚的第二个人说道。西蒙正在尽力收集关于这个男人的一切情报。他十分可能是一个贵族。一个比德·梅兹的等级还要高的人。一个士兵。

可能是导师吗?西蒙很好奇。

"你不知道的事情还有很多,加布里埃尔·拉克萨尔,"那个声音继续小声地说着,"那些如果你想要少女安然无恙,就必须知道的事情。"

"你知道比起其他一切,我最希望的就是这个。"加布里埃尔说道,"除了她要实现来自上帝的使命。"

"啊,是的,"那个声音继续说道,"来自上帝。"

"加布里埃尔,"现在德·梅兹在用正常的声音说话,"当你看着贞德的时候,你是不是有时会看到她……发出光芒?"

加布里埃尔舔了舔干燥的嘴唇。"是——是的,"他说,"我能看到。有些时候那些光芒就在她的身上出现,而且……在我看来她就像是天使。但是我从来没有看到过——"

他紧紧地咬住了他的下唇。

"直到昨天晚上，你都从来没有看到过一个天使。"那个低语的声音替他说完了话。"我们知道你在贞德和王储对话的时候都听到了什么。我们知道你看到了什么。你看到的是谁。我们知道贞德对王储都说了些什么。这些话对我们来说十分宝贵。这些是我们永远都不会亵渎的话语。

"你并不用为任何事情感到愧疚，加布里埃尔·拉克萨尔。我们不会滥杀无辜。"

这是刺客导师！西蒙欣喜地想到。

疑问、请求、命令——这些字眼争先恐后出现在他的脑海里，加布里埃尔发现他甚至都不会说话了。他最后只能说出来的话是："我在听着。"

"这场战争——英格兰和法兰西之间的战争，已经持续了几乎有一个世纪。"德·梅兹说道，"但另外一场战争的战火早在有时间记录之前就已经熊熊燃烧。一场与国土、国家、王国，甚至是信仰都无关的战争。一场与人无关，但是与人类本身有关的战争——以及人类是应该要自己书写命运，还是被那些会控制人性的人所支配，并注定要被他们奴役。"

这可不够准确，西蒙想着，但他和加布里埃尔都保持了安静。

"一切都在被这场战争所影响，但几乎没有人知道这场战争的存在。"不知名的导师低声说道。他柔和的低语声在石室里回响。"我们知道。我们是这场战争的参与者，而且我们为了人类的自由而斗争。我们在黑暗中行走，为光明服务。你问我们是不是刺客。我们是的——但不完全是你想的那种刺客。我们观察，我们学习，我们定下目标……而且我们会把威胁抹杀。"

"什么？你们——那可是冷血的谋杀！"

"我们的敌人会这样说。但他们甚至认为，通过精密策划杀掉上千人——或许是成千上万的人——真正无辜的人才能被拯救。"

"谁是你们的敌人？你说那些想要——什么来着——为了自身的利益想要操纵人类的人？"

"他们被称为圣殿骑士，"德·梅兹回答道，"而我们与他们为敌，为了那些不能为自己而战的人挺身而出。那些不是出生于富贵或权势之家的人。无助的人。奴隶、穷人、残疾的人、特别年幼和特别年长的人。"

"还有私生子。"加布里埃尔嘟囔道。

"是的，"让·德·梅兹的声音很和善，"在我们的等级里，男人和女人、贵族和平民、深色皮肤和浅色皮肤的人——我们都是兄弟会的成员。所有身配袖剑的人，都是平等的。"

"那……圣殿骑士呢？你们是在说圣殿骑士团吗？就像雅克·德·莫莱那样的？但是——骑士团已经消失了。他们是异端。当然他们现在都已经死了。"

"骑士团是消失了……在世人眼里是这样的。"刺客导师说道，"他们的一些成员活了下来。他们远离人们的视线，但仍然静悄悄地维持着骑士团的存续。到了现在，他们正在力求重建骑士团。他们不再公开露面——但他们的势力在增长。圣殿骑士们总是渴望权力。"

"这就是为什么这场战争还在继续。"德·梅兹说，"还有为什么，当我们遇到那些可能得以帮助我们的人——学识渊博，或许无知无觉的人，我们在能帮助他们的时候就直接来到他们身边。你能看到贞德身上的光芒。我们也能。不是每个人都能看到的，加布里埃尔。那些能看到的人都是特别的。我们会全力支持她的使命，因为一个团结在法国国王之下的法兰西能阻止英格兰的圣殿骑士们在这里重新扎根，他们在法兰西一度十分强势。"

"贞德不会听从你们的，"加布里埃尔立马说道，"她只听从上帝的指引。"

"我们接受这一点，"导师的声音说道，"我们来这里是要为她的使命效力，也许还会教授一些能帮助她完成使命的东西。我们谈话的对象并不是她，而是你。"

加布里埃尔感到他的五脏六腑突然变冷了。"我？我只是——"

"一个私生子？所有人都知道让·迪努瓦是奥尔良伯爵的私生子，而眼下他正镇守在被围攻的家乡。我先前在说话的时候，你的耳朵是不是被耳屎塞住了？你能看到贞德的光芒！你学习使用武器比我见过的任何人上手都要快。这样的能力——会在我们的血脉中流传。就像你父亲眼睛的颜色，或者是你母亲头发的颜色那样。加布里埃尔，这是你天生具有的能力。"

这是我天生具有的能力。这是贞德用来形容自己以及她的使命的话语。她生来就要离开家乡，在艰险的道路上向希农出发。她生来就要领导解围，为一个国王加冕，或者还有更多。加布里埃尔一直认为自己生来就……什么都不是。他感到自己在不停颤抖，不是因为从石地板传到身体里的透骨寒冷，而是因为其他的东西。那些他只有在看着贞德、看着她的眼睛因为好奇而睁大时才感受到的东西。还有那股光芒，优美而剧烈，从她的内里发出来的光亮。

"你——你们想要让我加入这个……兄弟会吗？"

"不，"导师低声说道，"我们只接受那些已经证明了自己的价值和忠诚的人，而你的价值和忠诚对我们都是未知数。现在你就只接受训练吧。磨炼你的反应。强壮你的身体。让你的眼睛学会怎么看到差异，理清你所学到的东西。做好这些来让你所继承的东西骄傲，用来保护少女。我们也会尽力教授她这些东西。你可能无法一直在她身边。"

他们对他十分了解，足以清楚他想要的是什么。兄弟会。这个地方。能让他感到自己是特殊的，自己是宝贵的。但更重要的是，他们知道加布里埃尔·拉克萨尔，在现在或者是以后，愿意做任何事情来保护圣女贞德。

"那如果我拒绝了呢？"

"很明显我们都希望你不会拒绝，"德·梅兹说道，"那么，只要你能守口如瓶，你就可以离开了。但我们会监视你，如果你背叛了我们……好吧。城堡里有很多秘密，有很多被遗忘的地方。有可能你的尸体永远也不会被人发现。"

"你——你是在开玩笑的吧，"加布里埃尔停顿了一下，"对吧？不是说让你们的利刃远离无辜的人吗？"

一阵沉默。接着让他感到震惊的是，他听到了大笑的声音。那两人低声交谈了一会儿。接着加布里埃尔听到了靴子踏在石地板上的声音。他的内脏像是都被揪成了一块。

当德·梅兹说话的时候，加布里埃尔整个人都松了一口气。"你应该忘掉这场战斗的事情，而应该请求国王，让你成为他的议会成员。"他说着，声音还带着一丝愉悦。"来吧，加布里埃尔。你对我们来说实在不是什么有价值的目标，犯不着要杀你。我们已经表明了立场。你会加入我们吗？"

11

加布里埃尔考虑了一阵子。他的脑海里闪过了这些人奋斗的目标和他们开出的条件。不知怎的，他这辈子都知道自己是与众不同的。他怀疑自己胸口跳动的并不是恐惧，而是兴奋之情。

"好，"加布里埃尔说道，"我会学习你们教给我的任何东西。但是如果你们背叛了贞德，我会亲自杀了你们。"

西蒙真的感觉要吐了。加布里埃尔·拉克萨尔，他自己的先祖——居然是个刺客？这不可能！西蒙是一个圣殿大师，内殿团的成员。他的父母都是圣殿骑士，而他的祖母也是圣殿骑士，曾经在温斯顿·丘吉尔[①]的陆军部背后秘密工作过。在他的家族谱系里，还有好几个成员都是圣殿骑士。西蒙感觉，被迫见证加布里埃尔和敌人结盟就像是在他们的坟墓上吐痰。

[①]丘吉尔（1874—1965），前英国首相。

"我期待的并不比这要少。"德·梅兹说道，声音里的幽默已经消失不见了。加布里埃尔听到了奇怪的切割声，接着感觉到绑着自己的绳子被切断了。当他的手重获自由时，他马上就把眼罩摘下，眯眼看着从弯曲的石墙狭窄垂直的缝隙里射入的阳光。在他头顶的天花板上，一排排的石头拱成了令人赏心悦目的弓状，他还注意到有人曾经在石墙上雕刻了一些奇怪的图案。一条弯弯曲曲的楼梯是唯一的出口。他回头看着德·梅兹，目光停留在从这位年轻贵族右腕衣袖下伸出来的剑刃上。德·梅兹露出了一个笑容，很明显他一直在等着加布里埃尔发现这把剑。随着一记快速的轻弹，剑刃消失在他的袖子里。

"这个，"他安静地说着，"是我们传统的武器，袖剑。"在轻微的动作下，袖剑随着轻微的声音又滑了出来。"它们能在字面意义上立刻出现在手上，能让我们在尽量不被人注意的情况下完成我们的任务。这就是我们的第二则教条所说的：大隐于市。"

他要杀掉我的话该有多容易啊，假装做一个友好的动作，把手伸到我身上就可以了。加布里埃尔想到。他的第二个想法就是，他也想要戴上这个优雅小巧而致命的武器，他知道自己会毫不犹豫地对着那些要伤害贞德的人使用袖剑。

他让自己的目光远离了袖剑。"我们在哪儿？"

"库德赖城堡的地牢。"刺客回答道。

"会有人发现我在这里的，"加布里埃尔讥讽道，"我可以朝窗户大喊的。"

"嗯……如果我把这东西插进你的喉咙的话那就不会了。"德·梅兹用让他感到震惊的流利语气说道，"肯定不会有人发现你的尸体就在从这里出发到米琉塔的隐秘通道里。"加布里埃尔感到整个人都变苍白了。所以……他们对他进行的威胁并不是无意义的。

"另外一个人是谁？"他让自己的声音保持冷静地问道。

"你以后会知道的——在时间合适时，或者是时候到了的话。关于我们的人员，你知道得越少，背叛我们的可能性就会低。"

"只要你们能保护贞德，我不会背叛你们的。"

"你不知道我们的敌人用的温和游说方法是什么，"德·梅兹严肃地说道，"而他们，也曾经在这里活动过。"

"圣殿骑士？在希农吗？"

"不只是在希农。当我说他们曾在这里的时候，我的意思是，就在这个地方。他们的大团长，雅克·德·莫莱，还有另外三个高阶圣殿骑士都曾经被囚禁在这个地牢里长达好几个月。"他指着先前加布里埃尔留意到的那些刻划。"我想知道你能不能感觉到这上面的东西。有一些刺客——也许还有像你这样的人——似乎可以看到一些其他人看不到的东西。在我们兄弟会里，我们称呼这种能力为鹰眼视觉。这里肯定留下了一些信息。圣殿骑士可不会花费精力去画些有趣的图案。"

加布里埃尔把目光定在石头上的那些划痕上。这些东西对他而言没什么意义。上面写着的是胡乱的拉丁语短语——他只能认出来是拉丁语，但还不能够阅读。还有一些看上去杂乱无章的符号：十字架、伸出来的手、还有太阳——但画得并不对称，看上起像是一滴倒着的泪珠，或者是一滴血，而不像是一个天体。它的光芒洒满在一个人的侧脸上。墙上还有其他的图案，有一些画的是戴着兜帽的人，其他的可能是天使。

"好吧，"他轻快地说道，"这些圣殿骑士真不能让画家们丢掉饭碗啊。"

"曾经有一些圣殿骑士是艺术大师，"德·梅兹说道，"虽然我得承认，德·莫莱大团长似乎并不在这些人的行列之中。你有发现什么吗？可以留意到些什么吗？"

加布里埃尔极力想要给德·梅兹提供一些珍贵的情报。一些能让那个年长的人为能训练他而感到高兴的线索。所以他一直在观察着。最后，他叹了口气。一串字母和符号的组合，很明显是什么暗号，但他并没有能破译这个暗号的任何希望。两个六芒星，三个互相交叉的圆。一朵鸢尾花。一个看上去像是被箭头穿过的心。还有另外一个心在那只伸出来的手附近。

"有发现什么吗？"

加布里埃尔叹了口气。"好吧，那边有个图案看上去像一只鸭子。"

德·梅兹先是皱起眉头，接着看了看墙上的雕刻，随即大笑起来。加布里埃尔也笑了，觉得不安感正在消退。

加布里埃尔感到了懊悔和一丝尴尬；而西蒙在自己拥有刺客血统这一令他不快的事实被揭露后，已经稍微平静了下来。这是一次在墙上的涂鸦质量良好时做出的，时间够长久的观察，研究密码学的扎克瑞·摩根斯顿在看到之后肯定会十分激动。而且这还是他的研究方向行得通的另一个有力理由。这不是他主要目标的，即对伊甸神剑进行定位和亲眼观察，并找到修复它的方法的一部分，但这些对圣殿骑士来说都是无价的知识，不如此的话它们可能就会遗失在历史之中。

"我很抱歉，"加布里埃尔对德·梅兹说道，"我理不清这些东西。"

"这是一次大胆的尝试，"德·梅兹说道，"虽然这提醒了我，永远不要给你留下带符号的口信。我们把时间花在更高效的训练上吧。"加布里埃尔点点头，朝着楼梯的方向走去。"不是要回到庭院里。这个特别的技能需要私下学习。通常我们不会让一个不完全是兄弟会成员的人学习，不过……你倒是有一些有趣的能力。"他露齿而笑，"心怀感激吧，嗯？"

说话的时候，他把衣袖拉了上去，将戴在右手小臂上的袖剑完全露了出来。他灵活地把袖剑解下，递给了加布里埃尔，而加布里埃尔几乎是心怀感激地接过袖剑。

他从来没见过这样的东西。它不光有独特的设计和功能，而且在外表上可谓精美绝伦。用铁做的利刃被雕刻上了华丽的标志，被打磨得十分尖锐和致命。剑刃被十分明智地套入了十分贴合的皮质袖套中，这样一来，这件武器就能隐藏在上衣的衣袖下，不被留意。甚至袖套也是让人十分激动，那是一件皮制做工、具有残忍的高效功能的杰作。

德·梅兹用熟练的速度把袖剑绑在了加布里埃尔的右臂上。"你要记住的第一件事——让你的手远离袖剑出鞘的方向。在更早的年代，刺客们要砍掉自己的无名指，以此证明自己对兄弟会的全身心奉献。"

"这会让你更容易被发现，"加布里埃尔观察着说道，"特别是如果你们还认为要'大隐于市'的话。"

德·梅兹用锐利的眼神看着他。"你不像我们所想的那样，是贞德的小羊羔，对吧？"

贞德的小羊羔。这是一句友善的玩笑话，但仍然是一句玩笑。奇怪的是，贞德并没有让他感觉自己像一只羊羔。羊羔是无助的生物，需要被保护起来。而贞德让他感觉自己像是一只狮子，他在这个世界上是有价值的，他可以帮她改变世界。这就是他现在做这些事情的目的。

"我属于贞德，"他只是这样说道，"但我不是一只小羊羔。现在，"他笑着对德·梅兹说道，"让我看看这要怎么用！"

两个骑在马上的对手正在面对面，身穿厚重的皮制保护盔甲。虽然盾牌都是真材实料，但他们手上的矛都被磨钝了。和德·梅兹回到庭院的时候，加布里埃尔花了一点时间才意识到那个穿着不合身盔甲的娇小士兵是贞德。她用脚后跟踢了一下她的马，而她的对手做了相同的动作，他们的坐骑慢慢跑向对方。贞德用盾撞击的动作十分坚定正确。她的身体因为撞击产生的力道猛地向后退，她手上的剑和矛都在振动着。

她的马受到了惊吓。贞德的脚从马镫里滑了出来，她在马背上剧烈地摇晃着，她在试图恢复平衡的时候不停挥舞着手臂。有那么可怕的一瞬间，她似乎会掉下去，被马蹄踩踏。但接下来，她不知怎的还是让自己恢复了平衡，重新牵起缰绳，而且让加布里埃尔感到震惊的是，她还让马调转方向，前去她新侍从的所在，侍从把她先前掉落的武器递给了她。

另外一个骑士保持紧握手中长矛的动作，让他的马准备待战。贞德坐在马鞍上，把马带上练习场准备开始第二轮。

她手上的矛在这匹巨大的马踏向对方骑士时不停颤抖着。加布里埃尔看着贞德，几乎不能呼吸。他看到贞德的矛尖晃动着，然后似乎突然就对准了方向，像就他轻弹手腕甩出袖剑时的动作。贞德的动作稳定而精准，当贞德的长矛刺中了骑士盾牌的致命中心时，加布里埃尔感到一股欢呼的声音憋在他的喉咙就要爆发出来了。他听到有什么东西断掉的声音，贞德的矛断成了两截，把骑士手上的盾打了下来，那个骑士正在努力让自己坐在马背上。

然后，他的矛靠近了贞德。

"他们这样练习多久了？"加布里埃尔目瞪口呆地问道。

"我们离开的时间并不是很长，她今天早上跟着王储做了弥撒。最多就一个小时吧。"德·梅兹回答道。他看着加布里埃尔，眨了一下眼睛。"就像我说的，你们两个学东西的速度都很快。"

在欢呼声中，贞德摘下了头盔，甩着她被汗水浸湿的短发。她的脸变得通红，而且还气喘吁吁，但即使如此……即使如此，加布里埃尔还是看到了从她身上散发出的熟悉光芒。

"朕已经感到王冠在自己头上了，"王储的声音说道。加布里埃尔和德·梅兹在他过来的时候恭敬地朝他鞠躬。查理身边还有一个大约二十多岁的人，有着深色的头发，身材瘦弱，但举止十分得体。他的脸色很健康，但也有着一丝世故圆滑。他那优雅的身躯和走在国王身边的从容姿态，都在暗示着他也是一个贵族。他走动的样子就像是谷仓里的猫，加布里埃尔这样想到。他走路的动作流畅，毫不费力，但其中还有着一丝微弱的紧绷，似乎已经准备好随时弹跳起来。

"你们好，我的王储殿下和公爵大人！"贞德说道。她让自己的马向他们的方向跪下。公爵的那一丝警惕完全放松了下来，他英俊的脸庞在贞德向他问好的时候露出了微笑。贞德在寻找加布里埃尔，招手让他过去。加布里埃尔一路小跑，来到还坐在马上的贞德身边，向他们鞠躬。

"这是我的表亲加布里埃尔，他从一开始就跟随着我。这位是让，阿朗松公爵，我们今天在弥撒的时候见过一面。我告诉他，现在他来得正是时候。为法兰西挺身而出的王室成员越多，形势就会越好！"

公爵大笑了一声。"我在英格兰人愿意放我走的时候就马上过来了。"他告诉加布里埃尔，"过去的五年，我一直是他们极不情愿的宾客。我重获自由才没几天，我的国王就已经要求我前来了！当然我还是很高兴自己来到了这里。"

他的目光回到了贞德的身上，她也直率而充满信赖地回以微笑。"我也从来没想到能看到一位能如此挥矛的女士。我的朋友查理给你的这匹农场里的老马可不可能在战场上陪你冲锋陷阵，贞德。"实际上这匹马并不是来自农场,而是军队用来训练的马匹,马儿疑惑地摇了摇耳朵,像是在抗议公爵所说的话。"让我给你买一只听过武器碰撞的声音,也不会被剑掉在地上的声音惊吓到的马吧。你会需要的。"

虽然贞德脸上的表情从愉悦突然变成了惊喜,查理还是举起手,做出了一个谨慎的手势。"我们还没有决定是否要让少女上战场,"他说着,用不赞同的眼神看着公爵。"但我们的朋友愿意送她这样一件礼物,真是太好了。这里仍然有很多想要质疑你的人,少女。"

贞德喜悦的表情消失了,但当她看着公爵的时候,身上的光芒仍然在闪耀。"我对我的新坐骑表示感激,我将会骑着它前往奥尔良。"她说着,声音十分轻盈和高兴,几乎是到了顽皮的地步。

查理看上去很为难。他的目光从阿朗松公爵移到了贞德的身上,他高高的眉毛皱在了一起,一只手正在转动着另一只手上戴着的戒指。"好吧少女,虽然我们还是必须要听取那些受人尊敬的博学教士们是怎么评价你的,但也许我们也可以允许你带上一些武器前往战场——也是以防万一。也许,会是一把为你量身打造的好剑。比起一匹马这更能让你感到高兴,不是吗?"

听到王储的话之后,阿朗松公爵还是笑着,并没有对他的君主明显地想要比他赢得更多来自贞德的赞许感到窘迫。

"我的那些派遣我来护送您到兰斯的声音,向我许诺说已经有一把剑在等待着我。您不用麻烦铁匠再为我打造一把剑了。"

查理眨了眨眼,转动戒指的动作变多了。"是吗?"

"是的!"贞德迫切地说道,"您一定要请求圣卡特琳德菲耶尔布瓦的高级教士把那把剑赐给我。我知道那把剑到底在哪里。我可以口述一封信,告诉他们去哪里找到它。"她顽皮地笑着,"您会看到的。"

"我要去,"加布里埃尔听到自己这样说着,在所有人都在看着他时感觉到自己的脸颊变红了,"我会去拿到的。"

他回想起他之前在贞德身边祈祷的时候他经历过的那种感觉,那股来自祭坛的吸引力。他渴望能再次体会感觉,他不能忍受没有道德准则的人在找到贞德的剑之后还带着它逃走这种可能。

"我会陪同他前去。"让·德·梅兹说道,"当然,前提是您能允许。"

贞德回头看着他,眼里闪烁着怀疑之情。"你和德·普朗吉不会趁着这个机会偷偷跑回沃库勒尔的,是吧?"

"当然不会,我的女士。我会遵守对您许下的诺言。除非我被下达了命令,否则我是不会自愿放弃对您的效忠的。"

她点了点头。"很好。那么我对你还有另外一个要求。在你们前往圣卡特琳德菲耶尔布瓦的途中,让我的随从加布里埃尔平安。"

"绝对没问题,我向您发誓,"德·梅兹回答道,"很明显,在我离开的这段时间里把您托付给了值得信赖的人。"他露出了渴望的眼神——并不是色欲或者是欲望,而是不舍。加布里埃尔能理解。一个能看到贞德身上光芒的人要想远离她,需要强大的意志力才可做到。如同飞蛾扑火,只不过并没有那么残忍的结局。

加布里埃尔转头看向了新加入的公爵。他在公爵的脸上看到了和德·梅兹脸上相似的表情。毫无疑问,也和加布里埃尔自己的表情很相似。

他能看到她,加布里埃尔意识到了。接着,他马上明白了过来:他和我一样,和德·梅兹一样。

像刺客一样。

12

迷雾开始靠近西蒙。"维多利亚,不!"他大喊着。但是她在耳边的声音打断了他。

"我要这样做,西蒙。"她说道,"你今天在这里已经待了好几个小时了,还经历了几次强烈的模拟。我们可以在明天先重新整合一下。你得早点儿睡觉,好好休息。"

"等等——你不明白吗?加布里埃尔快要拿到剑了!这就是我们一直在追寻的目标!"

一阵停顿。"你说得对。但我一直在监视你的身体数据,西蒙,我并不喜欢看到的东西。你的皮质醇水平一直在上升,血压很高,而且你过度呼吸的程度可谈不上轻微。"

"噢拜托,听上去不过像是我在酒吧里看球还喝了好几品脱的酒。我没事。"他举起手想要梳理一下头发。但他的手碰到的却是头盔。他直到刚刚才发现这是一个下意识的动作。西蒙之前和维多利亚之间有过争论，但是这是他头一次感到了真正的愤怒。

"瞧，"他努力试着让自己的声音听上去没有那么绝望，"明天就是第四天了。我们可以马上跑去瑞金的办公室告诉他我们找到神剑了，我敢说他会让我们的研究时间延长。"

你之前说过贞德有三把剑。如果那把不是的话——

"就是这一把。我——我就是知道。"放轻松点，西蒙，他这样告诉自己。你不能开始发疯地说着什么东西，要不然她会直接把你扔出去。"再来一次模拟。在他们找到剑的地方。我要确认一下我们找到的是不是伊甸神剑。"

他像是等待了有一辈子，接着维多利亚说话了。"好吧。但如果我感觉到你陷入了危险状态——任何危险，我会把你拉出来。"

西蒙松了一口气，迷雾再次出现，形成了能辨认出来的圣凯瑟琳教堂的形状。

他们是3月7日中午出发，可能是在日落前一个小时到达的。加布里埃尔观察到，圣凯瑟琳教堂在白天看起来要小一点。为牧师们烹饪和打扫卫生的老胖寡妇在食堂的门口见到他们之后，赶忙把他们迎了进去让他们暖暖身子。当他们把查理的私人信件交给她，还解释了他们是在为王储办事之后，她那红润而高兴的脸变得十分严肃，露出了吃惊的表情。

"请自便，"她说道，"这里有一些面包和啤酒，还有一点奶酪。我把这封信交给米歇尔神父。"

"谢谢你，"德·梅兹说着，坐下来撕开了一块面包。他把面包递给了加布里埃尔，在老妇人离开之后便开始咬着这又厚又硬的黑面包。"既然我们到这里了，"他愉悦地说着，"我打算要告诉你我的一个推论，关于你在整个过程中感到不安的原因。"

加布里埃尔用啤酒蘸软面包吃下去,感觉到自己内心畏缩了起来。当然了,德·梅兹留意到了他的动作。德·梅兹试着向他打探是怎么回事,但加布里埃尔当时成功搪塞了过去。

"我们之前都来过这个教堂。我猜,当时你是自己一个人来的,或者是跟贞德一起在这里祈祷。我认为你感觉到了什么东西,让你相信你知道这把剑在什么地方。"

加布里埃尔点头。"我知道,这很可笑。上帝不会对我说话,他只和贞德对话。"

"你还记得在地牢里我们是怎么告诉你的吗?"德·梅兹继续说道,"关于你是如何天生就能看到贞德的光芒?还有我也能看到?还有她那与生俱来的光芒?"加布里埃尔点点头。"这是因为我们都是来源于人类在这个星球行走之前的东西。它们十分强大,拥有杰出的能力和技巧。"

加布里埃尔盯着他看。他往周围看了一圈,确保老妇人不会回来,然后用尖锐的声音小声说道:"你在一个牧师的住所里这样说话?这可是异端!"

德·梅兹点头。"对普通人来说,这就是异端。但我们……我们知道这是真的。如果你认为这些东西是天使,会不会觉得心里舒坦了一点?当然了,他们并不是神。你已经见过它们太多次了,以至于都不会感到害怕了,加布里埃尔。你在贞德的身上看到过,你甚至在自己的身上也看到过。我敢说你在这里曾感觉到什么东西——一种拉力,把你拉往某个方向。这些……人,曾经到来的这些人——他们留下了拥有强大力量的神器。我们称它们为伊甸碎片。从时间伊始,刺客和圣殿骑士都一直在尝试找到它们。你曾听过那些关于所谓的魔剑、魔药、魔杖或者是法杖的故事,对吧?伊甸碎片就是这些故事的灵感来源。实际上，它们并不拥有魔力，但产生的效果是一样的。"

加布里埃尔看着里面还飘着一些面包的碎片的杯子，点了点头。"关于你刚刚说的，我的确感到有一股吸引力。就在祭坛后面，圣凯瑟琳雕像所在的地方。"

"好孩子，"德·梅兹说道，"如果贞德的信确认了此事之后，你会相信我吗？"

"我并不认为我有其他的选择。"加布里埃尔回答道。他们听到了米歇尔神父进来的脚步声。神父的个子很小，布满皱纹的脸就像羊皮纸那样薄而苍白，但是他的目光十分温暖，充满了好客之情。

"我已经读过了王储的信，"米歇尔神父说道，"对于信中所写的指引，我相信我也并不比你们感到惊讶。"

"他对您提出了什么要求，神父？"德·梅兹询问着。

米歇尔神父用明亮的眼睛看着这名刺客，他不得不抬高头才能看着他。"我们要在祭坛后面挖掘，"他说，"在那里，我们会找到一把剑。"

"您不感到很惊讶吗？"加布里埃尔突然问。

米歇尔神父轻轻地笑了一声。"只要是一个有教堂的地方，那就一定会有前来祈祷取得胜利的士兵。有时为了感谢上帝的仁慈，他们会留下一个盾牌、一套盔甲，又或者是，"他微笑着说，"一把剑。虽然我们并没有任何关于有一把剑被留在这里的记录，但这也不是什么不寻常的事，所以我并不感到惊讶。虽然我们不得不等到明天了。教堂里并没有可以用来进行挖掘的任何工具。我们会让石匠来帮忙。与此同时，请允许我为你们提供相应的食宿。"

3月8日星期二，他们在黎明之时就进行了一次弥撒。完成弥撒之后，那些已经在教堂里的人们开始清空区域，在这之后石匠们就开始动工了。由于圣卡特琳德菲耶尔布瓦只是一个小村庄，教堂的地板是用土做的，而不是被砖块覆盖的石灰岩或是碎石，因此在祭坛后方进行的挖掘工作造成的破坏并不是那么具有毁灭性。一会儿之后，一群人在看着石匠们用铲子和凿子挖开祭坛后面的地方。

加布里埃尔站在一边，渴望加入并帮助他们，但他知道自己肯定不会受到欢迎。他可以……没有其他词可以表达了……感觉到。伊甸神剑，德·梅兹是这样说的。一层层的泥土被挖走，神剑离地面也越来越近了。那么一会儿，加布里埃尔有在咬着自己的指甲，德·梅兹低声问他："怎么了？"

"我很害怕他们用的工具会破坏那把剑。"加布里埃尔嘟哝着回答。

"不用担心，小子。这些东西在千年以前就已经存在了。石匠的铲子对它们来说并没有什么。"

"我希望你说的是对的。如果它真的被破坏了，那你就是那个要亲口告诉贞德这个消息的人。"德·梅兹的大笑声引来了米歇尔神父一个责备的眼神。

就在这时，其中一个石匠停下了动作。他要来了一个更小更锐利的凿子，开始仔细地挖。在教堂正厅的人们看到这个明显变化的动作之后安静了下来。加布里埃尔的呼吸加快，有那么一瞬间他觉得有点头晕。德·梅兹的手搭在他的肩膀上，紧握的力度让他感到放心，这也是一个让他不要对眼前的景象投降的警告。他点点头，向德·梅兹表达感谢。

一把剑的轮廓出现了。包裹着它的泥土很紧致，无论那是什么，它都已经被埋在这里有一段时间了，至少一个世纪，或许比这还更久。石匠们都在小心地处理着，叫来镇上的一个铁匠，铁匠带着一块布走上前接住了剑。当他举起剑的时候，包裹着剑的泥土就滑落下来，像是并没有在几十年里把剑埋起来一样。他转过身把剑举起来让每个人都能看到。聚集起来的人们低声说话的声音在教堂里泛起了涟漪，看着这把剑就从一个来自栋雷米镇的少女告诉他们的准确位置出土。这是一把如此神圣的剑，甚至是卑微的尘土都羞于玷污它。

他们怎么能不感觉到呢？加布里埃尔睁大了眼睛想到。

西蒙也在饥渴地盯着看。他不能辨认这把剑是不是和被玻璃安全罩着、放置在瑞金整洁简朴的办公室里那把一模一样。看上去剑的长度应该差不多，七十五或者是八十厘米左右，形状也差不多是一样的。他从这里并不能仔细观察剑柄，但是能看出护手十分挺直。

毫无疑问，这就是第 25 号伊甸碎片。

他们找到了曾经属于雅克·德·莫莱、托马斯·弗朗索瓦·日耳曼——阿尔诺·多里安——

——还有圣女贞德的剑。

"我们找到了。"西蒙在世界变得一片漆黑之前小声说着。

"西蒙？西蒙，能听到我说话吗？"

西蒙睁开眼睛，模模糊糊看到维多利亚、阿曼达和另外两个他不认识的技术师的脸正在朝下凝视着他。他眨了眨眼，开始坐起身。"怎么了……"

维多利亚把一只手放在他的胸口，温柔地把他推倒躺回去。"你晕过去了。"

他感到全身都在发冷。这可不好，这非常不好。瑞金可能会把他从项目里踢出去的。"啊。谢谢你。"他对阿曼达和技术师们说道，"我想我和维多利亚可以应付了。"

维多利亚没有反对，在其他人离开房间的时候露出了担心的神情。

"我完全不知道这里会有一张小床。"西蒙小声嘟囔着。

"这里是阿布斯泰戈,"维多利亚说,"总会有人在这里熬夜熬得太晚,所以每个部门都备有一张小床。通常还有浴室。"西蒙想她说的应该没错。

"到底发生了什么?"

"你的血糖太低,而且呼吸过度了。"她说着,"不是很严重,感谢上帝。"

"你——你觉得这是不是阿尼姆斯导致的症状?"

维多利亚摇头,把他的眼睛递给了他。他把眼镜戴上,当眼前的世界从模糊一片变得清晰起来时,感觉稍微能控制住自己了一些。"不。这只是压力和疲劳导致的。"维多利亚朝着小床旁边柜子上的一个纸杯点点头,"喝了那个吧——那是电解质溶液。"

他在起身时挥手拒绝了她的帮助,接着马上就希望自己没有这样做。他顺从地喝下了她给的液体。"那么——没有什么来自阿尼姆斯的影响吗?"

维多利亚摇摇头,重重坐回到椅子上,双手在胸前交叉看着他。"不。"她说道,"但我的确是警告过你。你应该在我提出建议的时候就结束。"

所有的东西如洪水般涌入他的头脑,他转过头看着她。"维多利亚——我们找到了。我们成功了!"

"是啊,我们成功了。"她说道,"你成功了。"

"接下来是不是有一个'但是',对吧?"

她叹了口气。"我很担心你,西蒙。你是个健康的人,但你并没有为此进行过训练。这正在磨损你的身心。我认为我们应该要休息一天。"

"绝对不行。"

"西蒙——"

"他得给我们更多的时间。"西蒙继续说道。他的呼吸浅而快，拿着纸杯的手在颤抖，"我们已经找到了那该死的剑，我可以——"

她握住他的手，让他的手定下来。"西蒙，"维多利亚的声音平静而职业，而西蒙听到之后则感觉很绝望。"停下来，听我说。等明天你清醒了一点之后，我们可以给他发一封邮件，说明我们现在的状况。但你不能指望任何东西，以我们现在的速度，我并不觉得安心。"

接着她说出了他极为惧怕的话："或许我们只能接受我们不能跟随贞德直到最后的事实了。考虑到你投入了那么多的精力……也许这不是一个坏主意。"

他默不作声。

"我打算给你一些东西来帮你入睡，"维多利亚继续说道。他能听到她声音里的懊悔。虽然这并没有任何帮助。"订一些外卖，然后叫一辆公司里的车。我不想让你来开车。你回到家之后就马上吃点东西，接着就去睡觉。我们明天九点时碰面，做一个演示然后一起送去给瑞金看。答应我，在明天我来之前你千万不要给他发任何东西——短信、电话，或者是电子邮件，什么都不行。"

"好吧。"这并不意味着他不能在晚上的时候写好一些草稿。他们彼此对视了一会儿。

"我很抱歉。"她说道。

"不要说对不起。这不是你的错。是瑞金和他那见鬼的期限让一切都不得不加快速度。"他的话似乎也不能让她高兴起来，相反她看上去更加严肃了。

西蒙伸手过去拍了拍他的肩膀。"高兴点儿吧。我明天就什么事都没有了。瑞金不知道他会面对什么的。"

13

"好吧,这还挺快的。"罗德里格说。他靠着门框,双手交叉在胸前,假装一副很生气和挫败的样子。然而,他看上去是有一点伤感。

安德鲁·戴维斯和马克斯·迪特玛在他们的上司进来之后摘下了耳机,现在他们都看向了阿娜雅。她难过地耸了耸肩膀:"我能说什么呢?"她说道,"我只是很想念说法语的感觉。"

"等等,你在说什么?"安德鲁问她,"你是要回去法国分部了吗,娜伊?"

"不是,她要前往北美的荒野,到蒙特利尔去。"罗德里格说道,"你们现在在看着的是阿布斯泰戈娱乐的新任信息安全总监。你们最好对她友好些。对她的替代者也是。"

"我倒是没想到这一切会发生得那么快。"她几乎都没有时间去罗德里格的办公室告诉他面试的事情,没有让他做好失去她的准备,"我只是希望没有给你们带来太多麻烦。"

"我们不会有太多时间来想念你。我跟人力资源部说了,他们明天就派来你的替任者。"

现在轮到阿娜雅感到震惊了。她还以为他们需要好几天才能找到代替她的人。但是,总部的工作岗位都令人垂涎,很快就被填上了空缺。

她回想起之前的一系列面试,面试的过程十分顺利。她又想到在阿布斯泰戈里的高级圣殿骑士里有着那么多的女性成员,特别还是在其他大多数公司里比男性们还能干的领域。实际上,面试她的两个人都是女性:首席文化官梅兰妮·勒梅,老实说她是一个十分讨人喜欢的人;而与梅兰妮截然相反的,则是令人生畏的利蒂希娅·英格兰。阿娜雅从来没见过利蒂希娅本人,但是她知道西蒙曾经在历史研究部里曾和她密切合作过。西蒙对大多数事情都闭口不谈。在恋爱的时候,这让他们之间的沟通变得十分困难,但在事业上,这是一个优秀的品质。他和阿娜雅在一起的那一年,只是说漏嘴了一句对利蒂希娅的评价。

不过,跟那么多有权势的高层对话总是有点让人觉得紧张。当仅仅一个小时之后梅兰妮打电话说要给她提供一个工作岗位时,阿娜雅感受到了巨大的压力。就像那个二战海报上所说的,"保持冷静,继续前行"[1]。她给西蒙发了一条短信。

"对离开的期待让我懈怠了,"她说,"谁是那个幸运儿?"

"他叫本杰明·克拉克,很快就从纽约过来了。我听说他是个才华

---

[1] 即英语 Keep Calm and Carry On。该海报是 1939 年第二次世界大战开始时,由英国皇家政府制作。原定若纳粹占领英国之后用于鼓舞士气,但空战胜利后被秘密销毁,只有小部分得到保留。该款海报直到 2000 年被重新发现,被商家们印刷发行并产生许多衍生作品。

横溢的年轻人,一直都想在纽约那边博得一席之地。但很明显,他找到了一个来这里的机会。"

"美国人啊,"马克斯叹了一口气,"我还是觉得他们私底下一直希望自己从来没有闹过那场小革命。"

"私底下吗?"阿娜雅笑了,"跟BBC说吧,其实那也不怎么私下了。"这一切都开始对她产生了冲击:讨论如何训练她的替代者,这比接到一个电话通知让她感觉更为真实。她快速地偷看了一眼手机,西蒙还没有回复。好吧,他正忙着适应他的新职位。这感觉很奇怪,他们两个都在往上爬——对她而言,则是要向前走——还是同时的。他们在一起的时候都几乎不怎么有这种巧合。

罗德里格看着时钟。"你们说,我们四个人今天要不要提早下班,然后带着阿娜雅一起出去吃饭喝酒?我们把送行惊喜派对留在了你走之前的一天。"

阿娜雅大笑起来。"我会想念你们所有人的,"她说着,"老实说——现在喝酒可真是个绝妙的主意。"

"现在是工作日的晚上,老实说还早得很。我看看我能不能动用一下职权,在贝拉齐博给我们弄到一张桌子。"

这多少让阿娜雅感到惊讶,因为贝拉齐博的桌位通常都是被预留用来进行私人派对,或者是与首席执行官或政治家们会面的。罗德里格的确帮他们找到了一张四人桌。这张桌子还位于落地窗的旁边。在温暖的夏天时分,最好的座位就是在阳台上,幸运的客人可以看到伦敦眼和威斯敏斯特宫的宏伟景象,而阳光和雨水都被红白相间的雨棚阻挡在外。虽然在一年中的这个时候,天色已经开始暗下来了,而伦敦眼上的光亮形成了一个蓝色和白色的圆圈。

餐厅内部的装修也不会让眼睛感到疲劳。光滑的深色木头装饰,有策略摆放的桌子、小喷泉以及常春藤缠绕着的柱子，都让这个庞大的空间给人从舒适的感觉。餐厅里的椅子样式简朴优雅，而且还十分舒服，黑石板的桌子被白色和红色的桌布所覆盖。

"今晚我请客，"罗德里格对他部门的成员们说道，"随便你们点什么都行。好吧，70年产的巴罗洛①除外。"阿娜雅发现菜单上的酒水列表就有二十多页，她的眼睛惊讶地睁大了。一瓶要一千镑？怪不得她甚至从来没想过要来这里。

"噢，我想一瓶红酒就够好了。"她说着，试着不尖叫出来。

"啊，看呐，"安德鲁说道，"我们有贵客陪伴了。猜猜刚刚是谁走进来了？"

阿娜雅抬起头。那是阿兰·瑞金。她实际上只在那时他来"视察"小组的工作时见过他一次，他当时笑着和他们握手，礼貌地听着罗德里格的报告，还用优雅的声音告诉他们要继续好好工作，接着就和罗德里格在一个办公室里待了一个小时。

出来的时候，罗德里格看起来像是比实际年龄大十岁，而在不工作的时候他也被裁员了好几次。直到今天，她的上司也从来没告诉过她到底是发生了什么。她之前觉得瑞金是一个很有魅力但是十分冷酷的人，她只是很庆幸他们之间没有打过交道。

阿娜雅眨眨眼睛，皱着眉毛。"怎么了？"马克斯问她。

"没事。只是……我从来没想到过会跟他在同一家餐厅里吃饭，只是这样。"她快速地回答道。但是阿娜雅的目光还是继续跟随者瑞金和那个留着俏皮短发的健壮女性。她看上起似乎并不怎么高兴。

阿娜雅回头看着她的同事们，开着罐装意大利面的玩笑，然后红

---

① 巴罗洛是一款产自意大利北部皮埃蒙特区的红葡萄酒，其主要成份为该区特产的内比奥罗葡萄。也经常被誉为意大利最伟大的葡萄酒之一。

酒上桌，大家都忘了瑞金的出现。

除了阿娜雅，她想知道到底为什么维多利亚·毕博会和阿兰·瑞金私下里一起吃饭。

西蒙靠在车上的舒适皮椅上，庆幸维多利亚帮他找到了一个司机，接着看了看他的手机。只有一条短信，是来自阿娜雅的。

成功了！！

西蒙发现自己在微笑，真心为她找到了让自己开心的东西而感到高兴。和他在一起的时候，她肯定并没有找到幸福。他知道他应该要回复的，但是一波疲惫感在冲刷着他。我明天早上再回复她，他想道。他闭上了眼睛，让司机载他回到他在肯辛顿的公寓。

他的梦境生动、令人不安，充斥着色彩。有那么一会儿西蒙醒了——或者他以为自己醒了，听到司机似乎在用着拉丁语对着电话在说着什么。加布里埃尔看到的那些符号和拉丁语刻痕涌进了他的脑海，他对着自己微微笑了笑，重新靠回去睡了一会儿之后才完全清醒过来。

"先生？"

西蒙猛地一下坐直，心跳加快，但只发现是司机担心地看着他。西蒙这才意识到自己已经握紧了拳头。

"抱歉，"他嘟囔着，强迫自己张开手，"做噩梦了。"

"也许是时候放假了。"司机开玩笑道。

"或许吧。"西蒙说着，想到如果现在能在温暖的加勒比海进行一次愉快的潜水那该有多好。接着他觉得有点愚蠢地问："我猜你会拉丁语？"

"先生，您是在说我吗？"司机大笑着，"我父亲曾说过，'拉丁语是一门死的语言，死得不能再死了。首先——'"

"首先它杀掉了罗马人,现在它正在要杀掉我。"西蒙接着说完了这个和罗马人本身几乎一样古老的笑话,"的确没错。我自己也不会说这门见鬼的语言。我想这也是我的梦想吧。"

"现在绝对是放假的时间。"司机说着,然后他们两个都笑了。司机充满歉意地补充说:"如果你可以原谅我的话,我得说先生您现在看上去有点苍白。您需要我帮您上去公寓里吗?"

"不,不必了。"他看起来到底有多糟?先吃东西,然后洗一个长久的热水澡,再去睡觉。西蒙极度希望他不要再梦到听见有人在说拉丁语了。他慷慨地给司机付了小费,感谢他的关心,接着走进了公寓楼。

他没认出那个礼貌向他问好的看门人,不过他又想到,他之前可从来没有那么早回到自己的公寓。这个想法让他感到了一丝沮丧。

西蒙的公寓十分漂亮,但他几乎没有在白天的时候好好看过。里面全是他自己喜欢的东西:书本、雕塑、复古的家具——同时还有最便捷的现代设施。他给最喜欢的印度餐馆打了个电话,订了一份外卖,对方告诉他半小时之后就能送达。这让他能有充分的时间享受自己最喜欢的一个现代便利:滚烫的热水澡。

他打开淋浴器,让热水冲刷掉一整天的汗水和紧绷,闭上眼睛让水洒在他的头上和背部。意识到现在距离瑞金原定的最后期限只有五天的时候,西蒙努力尝试让自己不要变得恐慌。他开始在大脑里构思着在明天首先要发出去的邮件上要写什么内容。

他得给我们更多时间,西蒙想到。他一定要看到这个项目是多么有价值,我是如何不会随便糊弄完成的。

在他走出浴室的时候,浴室里全是水汽。他在腰间围上一条毛巾之后,伸手去拿剃刀和剃须杯,接着用手刷掉了镜子上的水雾。

加布里埃尔·拉克萨尔的脸在盯着他看。

西蒙紧紧闭上眼睛,从一数到十之后再睁开双眼。他看到的是自己。三十多年来十分熟悉的面孔就倒映在镜子里。他的脸因为热气而显现出像是健康红润那样的脸色。他的颧骨一直都很棱角分明,而现在就像是想要从他的皮肤里伸出来似的。他淡淡的蓝色眼睛充满血丝,眼下是重重的黑眼圈。怪不得他早些时候晕过去了;也怪不得他能可笑地梦到司机用着流利的拉丁语说话。

他的内心有那么一部分在告诉自己:你没法坚持得更久。但是剩下的那些部分,作为历史学家、圣殿骑士,还有体内残留着加布里埃尔·拉克萨尔的西蒙·海瑟威,做出了一个直率而坚决的回答。

我没有选择。

14

第四天

本杰明·克拉克在十五分钟之前就到达了,然后就一直在等着阿娜雅。看到本杰明的时候,阿娜雅不禁在内心摇摇头,感慨现在的人是越来越年轻了。本杰明看上去像是,噢,才十二岁,但是他已经为阿布斯泰戈工作了两年,此外还在麻省理工大学拿到了数学学士和硕士学位,分别就读了四年。所以其实他也不是真的那么年轻。

他有着中等身高,留着棕色的直发,有一张坦率热情的脸,而在他发现阿娜雅并朝她伸出手的时候,神情看上去就更像是十分兴奋的小狗狗一般。

"早上好!你是丘达瑞小姐,对吧?我是本杰明·克拉克,不过请叫我本。他们在这里都会用名字叫人的吧?"

阿娜雅一直都觉得美国口音很奇怪地讨人喜欢。她觉得美国口音能让美国人说话时听起来天真而脆弱,特别是他们可能十分讨厌被其他人认为是那种好斗和独立的人。本的口音很适合他——比他戴着的领带更适合他,那条领带看起来让他一直坐立不安。

"你好,本,很高兴认识你。"他握手时很坚定,但并没有压碎人的感觉,他的手上还有一点点汗。"以及,是的,我们这里的确用名字称呼人,除非你是在和更高级的执行官们说话。所以请叫我阿娜雅吧。"

"叫她娜伊吧,她讨厌被这样叫。"安德鲁补充道,"本,你好,我是安德鲁。"

"噢,你好。"本说道。他像是不能收起微笑,热切地握住了安德鲁的手。

"进来吧,"阿娜雅邀请着说,"你是被强烈推荐过来的。麻省理工代表,这可真不错!"

"这话留着对我妈妈说吧。"本在说话的时候翻了个白眼,"直到现在,她在每个感恩节的时候还在抱怨说我没有致告别词。"

"啊,好吧,毕竟我们都没法一直让妈妈开心。"阿娜雅回答道,"来吧。把你的东西都放在办公室里,我带你出去转转。"

当西蒙坐在暴风餐厅里维多利亚对面的椅子时,她把眉毛扬得快要到了发际线上了。她已经为他点了一壶茶,而他倒茶的时候手不断地发抖。

"我记得我告诉过你要好好休息的。"她直接说道。

"我。最后还是有休息的。"

"西蒙——"

他朝上看,生气地说:"别说。就是……先别说话。我没有开车,我洗了澡,吃了东西,写了邮件,然后我就去睡觉了。很明显我睡过头了。"

维多利亚脸色变白了。"你真的发了——"

"不,我没有发那该死的邮件。我,再次遵循了医嘱。"

他往自己的杯子里倒了牛奶,然后抿了一口。熟悉的金属般的味道与往常一样,如魔法一样奏效,虽然他的茶已经开始变凉了。他伸手去拿一些吐司,而维多利亚还是没有说话。

一个高挑的金发女士走了过来。"先生,您的茶够热吗?"她问道。

"没关系的,谢谢。"他心不在焉地回答着。当她点头离开之后,他小声说道:"很抱歉我刚刚对你发火了。"

"我听过更糟糕的话。我只是很担心你。"

"别担心。当我们和瑞金谈过之后我就没事了。"维多利亚低头看着她的盘子。西蒙慢慢地放下了他的吐司。"噢,现在又怎么了?"

"我给他的秘书打电话想要预约他。不走运的是,瑞金先生今天一整天都没空。他要连续出席好几个为他的西班牙之旅做准备的会议。"

西蒙用一个气恼的动作把刀扔在了盘子上,发出了咣当的响声。有好几个顾客看向他们这里。"那么,这可真是好极了,对吧?"

"我们还是可以给他发邮件的。他可能会找到有空的时候看邮件的。"

西蒙摘下眼镜,久久地捏着他的鼻梁。"那好吧。"他说着,把眼镜戴上,"那我们赶快吃吧。我已经做好了完全的准备,等不及要开始工作了。"

"这把剑到底能做什么?"加布里埃尔一边咬着一块涂满黄油的面包一边问。他原本打算一找到剑的时候就离开,但是小镇的人们坚持要他们待到把剑清理干净并为它做好一个剑鞘为止。

"每个神器都是不一样的。独一无二。当然了,所有的剑都是很实用的武器。任何人都能在战场挥舞着剑刃,让它发挥该有的作用。但如果一把剑在合适的人手上……"德·梅兹在用刀切着奶酪的时候摇了摇头,"在贞德的手上……谁知道呢?"

加布里埃尔的头脑有点转不过来了。"就像是魔法一样。"他低声说道。

"像是魔法,但不是魔法。"德·梅兹提醒着他,"对世界上的其他人来说——是的,那就是魔法,或者是什么神圣的东西。但这也并不比星盘、希腊火或者是火药更有魔力。"

让·德·梅兹在神剑被带走和清理完毕之后,从米歇尔神父的手中拿到了神剑,在所有看着神剑出土的人群的欢呼声中高举着它。在加布里埃尔眼里,这把剑仍然在发光,它的光芒并没有变化。接着德·梅兹把剑交给了他。他一开始有些犹豫,但最后还是伸出手,握住了剑柄。

他并没有感觉到任何东西。这不是我的。他这样想到。我不是合适的人。德·梅兹也不是。

"我们会利用留在这里的时间继续进行你的训练。"德·梅兹说。

"很好,"加布里埃尔说道,"另外,你之前说的,除非你被下命令离开,否则会一直留在贞德身边是什么意思?我以为你应该会一直照顾好她的。应该是'我们'才对。"

德·梅兹犹豫了。"我们兄弟会和圣殿骑士是不一样的。我们珍视个性,自己独立思考。但即便如此,我们还是有等级,也会有命令在身,如果对抗命令的话我们就有麻烦了。我们的领袖是我们的导师。导师给我的任务就是观察是否能遇到贞德这样的人——如果碰到了,那就把她带到王储的面前。"

"你……你们的导师是在期待着贞德的出现吗?"

"是像她这样的人。"德·梅兹纠正道。"就像所谓的神剑会出现,而预言经常也同样是正确的。如果少女找上门来的话,我们可不会错过。而她的确也找上来了——就在德·博垂库尔的门前。像我这样的刺客都驻扎在不同的地方,等待着。我能找到她也只是恰巧很幸运而已。而你,"他笑着说,"是个惊喜的意外。或者我们可以说,是额外福利。"

"但……如果你被调遣离开,或者是你发生了什么意外的话——"

"会有其他人来完成你的训练。"

"谁?"

"他们会找到你的,别担心。"他再次犹豫了。"贞德……她的重要不仅仅是政治意义上的。我希望你知道这一点。我很关心在她身上发生的事情。而且我认为没有人能比你更适合照料好她了。"

"她有上帝。"加布里埃尔反对道,感觉自己的脸变红了,"她不需要我。"

"我们都会需要有人在身边的。"德·梅兹说道,"甚至——也许特别是如果我们有上帝的话。"

德·梅兹立刻就开始了应允的训练。在用膳完毕没多久之后,他就命令加布里埃尔换上盔甲,带着剑来找我。这次的训练,要比之前的轻松了不少。一整天下来,在他们拿起剑和盾搏斗的时候,反而德·梅兹是那个手臂不断发抖的人。

西蒙对自己是一个有规划而精力充沛的锻炼者感到高兴,但同时他很感激他的公寓里有一个大大的浴缸。鉴于现在的阿尼姆斯能让使用者根据记忆模拟作出相应的行动,他一定疼得要死了。

记忆走廊的迷雾在他身边环绕着。他问维多利亚:"我很确定在这些训练之后我就拥有阿多尼斯①般的身材了。不过说真的,为什么我会在这里?"

"好吧,你知道阿尼姆斯是怎么运作的,"她这样告诉他,"我植入了一个算法,来告诉我们在你的刺客训练里有没有发生什么特别有用的事情。"

"我很难对你形容听到这几个字组合在一起让我感到有多么恶心。"

"我……可以告诉你,一切的事情都不是那么黑白分明的。刺客在他们的活跃时期还是做过几件令人钦佩的事情。"

"异端。"西蒙小声地抱怨着,但也并不含有真正的怨恨之情。迷雾开始再次成形,而这一次他和德·梅兹站在灌木林里。树林的大部分由松树组成,但还有一棵硕大的老橡树。他把缰绳绑在其中一棵松树上,点头示意加布里埃尔也这样做。接着他打开了马鞍上的袋子,递给加布里埃尔一把斧头。

"砍松树的树枝。"他说,"你要砍很多。保证你砍下来的树枝都是新长的,上面还要长有很多松针。"

"但是——"

"你很快就会知道为什么了。不要对你的训练质疑。"德梅兹露齿而笑。很明显他很喜欢这样保持神秘。加布里埃尔耸了耸肩,开始砍松树的树枝。每次他觉得砍得已经够了的时候,德·梅兹只是在摇头,说着:"还不够。相信我,你会感谢我的。"

最后,他们在大橡树底下积累了一大堆树枝。德·梅兹仔细观察着,把这边的树枝堆高一点,把那边的树枝堆拉长拉宽,接着点了点头。

---

①阿多尼斯是古希腊神话中的植物神,以五官俊美精致、永远年轻不老而著称,他的名字也会用来形容异常美丽而有吸引力的年轻男性。

然后让加布里埃尔感到震惊的是,德·梅兹一跃就跳到了树上,像松鼠那样向上攀爬着。加布里埃尔都合不拢嘴了。他爬得好快!而且还很大胆——时不时便踩在看上去还没有他手指宽的树枝上。

而且他还没有停下来。他还在一直往上,往上,还在往上爬,直到加布里埃尔几乎要看不到他了。

"现在,"德·梅兹大声喊道,"看着,好好学。"

他跳了下来。

加布里埃尔不是很确定,但是他觉得自己惊恐地大叫了出来。德·梅兹展开双臂,就像是,上帝和救世主一样,他也摆出了一个十字架的形状,还稍微弓着背。他在半空中弯下头转动着身体,这样一来在撞进树枝堆里的时候便是背部着地的。他露出了笑容,身上全是松树的香味。

"你疯了!"加布里埃尔大叫着。

"不,"德·梅兹笑着说,"我是一个刺客。在经过一些训练之后,我们所有人都能这样做。我们称其为信仰之跃。当你身处较高的建筑物时,进行信仰之跃会十分方便。如果有人在这种建筑上的屋檐追杀你的话,甚至还更好用。比爬下来还要快。来吧,这次轮到你了。"

"哦不。"

"噢拜托,这棵树只有七十英尺高。[①]我之前还从比这高两三倍的建筑上跳下来过。"

"我猜你会告诉我这一切全在于掉落的过程。"加布里埃尔说。

"不,这一切都在你的血液里,加布里埃尔。你应该感到荣幸。我们几乎不会把这个传授给不完全是兄弟会成员的人。如果你真的那么

[①] 相当于21.336米。

胆小的话，我们可以从矮一点的枝丫上开始。"

加布里埃尔脸红了。"不，没关系的，只是……"他小声地嘟囔着，然后开始攀爬。

"继续爬。"德·梅兹喊道。加布里埃尔对自己现在攀爬起来如此自在、仿佛能感觉到哪个树枝可以支撑他的重量而感到十分惊讶。他爬得很快，还比先前自己预计的时间更早到达德·梅兹跳下来的地方。他稳稳地抓住树枝，冒着风险往下看。那一堆松树枝看起来的确很小，他回想起来德·梅兹说他会为自己砍下来的每一块树枝感到高兴。这位刺客说的没错。

加布里埃尔深吸一口气，松开抓着树枝的手，像一只猫一样直起身保持平衡。德·梅兹是对的，就像他对目前的一切判断都正确一样。不知为何，他的身体似乎知道该做什么。他让自己稳住了一会儿，把手臂像翅膀一样张开，然后跳下。

这实在是棒极了。

他心跳的速度减慢了，而不是加快，一股奇异的平和席卷着他。他完全相信自己可以安全着陆。他仿佛做过一千次这样的动作，身体毫不费力地弯曲成正确的姿势。时间过得几乎是太快了，他发现自己正在看着天空。

"干得不错！"德·梅兹惊喜地喊道，伸出手把他拉了起来。"我就知道你可以的。要再来一次吗？"

"好！"加布里埃尔大声说道，接着补充了一句突然想到的话："不过……你在跳下去的时候，也不能指望刚好有一堆树枝或者是有一车稻草接住你吧？"

德·梅兹大笑着拍了拍他的背。"这就是为什么我们把它叫作信仰之跃。"

15

"我要把你带出来,去看下一个模拟。"西蒙发现,当自己看到景色的颜色消失,变回灰色迷雾时,感到十分失望。

"那还是挺有意思的。"他这样说道。

"不要太享受这个过程。我很不愿意看见你走到了我们的对立面。"

"恶。别拿这个开玩笑。"

她笑出了声。"还有一天的训练……等等,让我找找……啊,找到了。"

迷雾开始成形变成实体,西蒙发现袖剑就被捆在自己的手腕上。

以袖剑战斗十分大胆而有力量,而这样的训练也非常灵敏和优雅。有那么一瞬间,加布里埃尔停下了动作,盯着袖剑看。

"怎么了?"德·梅兹问道。

"我在想,这东西是要怎么用。"加布里埃尔说,"在战场上——所有的东西都在那里。没有秘密,也没有隐藏起来的东西。我……我觉得,如果不得不这样做的话,我能在战斗中杀人。"

"很好,因为对手肯定会对杀掉你感到足够高兴的。"

"但是这个——"他抬起头,用担忧的眼神看着德·梅兹,"你之前用过吗?"

德·梅兹定眼看着他。"是的。"

"那……那是什么感觉?"

"我不能告诉你,你会有什么感觉。"这名刺客回答道,"但我那天晚上睡得很好。那个被我刺穿喉咙而死的人得到了他应得的下场——而且不止是死亡而已。是的,一条生命逝去了。但是我知道的事实却是,有很多很多的人得以被拯救。"他强迫自己对加布里埃尔露出了微笑。"但别担心,直到我们觉得你能应付了,你才会得到你的袖剑。"

"我不知道我到底有没有这样的觉悟。"加布里埃尔说。

"我认为你有。当时候到了时,你就会明白了。"

加布里埃尔希望他说的是对的。他不确定对于自己是如此流利顺畅地使用着这件武器,自己对它已经如此熟悉,就像是他身体的延伸部分,自己是否喜欢。西蒙也是如此。

当他们回去的时候,加布里埃尔很高兴地发现国王的一位侍臣,科莱·德·维埃纳在神父的寓所等待着他们,手上拿着分别给他们的两封信。"你的少女口述了一封信给你,加布里埃尔。"德·维埃纳笑着说道。

加布里埃尔内心的愉悦在汹涌,之前几个小时的忧思都抛诸脑后。他为自己道了歉,走上前去,用拇指摩挲着信上的蜡封,然后用颤抖的手打开了羊皮纸。

我的见证人：

我已经得知了上帝指引你为我找到了我的剑，我知道他会这样做的，剑就在我所说过的那个地方。我已经准备好在你到达普瓦捷的时候从你的手上接过这把剑了。

我对无休止的讯问已经厌倦了。我首先是在沃库勒尔被讯问，如你所回想起来的那样，那次讯问甚至还是服从于让·富尼耶神父的一次驱魔仪式。接着就是在希农，当我等待着王储的召见之时。然后在我被他接纳了之后，又在这里再次被讯问了！

加布里埃尔发现他在阅读的时候露出了微笑。他还清楚记得贞德在那些"预防措施"面前表现出的恼怒和不耐烦。

有一整群高级教士不停向我问问题，他们差不多有十二人。每过一天，奥尔良善良的人们就必须遭受多一天的苦难，他们在不停呼唤着派遣我来的上帝去拯救他们。女士夫人们告诉我，我必须要表现和蔼、保持耐心，但要说得好听一点儿，我却不是什么遭受苦难的圣贤。

我也被告知，确定我是否为真正的圣女十分重要，因此王储的母亲，安茹王后要来到这里见我并对此进行确认。用他们的话来说，如果我对我是圣女这一点说谎了，我说的一切都会是谎言。约朗德王后很快就会知道我是由上帝派遣而来。

阿朗松公爵已经前来陪伴我。我现在很是喜欢他，他对我也是如此，他在我们的使命中将会是一个有力的盟友。但我想念的是我的贴身随从。愿上帝让你加快前来的脚步，因为如果你不在我的身边的时间太久，被迫忍受这一切的我就可能会发疯了。

写于1429年3月9日，星期三

加布里埃尔把信折好，温柔地亲吻了一下。有那么一会儿他还有点嫉妒这位英俊的阿朗松公爵，但是最后的几句话保证了贞德对他的敬重。他会一直在她的身边，直到她让他离开为止。

这小子已经陷得太深了。西蒙在迷雾再次聚拢的时候想着。

"需要休息吗？"维多利亚问他。

"不用，"他说道，"我特别想知道贞德在亲手拿到这把剑之后会发生什么。"

她停顿了一下。"好吧，不过在这之后我们得吃午饭。"

"没问题。"

1429年3月12日，星期六

在普瓦捷，贞德正在和受人尊敬的让·拉巴图一家待在一起，他是一位巴黎议会的支持者，在两年前加入了国王的阵营。加布里埃尔刚走到一处住所时，就听到有一个熟悉的声音在叫着他的名字。

他在马鞍上回头，但在看到那个跑出房子前来迎接他的姑娘时，突然觉得有些迷失了。贞德穿着一件用毛皮装饰的无袖红色外套，里面是一条蓝色的裙子，她可能还稍微把裙子提高了一点，这样她就可以快点儿跑出来。一个红色的丝绸发网把她高高额头上的黑色卷发全都聚拢在一起。她纤细的脖子上挂着一个大概胡桃般大小的小袋子。

只有贞德的脸仍然没有改变。她的蓝色眼睛因为喜悦而睁大，嘴唇露出了微笑，而她的光芒是如此绚丽，从她的内里不可思议地点亮了。贞德向他伸出手,加布里埃尔紧紧地握住。

"我都快认不出你了,"他结结巴巴地说道,"你看上去——"他找不到任何词语来形容。美丽,远远不够。她做了一个鬼脸笑出声来,一些叛逆的卷发逃出了发网的禁锢。

"我看上去都不像是我自己了。"她说道。

"你永远都是你自己,"加布里埃尔说道,"无论你穿着什么。"

"少女十分想念你。"另外一个声音说道,加布里埃尔转头看到阿朗松公爵在向他们走来。他也同样穿得比之前见面时更为正式,加布里埃尔鞠了一躬。

"大人,"他说着,"我很抱歉,我没有留意到——"

"你并没有冒犯我。我们的少女闪耀得如此明亮,让任何人和任何事物都黯然失色。但我认为你也带来了一些闪亮发光的东西,是吧?"

出奇的是,加布里埃尔几乎都要忘了这件事了。"我的确是带来了!我们延迟了回来的日期,因为他们想要为你制作一个剑鞘。"他滑下来,拍了拍他的马,解开了绑在马背上的无价之宝的带子。贞德渴望地想要去拿到明显包裹着宝剑的长布袋。加布里埃尔把袋子递给了贞德,她小心翼翼地打开包裹着的布料。当她低下头继续着自己的动作时,脖子上的小袋在轻轻晃动着。

他的心跳突然变得特别快。在贞德手上的话……谁知道呢?德·梅兹是这样说的。

她揭开了最后一层布。

宝剑像是害羞似的躲藏在绣有一朵金色鸢尾花的红色天鹅绒剑套中。被磨亮的金属剑把在闪闪发光。这是一把漂亮的剑,但它的大部分还没显现出来,看上去就仅仅是这样而已。

贞德睁大眼睛看着这把剑。接着,在没有触碰到剑柄的情况下,宝剑弹出剑鞘。她倒抽了一口气，在她身边的公爵在看到这突然的金色光芒时眼睛也睁大了。贞德犹豫着，慢慢地伸出一只手握住了剑柄。宝剑仿佛有着闪电般的速度和令人窒息的力量，全身都闪烁着活跃的光芒。光亮的线条在剑身上互相追逐着，从剑刃、到剑柄，再到剑柄上的圆头。还有一些像是什么书写的词语或者符号的奇异影像浮现了出来，加布里埃尔发现其中的一些符号十分眼熟。

"耶稣玛利亚啊。"贞德低语着，举高了手中的剑。

突然之间，世界上的一切事情都变得有可能做到了。一切。一个腹背受敌的国家取得胜利、和平和繁荣。饥饿的人得以饱腹。衣衫褴褛的人有衣可穿。加布里埃尔觉得自己像是站在燃烧着的火炉前，燃烧的火焰是那么旺，无论在哪里的一切阴影，都像是早晨太阳升起时被驱逐的雾一样消失不见。恐惧消失了，因为已经没有任何能让人惧怕的东西存在。没有了寒冷、残忍、狡猾、愤怒或者是错误。加布里埃尔、贞德——如此明亮，就像是他的身边有闪耀着的太阳——震惊但喜悦的公爵、王储、拉克萨尔一家、法兰西人、勃艮第人和英格兰人——所有的人，都是如此温暖、安全，被爱着。一切都会好的，一切都会好的，所有的东西都会好起来的——

接着，那光芒在贞德把剑放回红色的剑鞘中时开始慢慢减弱，但还没有完全消失。她没有说话，但是她脸上的表情已经表述出了言语不能描述的一切。

那么，这就是这把剑在贞德手上会做出的事情了。加布里埃尔明白，这不仅仅意味着上帝与他们同在。这一切十分美好、纯洁、甜蜜、平和而治愈，而当贞德充满崇敬地把剑举在半空中时，他就更确定了。

他们不会失败。他们不能失败。

绝不。

收件人：arikkin@abstergo.com

主题：目前阿尼姆斯模拟项目的状况更新

抄送：vbibeau@abstergo.com

    我和毕博博士想在您方便之时和您预约一次见面，来讨论我们在过去的四天时间里已经取得的惊人成果。

    以下是我列出来的几个事件，希望得以争取延迟原定的最后期限，因为我相信这些是我的研究具有价值的有力证据。

    您已得知雅克·德·莫莱曾在1308年被囚禁在库德赖塔。在昨天，历史研究对象加布里埃尔·拉克萨尔花费了很长时间观看着德·莫莱和他的圣殿骑士同僚们所留下来的涂鸦。这些涂鸦是我们直到20世纪后半叶为止唯一已知的视觉上的记录，似乎拉克萨尔所看到的涂鸦并没有在时间的流逝中保留下来。我知道我们的密码学家很渴望能增添他们对我们骑士团最优秀的大团长的认识，以及还有，谁知道呢，或者是还能知道一些可能能带领我们找到更多伊甸碎片的线索。毕博博士已经把一段录像发送到了密码学研究处。

    如果我们的目标只是伊甸神剑的话，我们可能还不清楚加布里埃尔·拉克萨尔是否得到了这个机会。

    我们遇到了一名刺客导师。我希望我能在不久之后发现他的身份。和德·莫莱留下的涂鸦一样，这也是我在进入阿尼姆斯之前从来没想到过的。

    我们有了圣女贞德拥有着高浓度先驱者基因的强有力证据记录，她被我们如今称为康苏斯的先驱者直接影响的可能性十分大。

观察贞德的剑：您会很高兴听到，我们已经有了初步的影像确认，圣女贞德带上战场的那把剑的确就是放在您办公室里的伊甸神剑。我希望能正式提出申请，在您的办公室里亲自拿起神剑看看，这样我就可以在接下来的情景模拟中对它进行更透彻的观察。

　　希望您可以在看到以上内容的重要性之后，早日回复。

SH

　　艾伦·瑞金其实并不是在出席流水性会议，而是在他最喜欢的布雷克俱乐部里享受着私人桶装的艾柏迪威士忌，在电话上阅读着西蒙的邮件。邮件是几小时之前发送的。他抿了一口稍微带着柑橘色的草绿色液体，在口中回味着味道，在准备写回复短信之前，注释着1788年装上的窗户上的波纹玻璃。

　　同意神剑的事情。不能通过延期请求。逼他专心。

　　老实说，瑞金已经开始后悔纵容西蒙进行他对于"知识追求"的理想圣战了。虽然，如果他能激活神剑的话，这个想法可能会获得应有的赞扬。

　　就像薄冰一样，瑞金想着。不管怎么样，我们都在上面滑行着。但不一样的是，如果西蒙掉下去了，他不仅仅会被淹死——

　　他还会被潜伏在冰层下面的东西活生生吃掉。

16

"你的数据在飙升,"维多利亚的声音说道,"我要带你出来。"

西蒙抵抗了。他不想离开,现在还不能。他想要做的一切就是看着圣女贞德充满惊奇和喜悦的脸,凝视着那把几乎——几乎是——对他——

对加布里埃尔来说——

和她一样耀眼的剑。

但毕竟他不能进行反抗。眼前的景象在他周围溶解,最后被饥渴的迷雾吞噬的是贞德的脸庞。

"真是不可思议。"在维多利亚帮他摘下头盔时,他说道。"那把剑在贞德手上时。"

她点头的时候眼睛也睁大了。"我从来没见过像这样的事情。"

西蒙现在已经从模拟中出来了,他突然就感受到了一切:身体上来自训练的痛楚——还有他不能再看到贞德手中的神剑的失望。他在不停流汗，还很口渴，甚至还认为自己应该在今天剩下的时间里休息，然后睡个觉。但是他不能这样做。他不得不继续工作，不只是因为现在距离瑞金给的最后期限越来越近，而且他距离拥有彻底研究这把剑的机会也越来越近了。

这都是因为你被深深吸引住了，他脑海里的一部分这样说道。他无情地把这个声音狠狠压扁。

"我绝对需要洗个澡。"他道歉着，"然后我在半小时后跟你在风暴碰面吧。"

西蒙比预计时间提早了五分钟到达风暴餐厅，他多少感觉好一点儿了。但是，他还是像这些日子里其他时候一样，感觉饿极了。那个先前服务过他和维多利亚的女士向他打了一声招呼，他花了一点时间寻找着自己的老朋友普尔。西蒙希望他还没有离开；没有了他，风暴也不会和以前相同了。

"我在等人，"在那位名牌上写着是林赛这个名字的女士询问他要不要找个座位坐下时，他礼貌地回答着。

就像是要让他难堪一般，他听到有个人在叫他的名字。他看过去，发现是阿娜雅在向他招手。和她坐在一起的是一个像是刚刚从大学毕业的年轻男人。

"西蒙！来跟我们一起坐吧！"阿娜雅邀请着他。他们两人坐在一张四人桌旁，所以他甚至还不能用维多利亚很快就会到的借口离开这里。还有私下聊天的机会呢，他这样想着，但还是笑着坐了下来。

"西蒙，这位是本。他会在我离开的几个星期里顶替我的职位。"阿娜雅介绍道。

"那你可是被寄予厚望啊。"西蒙说道，"好吧，字面意义上并不是这样。阿娜雅的脚很娇小。①"

"如果有必要的话,我还是可以用我的脚狠狠踢人的。"阿娜雅说着。有那么一会儿他们互相微笑,似乎他们之间的距离并没有被拉大。但实际上他们的距离已经远了,很快,他们的距离在空间上也会变得更加遥远。

阿娜雅也似乎同样感受到了气氛的变化,转而看着本。"没有人比西蒙更了解茶了,"她说道,"如果你要在伦敦待一段时间的话,最好还是学着去喜欢喝茶。"

"嘿,我在这附近可是看到了不少星巴克的。"本说着,"你们甚至就地就有了一个咖啡厅。得了吧,娜伊。"

西蒙想,幸好阿娜雅要离开了。她讨厌别人叫她"娜伊"。

虽说如此,但他还是亲切地带着这个美国人领略茶的微妙之处,向他指出黑板上所提供的最好菜式。在西蒙解说历史研究部在阿布斯泰戈娱乐发行的最新电子游戏里充当什么角色时维多利亚到了,而她看上去很是疲惫。

瑞金这荒谬的期限在伤害着一切,西蒙这样想着,在招手示意她过来的时候皱起了眉毛。维多利亚看到他之后向他挥挥手,接着用手指在手机上打了一些东西,然后把手机放回手袋里。

西蒙的手机振动了一下。当他拿起手机看了一眼之后,惊讶地发现那是维多利亚发来的短信。收到R回信。不能延长,圣剑可以。

该死的。他死死咬着嘴唇。他是一个圣殿骑士大师,还是内殿团的成员。到底为什么瑞金会回复了维多利亚,而不是他?他甚至在维多利亚在对面的座位坐下之后给她发了一条回复:需要告诉他J的

---

①原文为You've got some big shoes to fill,此处是西蒙的文字玩笑。

行动。

他想，整个事情就像是在课堂上传小纸条，但这总比当着阿娜雅和美国队长的面谈论要好。倒是现在，西蒙开始后悔自己被卷进了这场毫无意义的闲谈之中。他点了一份风暴的大份早餐，在其他人讨论着餐厅和津贴时低着头贪婪地吃着东西。——"健身房让人眼花缭乱。"阿娜雅这样说道。而那个可怜的小子看上去像是十分困惑——当一个人住在这个地方时，本该四处旅游观光，但他们从来就没有这个机会。"维多利亚，自从你来了之后，西蒙有没有坚持每顿饭都在风暴这里吃？"她欢快地问。

"不完全是。"维多利亚笑了。

"你应该在走之前去贝拉齐博吃一顿，那可是一次难忘的经历。只可惜现在不是夏天，他们的阳台可漂亮了。"

"我会记得的，谢谢！"

西蒙差点儿就想说他承担不起那边的价格，但马上意识到并不是这样。也许他应该带维多利亚去那里。他在那个新来的服务生把柠檬和牛奶同时加进他的茶里时赶紧躲开了，没有发现对方都快要把牛奶弄凝固了。他想知道这个叫本的美国人是不是圣殿骑士。考虑到他现在的工作，他必须是，但是他看起来是那么……那么……

我就是个势利眼，西蒙悲惨地想到。如果我真的能见到贞德或者是加布里埃尔的话，我可能会对他们嗤之以鼻。

"告诉你吧，"他冲动地说了，"等你安定下来了，我就带你去周围转转。阿娜雅说得绝对没错，如果你错过了这个美丽的城市，那实在是太遗憾了。"

阿娜雅和维多利亚都惊讶地看着他。他的脸变红了。本的回答把他从窘迫中拯救了出来。

"西蒙,那简直是太棒了!这里得有多少历史啊。有来自阿布斯泰戈历史研究部的内部小提示,这肯定很酷。"他微笑着,而西蒙感觉要是拒绝他的话那就更糟了。"谢谢你!"

"不用客气。但是现在,恐怕使命正在召唤我。"他转头看着阿娜雅。"你动身去加拿大时,不准不辞而别。"

"别担心。在我们授予他光荣的白帽黑客职位之前,本至少还再需要多几天的适应时间。"

西蒙坚持要付钱,留下了一笔可观的小费,但他还是想知道普尔到底去哪儿了。当他在信用卡单据上签名时,他的手机震动了一下。他拿出手机,看到是阿娜雅给他发的短信。

要和你谈谈。

很快。西蒙敲打着回复。她的即将离开很明显在他们两人之间勾起了一些以前的情感,而这真的不是什么好事。

当他们向电梯走去时,维多利亚说:"我很抱歉。我在来风暴的路上收到了瑞金的短信。"

他用没必要的力度按了按钮。"难道他不想要我们成功吗?我的意思是,说真的,他到底是想要干吗,在午夜时分准时关掉阿尼姆斯吗?"西蒙叹了一口气。"我们得跟他说说神剑的事情。"他这样说着,准备要去拿起手机。

维多利亚把手搭在他的手臂上。"我们现在先别把他逼得太紧了。你还是有几天时间,说不定你能找到一些真的很明确的东西展示给他看。再说了,"她说道,"他的确让步了,同意让我们把神剑拿去研究。"

西蒙点头同意。他之前也见过第 25 号伊甸碎片,而当时他并没有感受到来自它的吸引力。他想知道现在自己能不能感到有些不一样的地方。

阿曼达·塞基博在电梯门打开的时候在外面等着他们。"教授,有一个给你的包裹,已经放在房间里的显示柜了。"

圣殿骑士之间并没有什么秘密握手、接头暗号,或者是好莱坞电影过度夸张表现的任何交流方式。唯一他们能辨认的识别物品就是一个别针,这种别针还有平淡无奇的复制品,能在本地的礼物商店里买到。训练有素的眼睛可以区分真正的别针和仿造品,但大体来说,除非被人特地告知,从来没有人能分出来谁是一个圣殿骑士,谁并不在阿布斯泰戈工作。西蒙不知道塞基博是不是圣殿骑士,所以他就只是点头向她表示感谢,然后走进阿尼姆斯室。

这看上去就像是一个普通到极点的包裹,里面的东西甚至用牛皮纸包着。西蒙觉得有点失望。他并没有什么特别的感觉,对维多利亚来说也是差不多。她摇了摇头。她同样也没有受到什么影响。

他们掀开了牛皮纸,看到了一个被打磨光亮的一米长木盒。盒子上面没有任何标志,看起来也像是当代的东西,不过这个盒子做得还不错。他们交换了几个眼色。西蒙深吸一口气,轻轻按下弹簧锁,轻松地把盒子打开。

第25号伊甸神器就躺在凹陷的蓝色天鹅绒布上。这把剑几乎就是他们曾经看到在圣卡特琳德菲耶尔布瓦教堂祭坛后面被挖出来的那一把,但比起加布里埃尔看到的刚出土时的样子,它现在更为死气沉沉。西蒙吸了一口气,接着把手伸向盒子里,抓住了剑柄,把剑举起。

"有感觉到什么吗?"维多利亚问。

"什么都没有。"西蒙回答道,接着发现他们两个都在低声说话。他清了清嗓子,用正常的声音继续说:"那么,肯定是有损坏了。你要来试试吗?"

维多利亚的脸出现了粉色的红晕。西蒙把剑放平在手上,伸到了她的面前。小心翼翼地,她把手伸向了这件有好几百年历史的武器,用手握住了剑柄。

"什么都没有。"她这样说着。两个人都放松了下来,虽然还是有一点失望。

"好吧,"西蒙直起了身子说道,"我们要看看贞德用这把剑做了什么,这样我们就可以效仿她了。"他松了松领带,脱下夹克衫,熟练地踏上了阿尼姆斯平台。他自己绑紧了一些皮带,维多利亚帮他绑好剩下的,然后还把头盔戴到了他留有金发的头上。

"这是一个她能和刺客导师很快见面的机会。"维多利亚的声音说道。

"她的路程可真像是'英雄之旅'啊。"他说道,"我们一定要掀开他的兜帽。"

1429 年 3 月 22 日

"你,英格兰的国王!"贞德呵斥着,她蓝色的眼睛充满着怒火,身躯骄傲地紧绷着。"还有你,贝德福德公爵,自称为是法兰西摄政王的人!你——威廉·德拉波尔,萨福克伯爵,还有塔尔博特勋爵约翰;还有你,思卡尔斯勋爵托马斯,向从天国而来的上帝派遣的圣女投降,交出你们夺去并亵渎的法兰西城市!"

加布里埃尔在贞德在命令着英格兰国王的时候全神贯注地看着。"她从上帝身边来到这里,恢复皇家的血脉。如果你们愿意公正地对待她,承认之前的法兰西犯下的错误的话,她会与你们和平相处。"

她深吸一口气继续说着,声音低沉而充满警告的意味。"如果你们不能做到的话——期待着很快就会去找你们的圣女吧。英格兰的国王啊，如果你不这样做的话，我会找到你在法兰西的所有子民，让他们离开。如果他们不顺从的话——"

贞德止住了她的话，眼神从加布里埃尔移到了阿朗松身上，接着看向了德·梅兹。她吞了一口唾沫，再继续说着的时候声音有些颤抖。

"我会把他们全部杀死。我被来自天国的上帝派遣到这里，把你们从法兰西驱逐出去——每一个人！如果他们顺从的话，我会仁慈地对待他们。你们永远不会支配法兰西王国。如果你们不相信这个由圣女带来的上帝的口信，那么无论我们在哪里找到你们，我们都会对你们发起攻击，而且我们会造就法兰西千年以来最大的纷争！当战争来临之时，我们会看到上帝与谁同在。如果你们想要把和平还给奥尔良的话，给出你们的答复。而如果你们不想这样做的话，你们很快就会在巨大的痛苦中记得自己的选择。"

"以上帝和天使之名啊，"阿朗松惊呼道，一跃而起不停拍手，"如果我收到了这条口信的话，我现在就马上投降了。"

贞德怒视着他。"不要起誓！"她指责道，"我发自内心地希望英格兰人能有和你同样的想法。"

加布里埃尔并不嫉妒这个负责为贞德书写口述信的年轻人。他在听到贞德口中说出的话时脸色都逐渐变白了，但还是收敛不住脸上的笑容。但愿贞德能亲自发表这个演说，眼里燃烧着怒火，身体的每一条曲线都因为激情而紧绷着。她的光芒在闪耀着，明亮得让他想要奋不顾身向她扑去，就像是伊卡洛斯朝着太阳翱翔那般。为什么会有那么多警告不要向着光亮而去的故事？贞德的光芒是世界上能想象出来最美丽的东西。

"女士？"其中一个拉巴图夫人的仆人打开了贞德所在小房间的

门——她现在被一个年轻的女士妥善地监督着——贞德在那里练习着对英格兰人下的战书。"夫人想知道您是否已经练习完成了。"

贞德叹了一口气。"现在已经完成了。"她说着，走向坐在桌旁记录她言语的书吏，向他微笑。"我必须相信你把我说的话一五一十写下来了。"

"我会的，少女。"他应允道。

"看看。我的随从一直在教我这个。"她向加布里埃尔露出了让他感觉比身处火堆面前还要温暖的微笑，接着小心翼翼地写下了她的名字：让娜。

"瞧！"她说道，"现在国王会知道这真的是我的口信了。"

"我认为，"公爵说话了，吸引了德·梅兹的注意，"我和侍从要先离开了。恐怕我们的粗鲁只能让女士们感到痛苦。加布里埃尔会陪伴着您。"

加布里埃尔生气地瞪着他们。他知道自己本可以离开的，可以跟他们一起去酒馆喝酒或者是玩骰子。但如果没必要的话，他也不想离开贞德的身边。在德·梅兹离开的时候，阿朗松也跟了上去，用唇语对着加布里埃尔说：祝你好运。

拉巴图的宅邸十分庞大，还有一整个专门用来给人小坐和聊天的房间。拉巴图夫人就在那里等着他们，还管理着在加布里埃尔看来堪称一大群的年轻女士，她们就像是一群不停飞动着的鸟儿一样围绕着贞德。他唯一的安慰就是，贞德虽然穿着明显十分昂贵的女性衣着，但看上去似乎可能比他对这些人的陪伴更感到痛苦。他们的目光相遇了，加布里埃尔在她的眼里看到了被隐藏起来、几乎压抑不住的欢乐。当其中一个姑娘不说话的时候，贞德做了一个斗鸡眼，让加布里埃尔竭力忍着笑，在喝红酒的时候还差点儿被呛到。

这真的不是什么有趣的场合。贞德偷偷告诉过他,这些女人都是间谍,一直在监视着她,以防她做出什么丢脸的事情。拉巴图夫人斜视着加布里埃尔,他只能假装喝下了些不对劲的东西。

"噢,那些牧师们问我的事情啊!"贞德说道,把其他人的注意力从加布里埃尔吸引到她自己身上,"其中一个,是大概这样跟我说的:'你说你的声音告诉你,上帝希望把法兰西的人民从水深火热中拯救出来。如果他希望这样做的话,那就不需要军队了。'然后我这样回答他:'这很简单。军队冲锋陷阵,上帝会赐予他们胜利。'这理解起来有多难?"

她摇了摇头。"他好像对我的回答感到不悦,因为他接下来这样问我:'上帝不会希望我们相信你,除非发生一些能让我们认为应该要相信你的事情。我们需要其他证明的东西。'我就告诉他:'以上帝之名,我来到普瓦捷不是为了制作标识的!带我去奥尔良,我会告诉你我传达的是什么样的信号。'"

他们所有人,至少刚刚看着加布里埃尔的人,现在都没法把目光从贞德身上移开。当她说起奥尔良的时候,她身上的光芒回来了。上帝是我的见证人,直到生命结束之前,我只能照看着她。我不需要其他任何东西让我活下去。

就在这个时候,拉巴图夫人倒抽了一口气,站起来行了一个屈膝礼。其他人,包括贞德,马上就跟着她行礼。加布里埃尔转过身鞠躬,虽然他不知道刚刚是谁走了进来。

"那么你就是贞德了,自称为是圣女的姑娘。"一个温和而响亮的女性声音说道。"我一直都很期待我们的见面,孩子。"

"我也如此,"贞德说道,"阿朗松公爵赞扬您,陛下。您很快就会知道我说的都是真的。"

陛下！加布里埃尔感到有些头晕。这一定是王储的岳母，阿拉贡的约朗德王后，她是来核实贞德的言论是不是正确的。一位王后。他，只是一个农夫的私生子，一个商人的继子，已经不止出现在一个未加冕的国王面前，还出现在王后的面前。

他慢慢地直起身子，让自己看着她。

约朗德王后高挑轻盈，体态优美，她的身材并没有被完全掩盖在酒红色的胡普兰衫下，虽然她的头发被包在了一个垂落下来的角状头巾里。她的脸庞仍然十分美丽，灰绿色眼睛四周围绕着力量，剃掉眉毛的额头并没有显得变小。但这些都不是加布里埃尔盯着她看的原因。

他就是个彻底的笨蛋。

他起初还沾沾自喜地肯定自己已经琢磨出了刺客导师的身份。那个在"天使"背后出现对他、贞德和查理说话的人。但是这个称呼并不属于贞德的"高贵公爵"。

约朗德的眼睛闪烁着认可的眼神，还几乎难以察觉地摇了摇头。加布里埃尔不需要任何提醒。如果他对此十分肯定的话，他现在已经不能说出连贯的话语了。

"好吧，好吧。一个刺客导师王后。"维多利亚的声音在西蒙的耳边说道。"我相信这应该是头一个。"

17

西蒙现在对自己十分恼火。他先前是那么确定导师就是阿朗松，因此完全没有想过还可能会是其他人。王后把注意力转移到这一群女人的身上。似乎没有人留意到这个私生子和王储岳母之间短暂的交流。

约朗德向贞德温和地微笑着："我能明白那些见到你的人为什么会被你深深吸引住了。"她继续说着，像是什么事情都没有发生过，加布里埃尔的世界并没有被颠覆。既然现在加布里埃尔知道了她是什么人，他能在她的动作中看出一二：行动流畅，而且还隐藏着有必要时会爆发出来的力量和速度。让·德·梅兹动起来的样子就像是这样；而加布里埃尔自己，也开始学习相同的动作。

约朗德用手托起贞德的下巴，她用眼神探究地看着贞德的眼睛。贞德没有避开她的目光。就在那时，加布里埃尔意识到，当他马上认出了"天使"的时候，贞德没有认出来。王后点了点头。

"我把我的一些女伴也带来了。"她说着，暗示着离她几步远的另外两个同样穿着烦琐外袍、戴着头巾的女人。"我们可以到你的房间里去吗，贞德？"

"请，"拉巴图夫人说着，"请陛下跟我来。女士们，直到晚饭时分，你们可以尽情享受。"

"我，呃，要看看德·梅兹到底去哪儿了。"加布里埃尔结巴地说。他对着女主人鞠了一躬，悄悄再看了同时身为王后和刺客导师的这个女人一眼，尽他自己所能，用不像是逃跑的动作，快速地离开了这个地方。

德·梅兹在外面等着他。"啊。"他说道，"我看到你认出她了。"

"为什么你不告诉我——"德·梅兹捂住了他的嘴，看了看周围之后才放下手，把他拉走，离房子远了一点。

"我一开始希望你没认出来。"他说，"那贞德呢？"

"没。"加布里埃尔回答道，"我不明白这是为什么。"

"贞德相信她看到的是一个天使。"德·梅兹接着说道，"你是更清楚这一点的。即使贞德看到了一些相似之处，她也不会相信的。"

这就说得通了，但也让加布里埃尔感到难过。"我不喜欢对她有所隐瞒。这感觉不对劲。"

"或许以后会有让贞德知道的机会，但不是现在。"

加布里埃尔无力地笑了笑。"我原本以为导师是阿朗松公爵，"他说道，"我没想到会是个老妇人。"

"阿朗松？不，他离兄弟会的距离也就比你遥远一点点。至于'老妇人'这个说法，你最好不要让她听到！"

加布里埃尔回想起约朗德那晚在他们头顶的屋梁上展现出来的灵活和力量，不得不同意这一点。

"关于我们到底是谁，你还有很多需要学习的东西，加布里埃尔。"

德·梅兹继续说着,"年龄,性别,人种——我们知道这些东西是有多么不重要。但现在已经够了。我先前跟她谈过,她决定了如果你能认出她的话,你就有和她见面的机会。"

"但我已经和她见面了。"加布里埃尔不解地说道。

"你见到的是约朗德王后,查理妻子的母亲。"德·梅兹说,"今晚,你要见的是刺客导师。"

德·梅兹的脸开始变得柔和,在他身体的线条变成了一波翻腾的灰色时,他身上的色彩也逐渐褪去。西蒙再一次身处记忆走廊。他强迫自己深呼吸,意识到他在这次遭遇逐渐展开时居然都快忘记呼吸了。

"你不能现在把我拉出去。"他对维多利亚说。

"出去?想得太美。你现在的身体数据状况良好——除了那些因为震惊而正常出现的剧烈上升。老实说,在那之后,我觉得我自己的心率应该也有那么高。"

这一次,迷雾幻化成了一个毫无疑问是客栈里小而干净的房间内部。两个男人正在里面共享一张单人床。西蒙知道这只能是因为德·梅兹认为这个房间还没有几个人入住。旅行者们总是互相分享房间、床褥、地板……任何他们能利用的空间,除非他们有足够买到一间单人房的金币或者是影响力。

德·梅兹坐在床上伸着懒腰,手上拿着一个杯子。加布里埃尔在壁炉前来回走动着。"喝点葡萄酒吧,加布里埃尔。"

加布里埃尔只是摇了摇头。他的手上全是汗,还在不停地发抖,他这样已经有好几个小时了。"一个王后到底要怎么样在不被注意到的情况下溜进客栈里?"

"现在这个世界上有很多东西需要让你担忧,加布里埃尔。但是一个刺客大师要怎么进入一个房间并不包括在内。约朗德会找到——"

窗户外面有一阵细小的声响，加布里埃尔倒抽了一口气。

"——方法的。"德·梅兹继续说完。

百叶窗被一只看不见的手打开了。夜晚寒冷的空气灌进了房间里，加布里埃尔的身体发着抖。有一个戴着兜帽的身影倒挂着出现了，然后快速地溜了进来，关上了窗户。即使加布里埃尔知道自己要见的人是谁，但当刚刚到来的人把兜帽掀起，露出王后的脸时，他还是感到一阵震撼。

加布里埃尔想要开始鞠躬，但还是停下了动作。他无助地看向了德·梅兹，但后者却在大笑着。导师——约朗德——也对着他露齿而笑，然后坐在了床边上。德·梅兹为她倒了一杯葡萄酒。她喝着酒，做了一个鬼脸。

"这表情可真酸溜溜的！"德·梅兹说道。

"这酒可真酸。"约朗德回敬道。

"抱歉了，我们这里可没有你的酒窖。"

"很快，你们就会有了。"就像贞德一样，约朗德也是穿着男装：一件短上衣、一条腰带、一双靴子，还有兜帽。她的头发是深金色的，里面还有几条银丝，被编成了辫子，还稍微被兜帽弄乱了。她凝视着加布里埃尔，打量着他。"你，亲爱的年轻人，并不是我们计划中的一部分。但我们还是很高兴能拥有你。"

"计——计划？"

德·梅兹把瓶子递给了加布里埃尔。"你也许需要这个，"他说。加布里埃尔拿过瓶子，大口地喝了一口，让自己沉沉坐在在床对面的一张长椅上。

"告诉我你觉得我是谁。"导师问道。

加布里埃尔在回答的时候小心翼翼地，生怕走进了圈套。"您是阿拉贡的约朗德王后。王储是您的女婿。您也是刺客的导师。我能明白是什么让您成为了最高等级的刺客。"

"就目前而言，很准确。"约朗德说，"我同时也是安茹的勒内的母亲。"看到加布里埃尔茫然的表情，她详细地补充道："勒内的岳父是洛林公爵。"

加布里埃尔睁大了眼睛，接着又大口喝了一口酒。这起作用了。"贞德在德·博垂库尔同意派人护送她到希农之前，就去见了公爵一面，"他说道。"她当时……老实说，我被告知的情况是，她对他很无礼。我说的是，公爵。但即使如此，他还是认可了贞德。"

"他的确这样做了，"约朗德同意道，"那你猜猜罗贝尔·德·博垂库尔必须顺从的领主，又是谁呢？"

"勒内吗？"

约朗德点头。"贞德同样请求公爵命令勒内在她的军队里效命。勒内并没有这么做……至少，不是正式的。但我们都在和贞德共事，无论她是否知情。"

加布里埃尔希望能有更多的葡萄酒。约朗德笑了，虽然她的微笑里不完全是和善。他意识到，她很享受他的挫败。

"关于一个能实现预言的圣女将会出现已经疯传了好几年。"她说道，"我调查过所有声称是圣女的人。她们大多数都是骗子，记住了圣女的故事并以此为准则行动，希望能获得一些金钱和短暂的名声。但是贞德的故事不一样。我让勒内暗示他的父亲邀请她前来拜访。我的儿子对他所看到的东西印象十分深刻，并向我汇报了情况。我告诉他，要他命令德·博垂库尔派人护送她到希农，还带上一封连王储都不能否认的认可信。然后我们都知道在希农发生了什么了。"

"但您不认为我们会在黑暗中看到您。"

"你说得对。我在那里是在观察着,而不是参与其中。我想要知道在她以为没有其他人在场的情况下,她会对他说什么。你们两个都看到了我,那的确是一个惊喜——但最终,这惊喜并不是什么坏事。你们可能听说过查理多少是个犹豫不决的人。也许还甚至听到有人说过他很怯懦。"

加布里埃尔的脸变得煞白。他甚至都不能回答了。

约朗德笑了。"没关系。这是真的,而且也有原因。他不是一个坏人。我爱他,而且勒内也喜欢他。查理的生活……一直都不是很愉快。他的生命里有比你想象中更多的死亡和恐惧。我到现在还希望当我们帮他加冕之后,他就能开始拥抱自己的力量。但是现在的话……"她眨了眨眼睛。"他需要一两个能说服他的预言。而且,当你和贞德都看到我的时候,我就知道先驱者的血液在你的身体里剧烈地流淌着。所以如我所说——这是一个惊喜的时刻,这也是一个很好的惊喜。"

"那您相信贞德吗?"加布里埃尔必须知道这个。

"德·梅兹已经告诉我神剑对她有何反应了,"约朗德回答他,"我还没准备说她是从上帝身边而来,但是她很善良,而且对她的目标坚定不移,还有秉持真正信念的勇气。但我的确相信的是,她可以帮助我们把英格兰人,还有隐藏在其中的圣殿骑士们赶出去。正因如此,她拥有来自我和兄弟会的全力支持。这是我目前为止,我能做到最好的事情了。"

加布里埃尔严肃地点头。"那么……现在呢?"他意识到,那些酒让他变得大胆起来。

"我现在以王后而不是导师的身份做事,正在收集能护送进奥尔良的粮食和补给。那些被围困的人们在遭受苦难,那些想要解放他们的人在感到沮丧。他们已经遭受了一次又一次的失败。你觉得赢下一场战争需要些什么呢,加布里埃尔?"

加布里埃尔突然希望自己之前没有喝下那么多酒了,但他还是试着去思考。"训练有素的士兵,"他说着,"庞大数目的军队。强力的领袖。优秀的军事策略。"

"这些都是好的,"约朗德同意道,"但还不够好。你也需要一些简单的东西。你需要食物,还有医疗药物。我会提供这些补给。然后你还需要另外一样东西。而我相信它可以颠覆这场战争,让英格兰人夹着尾巴惊慌失措地跑回老家——而贞德会给我们带来这件东西。"

加布里埃尔回想起贞德握着剑时,欢乐和平静冲刷着他的感觉。完全相信着一切都会好的,而且没有人会再奢求任何东西。

"希望,"加布里埃尔说,"她会为他们带来希望。"

18

场景消失了。"你感觉怎么样?"维多利亚问道。

"承认错误可真不好受。"西蒙坦白地说,"我真是够蠢的,没有想到约朗德是刺客导师的人选。我知道她也是一个了不起的人物,所以我也不会完全觉得很意外。"

"你别把自己逼得太紧了。别忘了,刺客们都喜欢在众目睽睽下隐藏起来。如果他们能被轻而易举辨认出来的话,圣殿骑士在很早之前就会把他们全部消灭干净了。要休息一下吗?"

"不用。"他说着。一离开这个房间,他就得给阿娜雅发回复短信,而他并不期待这个。他期待的是要继续成为贞德的"影子"。"我们把她带到军队里吧。"他说着,为下一次的模拟做好了准备。

1429 年 4 月 21 日，星期五

当骑马跑在贞德身旁，从图尔①出发去和剩余的军队在布卢瓦②汇合时，加布里埃尔发现自己很是满足。出发前往首次作战的战场，有这样的感觉十分奇怪，但考虑到所有的事情都顺利地走到了这么远，他还能有什么其他的感觉呢？

在对贞德进行了三个星期的审问之后，牧师们告知王储，贞德给他们留下了强烈的深刻印象。国王的行动从不确定的拖拖拉拉变得十分迅速而有力。贞德穿着一整套特地为她打造、适合她略微娇小轻盈的身躯的金属盔甲。阿朗松公爵很好地履行了自己的诺言，贞德现在骑在一匹极好的白色军马宽阔的背上。那把在圣卡特琳德菲耶尔布瓦等待着她的剑现在被绑在她身体的左侧。宝剑如今已经不再被收进那个漂亮的天鹅绒剑鞘里了，注重实用性的贞德已经命人打造了一个很好的结实皮制剑鞘。

同样还在图尔的时候，她也叫人为她制作了两面军旗。其中一面在她的神父弗里亚尔·让·巴斯克雷尔的手上，他现在已经和牧师同僚们走在了军队的前面。牧师们会把这面绘制着耶稣受难的军旗插在他们行军过程中驻扎休息的土地上，贞德已经对所有的士兵下达了指示，每天早上他们都要找到军旗，对着军旗告解。

另外一面军旗就属于她自己。

她在设计的时候就向她的声音进行祷告，她把这个事情告诉了加布里埃尔，委托了一名画家完全按着她的指示画了出来。这面旗绘制了耶稣被包围在云中，以审判姿势坐着，一位谦逊的天使把一朵象征

---
① 法国中西部城市，现为安德尔-卢瓦尔省首府。
② 法国中北部城市，现为卢瓦-谢尔省首府。

着上帝祝福的鸢尾花放在了他捧起的双手中。很明显的是，比起那把剑，贞德更喜欢她的军旗。有一次，迷惑的阿朗松问过她这是为什么。加布里埃尔也想知道——他们都曾经看到过贞德在触碰到伊甸神剑时它显现出来的光辉和力量。而军旗只不过是一块画了图案的布。

"这把剑十分美丽，我的声音也的确指引着我找到了它。"她这样告诉他们，"但是我的军旗……它是我的。那个声音告诉我他们想看到的是什么。然后画家根据我的言语画了出来。此外。我还带着它骑行，所有人都会看到我的军旗，认为少女是被上帝垂爱，知道谁在他们的背后支持着他们。我会激励那些为法兰西而战的人们，不需要杀死任何人，我便可以将恐惧植入上帝的敌人心里。"

然后她微笑了。她的光芒闪耀着，就像是老式绘画里的光环。如果加布里埃尔曾怀疑过自己是否爱她，他会如同飓风般快速地知道。

贞德带着不止两面军旗和骑士们离开了图尔。有很多马匹供她调遣，包括五匹经过训练的战马，还有可供她每天使用的几匹快马；还有一整队的骑士随员：管事的让·达奥隆、路易和雷蒙两个仆人，而且，还有据阿朗松说最有效力的两个传令官，安博维尔和吉耶纳。

"她手下的其他人很优秀，"公爵是这样说的，"而是传令官……他们是官员，而且在履行职责的时候可以获得免于被俘虏的特权。他们身穿制服，传递消息，还代表国王认为很重要的人递交战书。这一切告诉我，国王深信我们的少女应该获得高规格的待遇。"

而最后，在贞德身后，还走着好几百全副武装的士兵。他们既有步兵，也有弓兵。

不幸的是，德·梅兹并没有和他们同行。就像他所说的，他受命于少女以外的人——在世人看来是罗贝尔·德·博垂库尔，实际还有隐藏在阴影之下的刺客导师。贞德和加布里埃尔遗憾地看着他离开。

他对贞德说:"我没有忘记我的承诺。只要我有能力,我会做任何事为您效劳,让您远离伤害。"而他私底下对加布里埃尔说的是:"怒也行已经知道,也行还没有,有人已经在好好看顾着你了。我们的成员并不全是侍卫、王后,或者是公爵。"

"让,我会想念你的。"加布里埃尔真诚地说道。

德·梅兹拍了拍他的肩膀。"我觉得我们还会再见面的,拉克萨尔。好好照看着她。你比起我们更能胜任她的影子这个责任。"

贞德现在近乎是经常穿着铠甲,但似乎总是忘了要戴上头盔。她感到加布里埃尔在看着她,然后转过头去对他微笑着。"你看上去很高兴。"她说。

"我是很高兴,"他回答说,"你终于踏上了征程,完成你的声音应允你会完成的事情。"

"我很高兴我们终于能行动起来了。我的声音告诉我,我只有一年多一点的时间。"

加布里埃尔感到了万分震惊,就像是自己的肚子被狠狠揍了一拳。她说的是——这会不会意味着——"让娜!"

贞德抬起头,困惑地凝视着他,眼睛睁大了。"噢!不是的,加布里埃尔,我并没有看到我的死亡!死亡是除了上帝之外任何人都禁止知晓的。我也许会活到一百岁,也可能会在明天因为吃了一条坏掉的鱼而死去!"

他内心的恐惧快速地消失了,让他感到虚弱和恶心。"感谢上帝。"他说着,而那是真正的祈祷。

"不过……我的声音的确告诉我,我只有一年多的时间做我应该做的事情。因此我对每一次的拖延都十分愤怒。我必须要很好地利用拥有的时间,确保奥尔良被解放、国王得以加冕。以及,"她补充了一句,"任何上帝要求我做的事情。"

"而我会在你身边。"加布里埃尔立刻说道。

"只要上帝允许的话。"贞德提醒着他。尽管贞德之前安抚着解释了她的话,可加布里埃尔还是在发颤。

前方的歌唱声停下了。他们到达了一个小山丘的顶部,拴好马匹,在军队在他们下方散开时凝神注视。

布卢瓦对法军战士们而言是个安全的地方。即使如此,加布里埃尔知道,他们中的人都会尽量选择在巨大堡垒的灰白城墙内驻扎休息。而现在这里有着几百个帐篷和橘色的篝火亮点在附近的田地里出现。从这里看过去,个头很小的马儿在吃着春草,上百——或许是上千——的法军士兵们在自由活动。

贞德的军队走下山坡,对到达目的地很是高兴。当他们继续接近的时候,很明显能看到阿拉贡的约朗德履行了她的承诺。加布里埃尔在看到如此多的运货马车——应该能有好几十辆——的时候,惊讶地张大嘴巴。有一些马车装着的是一袋袋的粮食。其他的马车上装有硕大的木桶,可能里面是风干的鱼和肉类。此外,大多数的马车都被羊群、一箱箱的鸡和猪所包围,还有好几只奶牛和公牛被绑在了车后。

"贞德!"一个熟悉的声音出现了,加布里埃尔和贞德一转头,就看见了阿朗松公爵。他坐在马上,驱使着马儿向他们小跑过来,脸上露出了笑容。"看我给你们带来了什么!"

"我亲爱的公爵啊!"贞德过于兴奋地惊叫道,"上帝是慷慨的!"

"约朗德王后也是,"阿朗松粗鲁地笑了,反驳着她,"奥尔良的私生子本人已经到达,他要与你见面。到了明天,你的军队就要向奥尔良出发了!"

"你不会与我同行吗?"贞德的脸垮了下来。阿朗松深色的双眼看向了加布里埃尔,接着回到了少女的身上。

"我会负责管理这些极棒的食物补给,"他说,"你们觉得公牛们能自己走去奥尔良吗?我们得在卢瓦尔把它们装上车。而且我承诺过,直到我的赎金被完全付清之前,我都不能跟英格兰人作对,所以我不能与你们共同杀敌。但是,"他补充道,"我不是独自前来。我觉得,你们会很高兴能见到这两个人的。"

甚至在他说话的时候,有两个步兵就向着贞德小跑过来。贞德转过身子,表情很困惑。接着,贞德突然定住了,眼睛睁得很大。她伸手把那个小袋拉了出来,紧紧地握住。加布里埃尔惊讶地看到,她在露出笑容的时候眼睛里全是泪水。

"让!"她大喊着,"皮埃尔!"

尽管穿着盔甲,她还是从马背上滑下,马上跑向了她的兄弟。他们一边笑一边哭,作为贞德的兄弟,他们揉乱了贞德的头发,还说她是他们见过的最漂亮的小伙子。

"我们收到了你的信,"最年轻的皮埃尔说道,"妈妈哭得很伤心。哪怕是爸爸,看上去都像是快要哭了。"

加布里埃尔在贞德到了希农之后,给他们写下并寄出了这一封令人心碎的信。贞德对没有跟家人道别就离开感到十分愧疚,但她还是解释了自己必须要离开,而她仍然深爱着他们。

"我把他们给我的戒指放在了这里,还有另外几件对我来说十分特殊的物品,它们一直都离我的心脏很近。"她对他们说着,再次触碰着自从到了希农之后就戴在身上的这个小袋。"那么——他们有没有——"

"他们当然原谅你了,他们还爱着你。"皮埃尔赶忙对她保证道,"他们为我们祝福了,还说我们可以前来加入你的阵营。"

"你已经出名了,让娜!"让说道,"人们开始过来拜访,要来看看贞德出生的地方。我们已经接待了数量可观的留宿者了。"

"太好了!在这样吓坏了爸爸妈妈之后,我……很高兴……"贞德转过头去,看着人们大喊大笑的方向。

顺着她眼神的方向,加布里埃尔看到了一群士兵闲站在那里,和一群年龄不尽相同的女人说话。虽然她们的衣着得体,但是脸上的表情却很奇怪——强硬却又小心翼翼,哪怕她们在微笑着,手指在男人们的手臂或者胸口上游走。一个男人拉扯着其中一个女人衣服上的花边,低头亲吻着她的脖子,其他人在为他起哄叫好,把手伸向了其他看上去十分饥渴的女人。

虽然贞德是个纯真的人,但她的动作比加布里埃尔快得多。"以上帝之名,我不会是个丫头了!"她大喊着,把宝剑从剑鞘中拔了出来。

神剑爆发出光芒,耀眼而绚丽,那光芒是那么明亮,加布里埃尔不得不眯着眼睛看着它。贞德向着一群健壮的士兵和营妓们跑去,高举着神剑,盔甲在午后的阳光照耀下闪耀着。有那么可怕的一瞬间,加布里埃尔害怕她会杀光那些以糟糕的姿态冒犯着上帝怒火的女人。

但是贞德是如此心软,她激励自己的将士们都是靠军旗,而不是挥舞利剑。她转过剑锋,用平整的一面拍打那些营妓。没有人会受到真正的伤害,但即使如此——加布里埃尔想到后不禁缩了缩脖子,那还是会让肉体疼痛,带来一道难看的伤痕。

其他的女孩们尖叫着逃跑了。一个和贞德年龄相仿,如果没那么脏,眼中没那么多怀疑的话,也称得上很漂亮的金发女孩犹豫了,张大嘴巴发了一会儿,接着她也同样转过身去,提起裙摆,跑着离开了。

加布里埃尔屏住了呼吸。这该不会是妓女吧——

贞德把注意力转到那些男人的身上，挥舞着宝剑。"还有你们！她们只是穷苦饥饿而绝望的妇女。你们不会用自己的身体玷污她们，上帝不会让你们犯下这样的罪行！"

那些身躯壮大、头发发白而长满胡须的士兵们看着这个穿着闪亮崭新盔甲的女孩，全部都后退了一步，赶紧点着头。

"很好。你们看到了那面军旗了吗？"贞德指向了几十码以外的一个小黑点。"无论你们在哪里看到它，都可以在那里找到牧师们。去吧。去进行你们的忏悔。"当他们还没有动起来的时候，她生气地挥舞着宝剑。宝剑仍然在发着光，但是加布里埃尔意识到那些士兵或者是那些女人——还要加上让和皮埃尔——似乎都看不见它的光芒，虽然他们的确能感受到来自其中的一些力量。即使他有这样的想法，但他还是对这个金发的女孩儿很好奇。

"马上！"贞德大喊着。虽然这些士兵并没有跑起来，但是他们走路的动作的确是变快了。

阿朗松公爵尝试着不笑出来，但是他失败了。"小心点，少女。"他说着，声音里透露出一丝明亮的温和与幽默。"你如果不谨慎的话，你的剑会在其中一个妓女背上断掉的。"

贞德怒视着他。"不要开玩笑！"她怒吼着，然后补充了一句，"你也应该去忏悔。"

阿朗松公爵仰起头哈哈大笑。

但他还是去做了忏悔。

当维多利亚的声音出现在西蒙耳边时，浓雾在他的身旁聚拢。"我真不敢相信圣女贞德会使用伊甸神剑驱赶营妓！"

"这是其中一个被流传下来的故事，"西蒙说着，"但老实说我并不希望这件事情发生过。我猜那是阿朗松讲给别人的,她在向着那些女人冲击的时候把剑折断了。"

"很明显这并没有发生。我很高兴她和家人和解了,虽然我现在已经开始担心她的兄弟们了。"

"贞德的父母可能都拥有一些先驱者基因,但在贞德的兄弟身上似乎并没有显现出来。她的母亲,伊莎贝尔·达克是一个独立的女人,曾经参加过好几次危险的朝拜。而贞德的父亲曾做过一个'女儿要和士兵随行'的噩梦。他实际上还告诉过她的兄弟,如果她真的这样做了,就要把她淹死。"

"什么?"维多利亚感到十分震惊。

"他的理解是,贞德会成为一名营妓。贞德知道这个梦境——以及她父亲所说过的话。他是对的——她的确'和士兵随行'了,但不是以他十分惧怕的方式。也许这就是她对营妓十分敌视的原因。"

"我认为她有好一阵子用不着担心这些事情了。"维多利亚说道,"特别在这段经历之后。接下来去哪儿?"

西蒙深吸了口气。"奥尔良。"他说道。

19

1429 年 4 月 29 日，星期五

"你就是那个私生子吗？"

交谈声戛然而止，所有人都转过头来看着贞德。几个男人围绕着一张桌子，桌上放着一张绘有各种标记的大地图。

其中一个比阿朗松年纪稍大，但尚未迈入中年的男人朝女孩微微一笑。"我正是让·德·迪努瓦，国王的堂兄，也有人叫我奥尔良的私生子。我听说过你的很多事情，少女，我——"

"就是你建议说我应该来这里，从河岸错误的一侧行军，经过被围困的奥尔良城，而不是直接前往那座可怜的城市，进攻塔尔博特和英格兰人的阵地？"

迪努瓦的将军们对这句话有不同的反应。其中一位相貌英俊、修饰整洁、贵族身份十分明显的人咧嘴一笑，又黑又短的胡须分开，露出非常洁白的牙齿。另一位将军则比私生子大约年长十岁，相比其他人要脏乱一些，更显风霜之色，他的身形有若一座小山，闻言猛地皱起了眉头——随后他嘴角抽动了一下，像是露出了一丝浅笑。

国王的堂兄眨了眨眼睛，然后愉快地回答道："我和我的将军们——吉勒·德·雷男爵大人和艾蒂安·德·维尼奥勒大人——在这件事上都比你聪明，因为我们在这里待的时间更久。我们的确是提出了这个建议。我们相信这是成功解围最可靠的方法，也是最佳的途径。"

贞德脸色气得涨红，她大步上前，为了把脸凑近私生子，她几乎踮起了脚尖，后者比她高了差不多整整一尺。"以上帝的名义，他的忠告比你们要可靠和智慧多了。我带给你的帮助远胜过任何士兵或城市，因为这是来自天国之王的帮助！"

"小姑娘，"山岳一般的男人宽阔的胸口传来一阵低语，"你震撼了国王和他的朝臣。你像精明的猎犬一样把他找了出来，我当时就在现场。可你现在是在战场上。你应该听从有多年战斗经验的人提出的建议。我们很高兴能拥有上帝的帮助，可他并没有降临此地来承受敌人的攻击。"

贞德把她灼热的目光转到了他身上。"你又是谁？"

他一直靠在桌子上，双眼注视着地图，但现在他直起身子，将手放在了剑柄上。他的身高很轻松就达到了六尺半。加布里埃尔咽了口口水。"我是艾蒂安·德·维尼奥勒。人们都叫我拉海尔。"

"好吧，拉海尔，你不应该这样亵渎上帝，"贞德斥责道，"我带来了牧师，他们会很乐意倾听你的忏悔。我告诉你，我的建议并非出自我自己的头脑，而是来自于上帝，天主怜悯奥尔良，将见它脱困。为什么我们现在没有在攻击塔尔博特？"

私生子叹了口气。他扭头瞥了一眼他的将军们，然后似乎是作了决定。"过来。"他说。贞德、阿朗松和加布里埃尔走到桌前。

"这是这一带的地图，"私生子说道，"这是奥尔良城。是的，我们就在城市的东面。你看见这些标记了吗？"他轻轻敲了敲那些大小各异的黑色方块。"这些是防御土堡，是由土木和石块建造的防御工事，用来保护容易遭受攻击的区域，比如城墙或是城门。"

加布里埃尔数了数。一共有九座堡垒，大多数都集中在城市的西侧。他不是很确定为什么这些简单的土木堆会引起这样一个问题。

"低矮的土堡能够吸收我们的石质和金属炮弹的冲击力，"阿朗松说道，他看透了加布里埃尔的表情，"而且土堡中的士兵持有大量的枪械，英格兰人还部署了他们的长弓手。"

这让加布里埃尔立刻冷静了下来。阿金库尔战役殷鉴不远。英国长弓手赢得了近乎荒谬的决定性胜利，想到现在要同他们展开对抗，这还真不是一个让人愉快的念头。"我们必须得穿过这些土堡才能抵达城门。"

"关键的城门只有一座。"拉海尔说道。他走上前来，行走时脚步明显一瘸一拐。他将一根粗厚的食指点在地图上。"这里。勃艮第门是他们真正的薄弱环节。圣卢堡垒守卫着道路，但它也是我们唯一的障碍。"

"我们已经把消息和几股人手通过这道门送进了奥尔良，"私生子继续说道，"等我们准备好的时候，我们会指示奥尔良人分散敌人的注意。"

"然后从大门直接走进去，"举止优雅的贵族德·雷说道。这场言辞激烈的短暂交锋似乎依然让他觉得非常开心。

"而我们此刻还没有这样做是因为？"

私生子注视了贞德许久。随后他说道："跟我来，少女。"

贞德和加布里埃尔跟着他走出帐篷。他们站在一道缓坡上，从这里可以瞥见几百码外的卢瓦尔河，河面在午后的阳光下闪闪发光。轻快的微风吹拂着贞德的发丝。"我们的补给在这里，从谢西渡过卢瓦尔河运来，"私生子继续说道，"奥尔良在我们西面大约四里的位置。请你留意一下风在向哪个方向吹。"

"东方。"贞德马上说道。

"正是如此。那些装载着所有的粮食、牲畜、家禽，还有我们需要运送到奥尔良的一切物资的船只都泡在水里。它们可以顺流而下，但风向会大幅减缓它们的速度。"

贞德开口大笑。"就这个吗？"她说。

私生子有些恼火。"我们得等到风向转变，少女。我拥有足智多谋的将领、忠实可靠的人手，还有一座充满了勇敢人民的城市，但我也只是一个凡人。"

"而我只是一个女孩，"贞德说道，"可我们都有上帝站在我们这一边。"

她闭上眼睛，紧握双手，低下了头。她的呼吸放缓，脸色也柔和下来。加布里埃尔所钟爱的光芒开始闪耀，光芒仿佛从她的心脏向外辐射出来。私生子看不见这光芒，但他显然是在努力克制自己不去打断贞德的祈祷。

加布里埃尔看着她的脸。微风抚弄着她黑色的短发，玩闹一般将发丝吹向她的右脸，因此短发遮住了她的左脸颊。

随后，她的短发落在了她的右脸上。

迪努瓦倒抽了一口气。他盯着贞德，盯着加布里埃尔，舔舐手指测试风向，测试了两次。

贞德睁开她的蓝色眼眸，露出温和的微笑。"上帝慈悲。"她简单地说道。

私生子艰难地咽了口口水。"我会下令的。"他说。

雾气笼罩下来。"我简直不敢相信我刚才看到了什么，"维多利亚说道，"难怪他们以为她是上帝派来的。"

"可是她甚至都没有碰过那把剑，"西蒙说道，"风向随时都有可能改变。这是一个掌握绝佳时机的完美范例。"他这么说是因为他不得不这样做，因为他开始吓到自己了。这也是因为他根本不愿意去想贞德有多么光芒四射，这件事她完全只靠自己，并不需要伊甸神剑。"不过我们又验证了另一个荒诞的故事。"

"没错，"维多利亚说道，"我从没听说过拉海尔，但是另一个人——吉勒·德·雷，为什么我会知道这个名字？"

西蒙露出冷笑。"你可能知道他是蓝胡子的灵感来源，"他说，"他把财产都挥霍在了再现奥尔良事件的戏剧上，他被控卷入玄学活动，而且……嗯，这么说吧，没有人会愿意被人记得干过残杀也许数以百计的儿童这种事的。"

"真的吗？蓝胡子？显然他听起来不像是贞德会欣赏的那种人。"

"实际上他对贞德忠心耿耿，"西蒙说，"她的死压垮了他。"

"也许是她的死将他推到了极端。这太可怕了。"

"很有可能。最近有些学者认为，关于那些谋杀案，他是被人陷害的，并且被迫认罪。不过考虑到整个旅游产业都是围绕着他涌现的，所以这个污点是不太可能被洗干净了。"

"也许我们可以用你的新方法解开这个谜团？"

"啊，现在你真的开始明白我希望瑞金能够理解的事了！不过现在呢，我们还是继续吧。"

1429年4月30日,星期六

在所有人看来,昨天晚上都是一场胜利,但贞德却不这么看。法军用一场小规模的遭遇战分散了英格兰人的注意力,转移了他们对道路的关注,少女贞德带领着一支满载急需物资的车队,骑着她那匹欢腾的白色军马穿过城门进入了奥尔良。迎接她的是喜悦的欢呼与宽慰的泪水。奥尔良人紧紧拥上前来,他们渴望触摸她的脚、她的旗帜、她的手臂,甚至是她的马。她是他们心目中的救世主,围困实质上已经结束了。奥尔良城的财务主管雅克·布歇,向她和她的随从们打开了他自己舒适的砖木宅邸的大门。这一晚她并非身着铠甲睡在坚硬的土地上,而是躺在了柔软的床铺上。

但贞德却感觉遭到了背叛。在风向转变压制了法国将军们的反对之后不久,她获悉那个私生子打算将她和她的人马分开。他们会继续留在城外,而她、她的随从和一小部分卫兵则陪伴补给马车入城。但在她与迪努瓦争执的时候,加布里埃尔想起了伊甸神剑清澈、明亮的光芒,还有神剑在她手中时会赐下的礼物。

"你会带给他们希望,让娜,"他开口说道,而私生子也感激地看了他一眼,"今晚就到此为止吧。因为你,奥尔良人可以吃饱肚子,开心地入眠,睡个安稳觉了。明天再战斗吧。"

早晨传来消息,迪努瓦拒绝在增援到来之前发动进攻。加布里埃尔理解迪努瓦的谨慎背后隐藏的军事逻辑——私生子不想重蹈鲱鱼战役的覆辙。但他也知道,在经历了这么多的考验、旅途和拒绝之后,贞德迫不及待想要大干一场的心思有多么强烈。还有她说过的那句话,我只有一年多一点的时间,这让他心里备受煎熬。

"那么……现在怎么办?"

"迪努瓦告诉我英格兰人抓住了我的使者。我从布卢瓦派遣的那一位。"她双眼目光炽烈。"我想要他回来。"

"让娜，你不能就这样走出去，然后——"

"我当然不会这样做。我只是想和他们谈谈。"

除了跟着她也别无他法了。现在他就站在她身边，立在列那门的城墙上。她的兄弟们、四名士兵，还有她的一位侍从：小路易，也都陪在她身边——此外，还有似乎整座奥尔良城里一半的人。

人群里的一个年轻女人引起了加布里埃尔的注意。她一头长发，碧蓝色的眼睛紧紧地盯着贞德。她的脸庞和衣服都很脏，可以说比大多数的奥尔良人都要脏。加布里埃尔觉得她有些眼熟，但当然这是不可能的。

在加布里埃尔身边，贞德双手叉腰，她凝视着——

——凝视着那些英格兰人。

贞德想得没错。围城里有些地方和英军之间的距离已经近到可以和敌人对话了——如果你足够小心的话。当然还是要用喊的。

她把双手捧在嘴边。"英格兰人！"她大喊道，"我是少女让娜，上帝派我来拯救这座城市。我向你们派遣了使者。不管按照哪一种法律还是传统，他都应该安然无恙地回到我这里。把他交给我！"

"我们拿他当靶子打了！"一个英格兰人回喊道。另一个人走上前来，他的军衔显然比其他人都要高。他的法语非常地道，这表明他是一个勃艮第人。

"你们当真想要让真正的男人向一个女人——应该说一个女孩——投降？"他向着加布里埃尔、皮埃尔，还有让喊道，"你们连趴在女人膝盖上的狗崽子都不如！没用的鲭鱼！"

"你说什么？"皮埃尔大喊道，"你这狗娘养的！"

"不要说脏话！"贞德呵斥道，"只有被上帝抛弃的人才会说脏话。"

加布里埃尔并不清楚没用的鲭鱼是什么意思，但从皮埃尔的反应来看，他也能猜个八九不离十。

但贞德要说的话已经说完了，她转向加布里埃尔，睁大眼睛，咧嘴笑了。"我们现在去桥那里！等到今晚，他们嘴里能说的，就只剩下他们受伤的自尊了。"

他们走向奥尔良桥，人群都尾随在她身后。加布里埃尔发觉自己在寻找那个金发女孩，想看看这个熟悉得让人困惑的姑娘是否也跟在人群里。她还在，而且她依然在全神贯注地关注着贞德。加布里埃尔皱起了眉头。为什么他觉得自己认识她？

在围城开始之前，奥尔良桥曾经是进城的主要出入口。这座桥横跨卢瓦尔河，大部分桥面都在法军的控制之下，法军力量最强的地方是贝勒-克鲁瓦岛上的一座法国防御要塞。越过这一段之后，为了防止英军进一步推进，法军摧毁了奥尔良桥的两个拱。英格兰人现在占领了名为土列尔堡的防御门楼，这座四侧耸立着高大塔楼的防御工事位于卢瓦尔河南岸。在它前方伫立着奥尔良最为坚固的防御土堡。

从他所在的位置看不到土列尔堡，他心里有点高兴，因为光是想到土列尔堡本身就已经足够让人头脑清醒了。加布里埃尔瞥了一眼贞德的兄弟们，他们看起来有些忧郁。他们所有人，包括他自己，都开始完全理解要对抗的是怎样的困境了。

随着他们渐渐走近，守卫奥尔良桥法军一侧防御要塞的士兵们发出阵阵欢呼。当贞德和加布里埃尔爬上城楼，站在士兵们身边的时候，他才意识到两军的阵地靠的有多么近——只有大约四百码的距离。

"格拉斯代尔就在那里。"其中一个士兵说道。威廉·格拉斯代尔从军二十载,六次参加英国入侵军入法征战,绝不是可以小觑的人物。格拉斯代尔受命指挥土列尔堡,迪努瓦告诉过他们,这个人曾经发誓要杀光奥尔良城里的每一个人。

贞德探身向前,大声高呼英军指挥官的名字:"格拉斯代尔!上帝派我来此履行诺言!马上向上帝和查理王投降,我们可以饶恕你们的性命!"

远处那些微小的人影突然对贝勒-克鲁瓦要塞大感兴趣。随后,其中一人挤到了英军最前沿。他人到中年,身形壮硕有力。他的法语说得很好,虽然带有浓重的口音。他的嗓音浑厚深沉,很有威严。

"你的信把我们都逗笑了!"他回答道,"我很高兴你也在这里,'少女',虽然我很怀疑你还是不是。等我们完事以后你就不会是什么少女了。你不过就是个卑贱的放牛女罢了!"

"法国放牛女也比英国将军强!"她回喊道。

"你会死在这里,少女。和你这座城里的所有人一起死在这里。"他的嗓音平淡、冷酷,"如果我们发现你还活着,那么我们会捉住你,折磨你来乐一乐。等我们完事以后,我们会烧死你,然后在你的骨灰上跳舞!"

这些话让西蒙浑身不寒而栗。而在他身边,贞德愣住了,她的脸色非常苍白。随后又变得满脸通红,仿佛血液突然涌上了她的脸。"我不知道自己的死期,但我很清楚,格拉斯代尔——如果你不投降的话,那么死的那个人会是你!"

贞德转身离去,断然回到了奥尔良桥上,她渐渐恢复了镇定。她转身看着加布里埃尔,再一次微笑起来。"影子,"她开玩笑地对他说,"你知道你的让娜在做什么吗?"

"我知道,"她的兄弟让说道,"我们以前见你这样做过。你是在挑衅。"

"没错!如果法军不愿意进攻英格兰人,那么也许我可以像苍蝇一样,对着英格兰人叮个够,让他们主动攻击法军。我们必须和他们开战,而且要快。我的声音说得非常清楚。"

加布里埃尔想要问问她,在她预言格拉斯代尔将死的时候,她的那些声音是不是也讲得很清楚。但他刚刚泛起这个念头,就在心里选择了拒绝。他并不想知道答案。

当他们回到布歇宅邸的时候,他发现自己又在寻找那个金发女孩。果然,她也在这里,她不知怎地离开了人群,没有和现在贞德允许跟在自己身边的那些人站在一起。加布里埃尔犹豫了一下,随后告诉皮埃尔:"我会追上你的。"皮埃尔点了点头,加布里埃尔挪动身子走向女孩所在的位置。

她似乎没有注意到他。和此前一样,她脸上带着喜悦和惊奇,注视着贞德。加布里埃尔来到她身后,随后他冲上前去,稳稳地抓住了她的胳膊。

女孩倒抽了一口气,转身看着他,他突然意识到自己在哪里见过她了。

"是你,"他说,"你是让娜在布卢瓦驱逐的一个妓女!"

女孩眼中溢满了痛苦,她垂下了目光。"说吧。我是个婊子。一个营妓。"

"我知道,"他说,"你曾经是。但是你现在已经不是了,对吗?"

她吓了一跳,重新抬起眼睛看着他。"对,"她说,"我已经不是了。自从我……自从她……"

"她在你眼里是什么样子?"加布里埃尔质问道,他不想让她跟着自己的意思说话,"在你看到她的时候?"

她没有马上回答。然后，仿佛这些话是在轻声祈祷一般，她开口道："她身上燃烧着白色的火焰。就像是蜡烛一样，当火焰深陷到蜡烛里面的时候，你就看不到火了，只能看到它透过蜡放出的光芒。我——我想要靠近她。我没有这个权利，我知道她肯定瞧不起我，但是——"

"但是你看到她了。"加布里埃尔低声说道。她拥有德·梅兹称为鹰眼视觉的能力。这个女孩，这个为了钱向他数都数不清的男人出卖身体的普通营妓——她也拥有那种血脉，就像他一样。就像约朗德，就像德·梅兹，还有阿朗松一样。

有些人完全不受贞德的影响，像是她的兄弟们、德·博垂库尔，还有他见过的那些英格兰人。其他人会对她作出回应。但只有少数人能够看到她的力量。

他多么希望此时此地能有一位刺客。他希望自己并不是在犯下一个巨大的错误。"跟我来。"

加布里埃尔进来的时候，贞德从床上坐了起来，面露微笑。她独自一人：有可能皮埃尔和让两个人自己出去探索奥尔良城了，抑或他们是在和士兵们聊天。他很高兴可以和贞德单独聊一聊。

"你来了，加布里埃尔！我还以为我把我的影子弄丢了呢。"

他笑了笑。"啊，永远都不会，让娜。"加布里埃尔的语气变得稍微严肃了一些，"我从来没跟你提过什么要求，除了一直留在你身边，只要你还愿意有我做伴。"

贞德冲他微笑。"这倒是真的，"她说，"我的见证者。没有你我会不知所措的。你现在有什么想要我做的吗？如果上帝让我答应你的话，我会同意的。"

他点点头。"是的,"他说,"有个人,你应该和她谈谈。我……好吧,你可能认识她,但请不要生她的气。"

让娜歪着脑袋,有些困惑。"真是神秘!如果你觉得我应该见见她,那就带她进来吧。"

他低头退回室外,关上了门。过去的营妓站在楼梯口,双手紧张地扭在一起。

"她会见你的,"加布里埃尔静静地说,"把你跟我说的都告诉她。她不会伤害你的,我保证。"如果她想要这么做的话,我会阻止她的。

"我相信你。"女孩说道,虽然她的声音有些颤抖。贞德站着等待他们,在他们走进房间的时候,她好奇地盯着那个新来者。她脸上欢迎来客的微笑慢慢消失了。

"让娜,"加布里埃尔开口道,"这位是——"他突然住口,意识到自己甚至都没想过要知道女孩的名字。

"哦,我知道她是谁,"贞德说道,她的声音既柔和又愤怒,"或者更确切地说,她是什么人。你是在布卢瓦——诱惑善良的基督徒犯罪!我的剑在哪儿?你肯定是想要好好挨顿打才行了!"

"让娜,不!"加布里埃尔拦在女孩和狂怒的贞德中间,"她看见你了!她抛弃了过去的老路,想要和我们一起旅行。"

"你是说跟着军营吗?"

"不,只是——把你跟我说的都告诉她。"他恳求着女孩。她犹豫了许久,然后从他身后走了出来。

"少女,"她说道,声音有如耳语,"你说得没错,我是有罪的。但上帝宽恕那些真正忏悔的人,而我全心全意地忏悔我犯的罪。就连耶稣也原谅了触犯通奸罪的女人,不是吗?"

"我并不是上帝,也不是耶稣。"贞德警告道,但加布里埃尔看得出来,她的态度已经起了变化。她的嗓音没有那么严厉了,攥紧的拳头也放松了。

"无论你是否愿意带我一起走,我都很乐意做出忏悔。但是请……当——当我看到你的时候,我就想要靠近你。我想要尽我所能来帮助你。你已经让我成为了一个更好的人。可我还想变得更好。我看着你的脸,我敢说是上帝在通过你显灵。"

"问问你的那些声音,让娜,"加布里埃尔恳求道,"求你了。"

贞德来回注视了他们两人许久,她的身体像绷紧的弓弦一样保持着紧张。"他们是我最好的忠告,"让娜最后同意了,"和以前一样,我会照他们的要求去做。但如果他们说让你走,那么你就得永远离开。但你得先做忏悔。"

女孩点点头。"我陪着她,"加布里埃尔说,"我们在外面等你,就在门口。"

贞德没有回答,但她狠狠地瞪了他一眼,转身背对着他。加布里埃尔感觉很不舒服,他的心脏突突直跳,每跳一下心里就痛一次。看看他都做了些什么吧:在他自己和贞德之间打下了一个楔子。可他没法就这样抛弃这个可怜的女孩。她自愿放弃了自己过去的生活,想要追随贞德,他不能那样做。我恐怕别无选择,他这样想着,压下了心中的绝望。

他们走出室内,来到宅邸门口。无论昼夜,都有人群聚集在这里,想要看一看神派来拯救他们的那位少女。一时间,在加布里埃尔和过去的妓女走出宅邸的时候,人群躁动起来,但随后女孩掀开了兜帽。于是,见到她的金色长发之后,人们对他们失去了兴趣。

"我原本期望会有更好一些的结果,"经过一阵尴尬的沉默之后,加布里埃尔说道,"我很抱歉。"

"你已经尽力了,我非常感激。"她说道,"你——你觉得她的那些声音会让她接受我吗?"她眼中闪烁着泪光。"我不会再回到过去了。我宁愿去死。可是……如果她让我离开的话,我该去哪儿呢?"

"我们会想出办法的,"加布里埃尔答道。如果贞德不愿意接纳她的话,也许刺客们可以带走她。"我的名字是加布里埃尔·拉克萨尔。我很抱歉——我从没问过……你叫什么名字?"

"那不重要。"

他们都转过身来,看着贞德站在他们身后。她脸上放出炽热的光芒,贞德温柔地笑着。女孩把手捂在嘴上。哦,没错,她确实能看见,加布里埃尔想道。

"那不重要,"贞德继续说道,她向他们走来,"因为我的声音告诉我要给你起一个新的名字。从现在开始,你叫作弗勒尔。因为你是一朵生长在淤泥中的鲜花,上帝是指引你现在走向转变的光芒。我很抱歉,我对你太苛刻了。我们一起去做忏悔。然后,我会给你找些衣服,等我们解救了这座城市,你就跟我一起走……作为我的朋友。"

女孩——弗勒尔——脸上溢满了喜悦。她身子摇晃,险些跌倒,贞德上前一步紧紧抱住了她。弗勒尔抽泣着抱紧了贞德,贞德温柔地笑着,她脸上光芒四射,轻抚着另一个女孩乱蓬蓬的金色长发。她和加布里埃尔四目相接,他感觉自己心头上的寒意也随风而逝了。

她用口形向他说了一句话:谢谢。

20

"她是谁?"当记忆走廊轻柔的雾气笼罩着西蒙的时候,维多利亚问道。

"我不知道,"他说,"没有文献记载提到过有个女孩同贞德一起旅行。每次有其他女性出现,贞德显然都对她们没有多少兴趣。而且其中大多数女性也想要成为女预言者,当然,由于贞德是唯一一个真正的所谓由上帝派遣的圣女,所以她鄙视这些女人。我没法想象她会和一个自己驱逐过的妓女交朋友,但是……好吧,事实如此。"

"嗯,我觉得很高兴。我喜欢这个弗勒尔。"

西蒙也一样,可是因为他完全不知道在这个女孩身上会发生什么,而五个多世纪以来,似乎也没有记载提到过她,所以他不想对她投入太多的感情。光是贞德就已经够糟了,等到她——

"私生子在5月1号去了布卢瓦征调援军,"西蒙干脆地说,"在他离开的这段时间,贞德骑马巡游,和市民们会面,诸如此类。她还侦察过城外的状况，亲自了解她的士兵们面临的危险。奥尔良人为她举行了一场'游行'，向她奉献礼物等等，实际上是在提前感谢她解救他们。私生子在4号带领着援军归来。我觉得我们应该从这里开始。"

"你确定你已经准备好了吗？你今天已经看过好几场模拟了，时间也快要到晚上了。"

"时间紧迫，维多利亚。"他感觉自己就像贞德，想要更进一步解除英军对奥尔良的围攻，却受到了所谓的睿智头脑们的阻挠，"我们继续吧。"

1429年5月1日

"我听说你挑衅了英格兰人，"在私生子、贞德、加布里埃尔还有拉海尔在布歇的餐桌上吃饭的时候，私生子说道。这一餐简单快捷，准备方便——乳酪、面包，还有煮熟的鸡蛋，鸡蛋是几天前那个晚上车队带进城里的母鸡下的。

"没错，而且我还亲自考察过他们的防御情况，"贞德说道。"等我们吃完饭，我跟你讲过这些事情以后，就终于可以发动进攻了！"

"我觉得这主意听起来不错，"拉海尔说道，"我支持少女。我已经准备好开战了。"

贞德抛给他一个愉快的微笑。"而且你注意到没有？"她说道，"你、私生子、还有你们所有的人马——你们直接走进了勃艮第门，而英格兰人甚至都没有试过要阻拦你们！"

"我有些你还不知道的消息，"私生子瞪了拉海尔一眼，说道，"我们听到传闻，据说约翰·法斯托尔夫率领着一支英国军队，正在靠近奥尔良。他们应该会从北方过来。"

"那就更应该开战了!现在我们有你坚持要征调的援军,人民也支持我们,他们早就准备好要迎接自由了!私生子,以上帝的名义,我命令你,只要你一听说法斯托尔夫到了奥尔良,就要马上让我知道这件事。因为如果他抵达了奥尔良而我还不知道的话,那么我发誓我会砍掉你的脑袋!"贞德说着,同时比划着她的餐刀。

所有人都笑了,就连私生子也笑了。"少女,我对你的誓言毫不怀疑!我一定会通知你的!"

"加布里埃尔!"

他在楼下的一张椅子上睡着了,但是弗勒尔刚一摇晃他,他就蹦了起来。"怎么了?"

"是少女,"她说道,"她——她醒了以后大喊大叫,说她的声音告诉她,此刻法国正在流血!布歇夫人和她女儿都在楼上陪着她,帮她穿衣服。"

"我来帮她穿盔甲。"加布里埃尔说道,他们俩都跑上了楼。

可怜的路易站在门口,他看上去和平时一样,十分的苦恼。

"我要砍他的头!"贞德的声音响彻整座房子,"他答应我他会告诉我的!还有路易,你这淘气的孩子!你为什么不叫醒我?"

"路易,"加布里埃尔说道,"跟扈从们说,让他们把少女的马备好。把我的马也备好。让娜,让我来帮你!"

过了一会儿,贞德穿着盔甲匆忙走下了楼梯。加布里埃尔还在努力穿他自己的盔甲,路易也在帮着他穿。弗勒尔穿着几件贞德的男士衣服,她用锐利的目光看着他们,在需要的时候她也会帮着搭把手。加布里埃尔穿戴整齐以后,就赶到了门口,贞德、她的兄弟们还有她的几个手下都在这里等他。街道上非常拥挤嘈杂:贞德很可能是最后一批听说这场突袭战的人了。

她突然惊恐地倒抽了一口气。"路易！"她召唤道，"我的军旗！"

"在这里！"男孩大喊道，他把旗帜从窗户上降下来递给她。贞德抓住军旗，那一瞬间，她紧紧地攥住了旗帜，随后她把军旗插进了马镫旁边的圆筒里。显然她已经冷静下来了。

"是哪里打起来了？"加布里埃尔问道。

"圣卢堡垒。"答话的声音有些低沉。回答他的人是拉海尔，他脸上带着平时一贯的那副烦恼神情。加布里埃尔并不确定他烦恼的究竟是谁——是私生子，因为他没有通知让娜，还是说他烦恼的其实就是少女本身。显然有许多将军都不想让贞德来扮演这样一种积极的角色。"不是法斯托尔夫，别担心——你还没错过他呢。我们在展示结束围城的决心。私生子认为，如果我们能拿下这座相对小一些的堡垒，就能够打击英格兰人的士气，我们也不用付出太大的代价。但是战斗要比我们预期得激烈了一些。"

加布里埃尔清楚他没有说出来的话——如果法军的奇袭失败的话，那么受到鼓舞就会是英格兰人，而法军将再一次陷入绝望。

"不用再说了。"贞德说道。她站在马镫上立了起来，拔出了她的剑。

加布里埃尔又一次差儿点忘记了呼吸，因为神剑在贞德的触碰下仿佛活了一般，骤然放射出明亮的光芒。放射光彩的不单是伊甸神剑，还有手持神剑的女孩——怎么可能只有少数人才能看见这耀眼的光辉呢？不过，虽然他们看不见这光芒，但还是感觉到了变化。人群一度焦虑嘈杂，人们在街道上转来转去，迫切地想要做些什么。而现在他们全都注视着贞德，人们微微张开了嘴，全心全意地倾听着贞德的话。她是他们的救世主，他们全都爱她。

"奥尔良的人民！"贞德大喊道，"我向你们承诺过，我会结束这场围城，今天，我终于可以开始兑现这个承诺了。我只是上帝宏伟计划中的一部分。你们，这座城市里善良的人民，你们一直向英格兰人展现着你们的抵抗与决心。现在，我们要行动起来了！拿起你们的武器，骑上你们的骏马，和我一起出发！"

西蒙手臂上的毛发都耸立起来了，他在高高扬起的欢呼声中感觉心潮澎湃。欢呼声震耳欲聋、激动人心，极具感染力。贞德的脸像灯塔一样闪耀光芒，当她踢马向前奔驰的时候，她、她的兄弟们、加布里埃尔、拉海尔，还有其他的战士都在前方引领着他们各自的小股部队。

兴奋的人流簇拥着他们迅速冲向勃艮第门。但在他们抵达城门，沿着道路向东前往圣卢堡垒之前，人流突然起了变化。

经历了头一个小时战斗的伤者和死者回来了。

人们步履蹒跚，他们在战友的搀扶下、或是悬挂在马匹上，又或是躺在担架上进入城门。加布里埃尔的目光越过城门，他看见有几个人被简单地放在了地上，无人照料，有些人在痛苦地翻滚挣扎，有些人却一动不动，眼看着凶多吉少。远方胜利和蔑视的欢呼声中，现在又掺杂了伤者们近在眼前的呻吟声，还有时而响起的痛苦尖叫声。这里有一股仿佛似曾相识的气味，加布里埃尔已经意识到那究竟是什么味道了。他住在南希的时候，经常不得不经过屠户的肉铺和附近的屠宰场。

那是带着金属气息的血腥味。

拉海尔嘴里嘟哝着。"多数都是英格兰人，"他说，"来吧，少女，堡垒那边需要你。"

但贞德却摇了摇头，她从马背上滑了下来。"不，"她说，贞德慢慢地环顾四周,"这里需要我。"

拉海尔盯着她,随后又盯着加布里埃尔,后者也跳下了马,然后他点了点头。"也许你是对的,"他说,"等你做好准备,还在战斗的人都会欢迎你。"

"我会去的。"贞德说。她挪到一边走出城门,径直走向那些被遗忘或放弃的人,跌坐在她看见的第一个伤兵身边。

他仰卧在地上,头盔不知是被摘下还是打掉了。一道剑伤沿着他的脸划开了口子,但这并不是他最严重的伤口。尽管身上依然全副武装,但他身下已经渗出血来,红色的血泊显现出他的伤势有多么严重。贞德摘下手套和头盔,伸手摸了摸他血淋淋的前额,她小心避开了还在流血的伤口。她的另一只手伸向自己的胸甲,放在了胸甲下隐藏的暗袋上,放在了她的心口上。

"我很抱歉事情会变成这样,我的敌人和兄弟。"她低语道,直到这时,加布里埃尔才意识到这个人的确是穿着英军的制服。这是他第一次看见战争的伤痛,眼前的场景如此恐怖和震撼,让他根本没有注意到这一点。"如果你的指挥官选择了投降,我会很乐意送你回归家乡。上帝为你悲伤,我也一样。"

她眼中确实盈满了泪水,不经意间泪滴已从她柔软的脸颊上滑落。男人睁开了眼睛,寻找着她的身影。她的光芒明媚耀眼,柔和、温暖又宽慰人心,加布里埃尔希望这垂死的人也能看见。

"圣——圣女。"他说。他嘴里浸满了鲜血,血液随着他呼唤她的名字喷溅出来,鲜血从他的侧脸流淌下来,有如红色的泪水一般。

"是的,"她把手盖在他的手上,"你不会孤独地死去,我会为你祈祷。"

他似乎并不明白贞德的意思。加布里埃尔并不确定这是因为他不懂法语，还是说他已经奄奄待毙，无法理解这句话了。贞德的嘴唇轻轻启合，男人的紧张似乎有所缓解。他深深叹了口气，身体放松下来。男子被鲜血染红的嘴唇上浮起一丝微笑，然后闭上了眼睛。

贞德轻抚他苍白的额头，然后转向了下一个人。

法国人还是英格兰人，对她来说并没有区别。加布里埃尔不知道自己跟着她站了多久，他保护着贞德为垂死的伤者们祈祷。最后，她站起身来，伸手抹干了泪湿的脸颊。

"这一切都是不必发生的，"她喃喃低语，伸手拿起她的头盔重新戴上，"我恳求过他们投降。现在，我们去堡垒吧！"

他们沿着勃艮第大道骑马慢跑。头盔盖住了贞德的脸，因此加布里埃尔看不见她的光芒，但他知道那光芒正在闪耀。她的旗帜在身边随风飘动，猎猎作响。他们听见了枪声、炮声，还有金铁交鸣的锵锵声。

贞德拔出神剑。"我在这里！"她大喊道，在这一片嘈杂中，她的声音似乎反而传播得更远了，"我在这里，法兰西的人民！英格兰人，我就是少女让娜！以上帝的名义，战势正在逆转，你们将被彻底击败！"

神剑闪闪发光，光芒明亮又炽热。闪电沿着剑身劈啪作响。加布里埃尔开始同贞德的军队一起疯狂的欢呼，他突然感觉自己的喉咙喊得生疼。他踢了一下马腹，纵身向前冲去，感到手中的长剑如臂使指，他的手臂与他的心和灵魂合而为一。他向着一群下马的法军士兵冲去，想要解救这些被包围的战士。

这些士兵以寡敌众，却像着了魔一样疯狂地战斗。按理来说，英格兰人本该紧握优势发动进攻，但他们却反常的犹豫不决。其中一个英军士兵甚至朝远离战斗的方向望去，被贞德高高扬起的白色军旗吸引住了。与他作战的士兵抓住了敌人分心的机会,将剑尖扎入敌人颈甲和头盔之间的薄弱点,刺进了英格兰人的脖子。

他身边的士兵尖叫着逃跑,想要飞奔回安全的堡垒。加布里埃尔踢马上前追上了他。英军士兵跌倒在地,马蹄踏碎了他的盔甲。加布里埃尔拉着他的坐骑退后,这个士兵依然还活着,加布里埃尔躬身伏在马颈上,将他的长剑透过英格兰人头盔上狭窄的视孔刺了下去。

此刻英军已经兵败如山倒,他们不是被杀,就是在试图逃跑。怒吼的法军追赶着敌人,涌动的人潮正如贞德所预测的一样席卷而去。有些士兵还在疯狂地负隅顽抗,但已经于事无补,而大多数敌人都选择了立即投降,恳求宽恕。

加布里埃尔低头看着手中血淋淋的长剑,感觉有些晕眩。他逃跑了,他想着。他应该投降的。我会饶恕他的性命。

他多么希望这句话能够成真。

他艰难地转身返回贞德策马奔驰的地方,她的旗帜迎风飘扬。贞德已经摘下了头盔,因此她的部下们都可以看见她的脸,她身上光芒四射。

"为了法兰西!"她高声喊道,"为了法兰西!我告诉你们,在五天以内,围城就会结束,英格兰人将被赶出我们的城门!"

加布里埃尔对她的话深信不疑。

21

"真是难以置信,"西蒙回到记忆走廊之后,维多利亚说道,"那把剑主宰了这场战斗。她拿着那把剑根本是不可战胜的。"

"但她自己并不清楚这一点,"西蒙说道,"她曾说她爱军旗是她爱那把剑的四十倍。所以她并没有完全发挥出它的力量。要是一个圣殿骑士或者刺客拿到了伊甸神剑,可能确实是所向无敌的。但贞德并非如此。"

"这绝对是个悲剧,"维多利亚答道,"她拥有这样一件强大的武器,用起来也这么得心应手……却不能充分运用它的力量。我真想知道为什么刺客从来没有彻底接纳她。"

"我们还不知道他们是不是没有这么做过,"西蒙提醒她,"这也是一个我们可能需要留意的问题。此外,鉴于圣殿骑士在百年战争期间支持的是英国一方,我觉得我们也不必太难过她没有成为一名正式的刺客。"

"我们可以身为圣殿骑士,但仍然同情其他人的。好吧。我们可算是忙了一整天了,"她说道。他意识到她已经决定要收工了。

"等等,"他说,"我们就要开始模拟实战了。"

"我知道,"维多利亚打断他的话,卸下了头盔,"而且我不喜欢你的检测数据。这是加布里埃尔的第一次实战,除非你有什么我不知道的军事经历,不然这也是你的第一次实战。你应该吃点东西,然后直接上床睡觉。今天已经够忙了。"

他心头火起,维多利亚伸手要解开带子,他却把胳膊拉了回来。"别把我当成小孩,"他生硬地说,"我很好,而且我还想继续。"事实上他已经饿坏了,但他现在还不想停下来去吃晚餐。如果他们吃过了晚餐,接下来他就不得不给阿娜雅回话,而他肯定是要尽量避免去做这件事的,拖得越久越好。老实说,他这种想法真的非常幼稚。

"明天就是第五天了。"他申辩道。一想到他们还有多少工作没有完成,他的心跳就开始加速。他开始把所有迫在眉睫的工作一一列举出来。"我们得先完成奥尔良,然后是扫清道路的战斗,这样王储才能去加冕,再然后是巴黎,再然后——"

"别再说了。"她的声音十分坚定,语气也是前所未有的严厉,"我已经受够了每次都要跟你吵。我们已经在这么短的时间里做了这么多的工作,我想我们也能够确定她是在哪儿丢失那把剑的。那才是你的工作,西蒙。如果你累到连自己需要注意什么都搞不清的话,那这份工作你也是做不好的。"

他眨了眨眼睛,然后走出了阿尼姆斯,注视着她。"我们的工作,"他冷静又严谨地说,"是向艾伦·瑞金证明,为什么我的方法是有价值的。"

"而证明的方法,是想出如何让那把剑,"她指着那个木盒,"拥有一些特殊的功能，而不仅仅是一把华丽的菜刀。我现在已经见过它的作用了。瑞金也会看见的。它的力量让人惊讶，令人咋舌。只要你能找出方法修复它，那么你的主张也就无懈可击。"

当然，她说得没错。她看起来也像是在承受很大的压力。西蒙突然很想知道，作为坐在阿尼姆斯另一端的人——观察、监控各种不同的数据、时刻准备着在需要的时候立即将他拉出阿尼姆斯——需要付出怎样的代价。

但这些都不能让西蒙原谅她的愤怒。"你的举止很不专业，医生。"他说，他这句话里有针对性的使用了她的职业头衔，"我是不是也该建议你听从你自己的意见，早点儿回去休息呢？我们明天早上八点在风暴餐厅见吧。"

她眼角的肌肉有些抽搐，但还是点了点头。"我向你道歉，"她说，"我不应该像这样跟你说话的。有时候医生也该听听她自己的意见。"

尽管心里有些恼火，他尴尬地拍了拍她的肩膀。"要怪就怪瑞金和他那个荒谬的截止时间吧，我们就不要互相责备了，嗯？"

"我同意。"她说，然后给了他一个苍白的微笑。

他们在电梯里道了晚安，维多利亚去了室内停车库。西蒙决定先去他的办公室里待一会儿。他想要沉浸在宜人的书香里，给自己暂时定一定神。他一时兴起，把他所有和圣女贞德有关的书都从书架上抽了出来，堆成一堆。他在自己的平板上做了大量的笔记，但书籍还是他做研究的最佳选择。

他看了看自己的手机，然后有些失望、也有些苦恼地发现阿娜雅给他发了好几条短信，都很短，内容全都是在重申想和他谈一谈。

*西蒙升起白旗。在大厅。下来。*他回复道，最后抚摸了一下他的

书，然后出门去搭电梯。

没几分钟她就到了，阿娜雅愉快地朝他微笑，但是不知为何，在她眼睛里却并没有笑意。"你吃过晚餐了吗？"她问道。

"没有，你——"

"我饿了，"她说，"在离开伦敦之前，我想来点经典的老式炸鱼薯条。哦！正好也到啤酒节了。我们去看看本地的酒吧有什么特色吧。"

"嗯，那我们走吧，好吗？"西蒙实在没什么心情去串酒吧，但是炸鱼薯条听起来还不错。他们乘出租车去了玛丽勒本他们最喜欢的一家薯条店。西蒙点了一杯啤酒，他发现自己也放松下来了，这让他十分意外。

等他们吃完饭以后，他说道："那么……你想谈些什么？还是说你只是想让我请你吃炸鱼薯条？"

"哦，所以你会请客咯，太棒了。"阿娜雅说。她脸上还是挂着那副古怪的表情。她轻盈地挥了挥手。"我们边走边说。"显然西蒙是跑不掉被拖去串酒吧品尝秋季特饮的命运了。

他们走出黑暗温暖的酒吧，踏进屋外冰冷的夜色里。他们开始散步，阿娜雅挽着他的胳膊，他停下脚步，一脸困惑地看着她。"怎么，不能让女孩子暖暖手？"

被啤酒带走的隔阂又回来了，而且还变得更加尖锐。这可不像是阿娜雅：她可是一个非常讲究界限的人。情况有些不对劲。他们在赛耶街上漫步，经过华贵无度的古董店、可爱精品店，还有时尚男士服装店，他强迫自己露出微笑。

阿娜雅靠在他身上，轻声低语道："维多利亚是个骗子。"

西蒙顿时停了下来。"喂。"她低声呵斥着，拖着他继续走。她眼睛紧张地四处乱瞥。

"好吧,"他说,觉得可以暂时配和她一下,"你为什么这么说?"

"关于贝拉齐博的事她撒了谎,"阿娜雅说,"那天晚上我在那儿看见她了。"

"她在这件事上撒谎是有些奇怪,可是——"

"我看见她和艾伦·瑞金在一起。"这句话差点儿又让他停下了脚步,但他强迫自己继续前进。他的心脏开始慢慢地在胸膛里怦怦乱跳起来。

"她是鹰巢的关键人物。"西蒙说。现在他也开始观察周围的路人了:怀里或者婴儿车里带着孩子的几家人、牵着手有老也有少的几对情侣、一群聚集在流行精品店橱窗外的十多岁少女。"她完全有可能是谈关于鹰巢的事。或者也有可能是一些我不需要知道的事情。"

他嘴里这样说,同时却又想起了维多利亚身上日益增长的压力。事实是瑞金答复了她,而不是西蒙。而就在今晚,他们还爆发了一场彻头彻尾极不专业的口角。他突然感觉冷风像刀一样扎透了他厚实的羊毛大衣。

"在阿布斯泰戈工作的人总是这样,"阿娜雅喁喁私语道,"我们是该死的圣殿骑士。我们才不会在被人发现你在某个餐厅里这种事情上撒谎。"

他们继续往前走,西蒙脑子里思绪万千。最后他说:"我相信你的直觉。你才是外勤特工,我不是。我们该怎么办?"

"我想我们在这里是安全的。我们身上没有窃听器,下出租车之前我检查过了。"

她当然检查过。西蒙突然希望自己没有点大份的炸鱼薯条。他胃里沉得像是吞了铅一样。"好吧,我猜这是个好消息。"

"能跟我说说你在做什么吗?"

这是一个高等级的项目,所以他没有主动提供相关信息,可他信任阿娜雅,也看不出有什么理由他不应该告诉她。他向她简单介绍了他的那套方法、维多利亚的专业知识和她的帮助、第25号伊甸碎片,当然,还有那个荒谬的截止时间。"她是瑞金亲自指派的,到目前为止,我们合作得还不错。"

"除了她撒谎这件事。"

"除了她撒谎。只要我还想赶上截止时间,我就不得不继续跟她合作。而且我并不想失期,该死。我只是不明白这里面有什么好隐瞒的。如果我的方法被证明有效,所有人都会受益。"

"所有人?"阿娜雅追问道。

西蒙仔细想了想。圣殿骑士?没错。阿布斯泰戈?有可能,可这种做法也反映不出什么企业盈亏上的关心啊。瑞金?绝对的。"所有人。"他坚定地说。

除非我的方法和圣女贞德不知怎的并不真的是那么一回事。可它到底还能是什么呢?

该和阿娜雅和盘托出了。"我注意到了一些事情。听起来很蠢,但是……唔,有天晚上我在送我回家的车里打了个盹。我梦到司机在说拉丁语。"

她哼了一声。"只有你这么蠢,西蒙。"

"你知道我并不确定,还有我真是太谢谢你了,你让我感觉自己更蠢了。"

"抱歉,你继续说。"

他跟她说了他没认出来的那个看门人。然后是他怎么有几天没在风暴餐厅看到普尔。"我的意思是——所有这些事情都是可以解释的。拉丁语是我目前研究项目中的一部分。我可能只是碰到另一个人在公寓轮班。而普尔有可能是度假去了——他也应该放个好假，他这个人从不休息。"

"没错，"她同意道，"可我们是圣殿骑士。这意味着我们承担不起假设。"她勉强挤出一个微笑，却掩饰不住眼中的忧虑。"我想，"她悄声说道，"我很乐意回你的公寓看看。"

他们乘出租车回到阿布斯泰戈，西蒙开着他那辆两年前的捷豹轿车，载着阿娜雅前往他的公寓。他们一路上都没有说话。西蒙不知道该说些什么，也不知道该想些什么，他有些害怕接下来可能会发生的事。他们刚进屋，阿娜雅就开始四处张望。

"你总是打理的整整齐齐，西蒙。"她说。

"你不在家，我收拾起来轻松多了。要来一杯吗？"他问道。他希望自己的声音听起来没有心里那么紧张。"我想我这里还有一些你喜欢的那种难喝的美国波本威士忌。"

"太好了，谢谢。"

他给她倒了两指深的酒，试着没让瓶颈碰到酒杯，然后又给自己倒了一杯麦卡伦威士忌。他得忍着不能一饮而尽。

阿娜雅在屋里四处徘徊，打量漂亮的古董家具，她伸着一根手指滑过众多古旧的皮革书籍的书脊，走进了书房。"你还打算写完你的小说吗？"她问道，眼睛看着舒适的皮椅和配置先进的电脑。

"总有一天。"

她把酒杯放在杯垫上，开口道："我去一下洗手间。"然后朝他使了个眼色。

我们究竟卷到什么事情里头去了？他有些纳闷。

几分钟后，阿娜雅重新出现，她盯着他看了一会儿，然后慢慢伸开双臂搂住他的脖子。他有些犹豫地把手放在了她的腰上,然后他闭上了眼睛,阿娜雅用嘴巴和鼻子蹭着他的耳朵。

"我已经找到了两个窃听器,"她说,"我就用不着去卧室了。在你车里也有一个。表现得像你一无所知一样……小心你说的话和写的东西。"

"电脑上也有?"他低声问道。

"很有可能。"那个老笑话是怎么说的来着?如果他们真的对你下手,那么你就不是妄想狂了?他一时冲动,双臂紧紧地抱住了她。

"谢谢你。"他悄声道。她稍稍点了点头,然后他们仿佛有了默契一样,她抽身退后。

"西蒙,"她说,声音稍微大了一些,"我——我不认为……"

"当然。"他说,他控制着语气,确保自己的声音听起来善解人意,但又略有些失望。说来也奇怪,要这么做并不是很难。"这个主意糟透了,你的时间很紧张。"

她退后一步,然后在他脸颊上飞快地吻了一下。"你是个好人,西蒙·海瑟威。我很高兴我们还是朋友。"

"永远的朋友,阿娜雅,"他说。"蒙特利尔根本不知道他们得到的是多么优秀的人才。"他拾起她的外套帮她穿上,为她打开大门,然后道了晚安。

他独自一人待在公寓里,倒掉了阿娜雅没喝完的波本——无论是谁在偷窥,都该清楚他从来不喝这东西。他一边喝着威士忌,一边思索着,他到底该怎么假装自己并不知道他的公寓和车里都有窃听器?有一位他信任的同事已经背叛了他,而站在这一切幕后的人正是他的内殿团同僚。

22

第五天

西蒙几乎无法入睡,他的梦里充满了各种古怪的象征,足以让卡尔·荣格①高兴得直搓手:在西蒙的入会仪式上,雅克·德·莫莱从肖像画里爬了出来,西蒙俯卧在冰冷的地板上,而他则挥舞着伊甸神剑。库德赖地牢的石壁上蚀刻着泪滴状的太阳。而最糟糕的是,贞德被绑在火刑柱上痛苦地尖叫,火焰舔舐着她的脚,在她胸口有一个巨大的洞。

在第二次大汗淋漓地惊醒之后,他瞥了一眼时钟,觉得5:16起床去办公室确实已经不算太早了。他拖着脚步走进厨房,泡了些茶,倒

---

①瑞士心理学家,荣格认为梦的象征是"一种东西,如果我们不能或不能完全按常规对它作出合乎理智的解释,同时又仍然确信或直觉地领悟到它具有某种重要的、甚至神秘的(未知的)意义,它就被视为一种象征"。

在一只旅行杯里。不知怎么的,虽然他相信自己的办公室也和公寓一样被装了窃听器,可如果要让他被人监视的话,他宁愿是在办公室,而不是在公寓里。

他坐在昨晚垒起的书堆旁,心里笼罩着一阵奇怪的平静。昨晚,他在毫不知情的情况下做了完全正确的事。在接下来的几个钟头里,西蒙拿着老派的纸和笔,从他收集的书籍上摘录了许多笔记。他有一个计划,而且他相当肯定自己能够说服维多利亚按照他的计划去做。

当他来到在暴风餐厅的时候,西蒙也很确定自己还没有露出马脚。林赛微笑着向他致意。他知道他不该这么做,但他还是问了:"我只是有点奇怪——普尔在哪儿?"

"度假去了,"她说着,耸了耸肩,"我猜他是想在圣诞节前好好休个假。"

他挤出一个礼貌的微笑。他不知道她究竟是普通的职员,还是圣殿骑士外勤特工,他甚至也不确定她的名字是不是真的叫林赛。他怀疑茶壶上是不是也装了录音设备。不过那样就太疯狂了。

他给自己和维多利亚点了茶,心里琢磨着阿娜雅和美国人会不会出现。他觉得不会:没有人看见他们在一起才是最安全的。不要惊慌,昨天晚上他们去他的公寓之前,在买一次性手机的时候阿娜雅这样说过。

现在已经太迟了,他轻声抱怨着。

我说真的。也许只是阿布斯泰戈变得更像阿布斯泰戈了。他们对我们的监视比想象中的更加频繁。

而且让人很不舒服。

不,说真的,这应该才是阿布斯泰戈的常态。就我而言,维多利亚才是变数。正所谓无论你在做什么,都会引起别人的注意。所以不要主动去做任何事情,也不要做任何与众不同的事情,我们来看看会发生什么。

他把新买的手机放在夹克衫口袋里,靠在他的心脏旁边。他忍住了伸手拍拍手机的冲动,心里觉得有些荒谬,却又有些毛骨悚然地想起了贞德胸口上那个特殊的大洞。

"西蒙?"

他吓了一跳。"哦,抱歉,我走神了。"

"你看上去像是被羊踩过一样。"维多利亚说,他淡淡地笑了笑。

"我敢肯定我现在看起来已经好多了。不过我刚喝过茶,我马上要吃培根,所以我预计我的状态会迅速好转。"

"很好。"维多利亚把牛奶倒进她的茶里,她沉默了一会儿,然后说道:"我想再次为昨天晚上的事情道歉。我不应该那样做。"

在十二个小时之前,他肯定会相信她。但现在,他真希望自己知道维多利亚是不是真的关心过他。专心点,西蒙。

"我们都有点厌倦这场游戏了,"他说,"我对自己的举动也很羞愧,所以我们还是往前看吧。"

她皱起眉头,但还是点了点头。"当然。"她说。然后,她用跟平时差不多一样温暖的语气补充道:"那么,接下来呢?"

"嗯,"他说,"当然,奥尔良是贞德的关键——我的意思是,正是在此之后她才被人称为'奥尔良的少女',而不仅仅是'少女'。"

维多利亚点点头。"我明白,作为一个历史学家,你很想要见证这一切。"

"她在5月7号和8号重新投入战斗。两场战斗都至关紧要,而且都很漫长——整整打了一天——而且也都,啊,非常血腥。"他停顿了一会儿,在续茶水的同时让他的手抖了一下,只是一点点。

维多利亚并没有漏掉他手上的动作。"西蒙……我不太确定你真正需要看的记忆有多少,"她说,"阿布斯泰戈娱乐对拿来做游戏的记忆进行修改是有原因的。不然的话,大部分记忆都会让普通人感觉非常痛苦,根本无法承受。你并不是在看电影或者玩游戏。你是在以身临其境的方式体验这些记忆,就好像它们真的在你身上发生过一样。在这个模式下,你的身体会随着模拟情景运动,因此也会有一些运动方面的体验被进一步封锁到你意识里。你并不需要体验战斗的全部过程。没有这个必要。"

这个计策成功的关键,西蒙心想,就在于她是对的。他并没有准备好去面对加布里埃尔把剑刺进摔倒的敌人眼睛里这种记忆。他也没有准备好去面对战场上的各种异味和声响,像是肚肠破裂的臭味和血腥味,还有伤者痛苦的高声尖叫。在大多数电影或者游戏里面,确实也都没有这些内容。

他仿佛有些无可奈何的叹了口气。"那么我们要怎么筛选出贞德带着伊甸神剑的时间?"

"告诉我你觉得她在哪些事件中最有可能运用神剑的能力。我会把这些信息输入模拟参数,这样我们应该就可以辨别出最重要的时刻了。如果记忆太激烈的话,别担心,我会把你拉出模拟情景的。看在老天的份上,西蒙,请你一定要如实把你的极限告诉我。我不想再有第二个罗伯特·弗雷泽了。我真的不想。"

她把自己的平板递给他。一时间,她的眼睛水光闪闪,仿佛噙着泪水,但也许这只是光影的错觉。他的心猛地跳了一下。此时此刻,她看起来似乎真的是在关心他。

为了把这出戏继续演下去,西蒙低声抗议了一句,但他也把今天早晨做的笔记输进了维多利亚的平板电脑。"如果我们要用你说的这个办法，我想这应该就是我们努力的方向了。"他说，"另外，我们最终会走到加布里埃尔和她分开的那一刻。他见到的可能并不太多……好吧。"

他不想那样做，至少现在不想，此刻他内心中的一切都因为幻灭与猜疑而隐隐作痛，他的神经就像绷紧的弓弦一样紧张。

"在5月7号，法军取得了重大胜利。他们攻占了奥古斯坦堡垒——坐落在土列尔堡前方的旧修道院。这一仗完全依靠军事策略：他们用船搭了一座浮桥，登上卢瓦尔河里的一座岛，然后穿过岛屿抵达了圣让勒布朗堡垒。他们发现堡垒已经被英军遗弃了，于是转而进攻奥古斯坦。在这里，嗯，他们相当直接投入了四千人，这是一场非常激烈的战斗。虽然场面十分可观，但这并不是我想看的重要时刻。我的意思是——我们应该看的时刻。另外……我们有必要去看看土列尔堡。这是我们必须要看的。不管这段记忆有多糟糕。"

1429年5月5日，星期四
奥尔良
耶稣升天节

"英格兰人，你们无权侵犯法兰西王国，天主通过我——少女让娜——命令你们，离开你们的堡垒，返回你们的国家。这是我第三次，也是最后一次给你们写信。我不会再写第四次了。蒙耶稣玛利亚之名，少女让娜。"

沉默的加布里埃尔尽职尽责地写下了贞德所说的每一个字。从昨天开始她就变了。他们都变了。加布里埃尔对法军勇士们产生了新的敬意，他们一次又一次欣然奔赴混乱的战场，哪怕面对死亡也昂首挺胸，安然处之。贞德身上依然放射着光芒，但已经有所不同。她真正地认识了自己所承担的这份可怕的责任，这让她的光辉也缓和了一些。

她拿起笔，颤抖着手，小心翼翼地写下她的名字。路易在此时出现在门口。和往常一样，男孩看上去既焦虑，又有些不知所措。

"我的女士，"他说，"布歇夫人把你要的红绳送来了。"

"谢谢你，路易！"她说，热情地朝他笑了一下，男孩松了一口气。

墨水干了以后，贞德收起羊皮纸，卷成紧紧的一卷。"跟我来。你也来，弗勒尔。"

贞德希望能给弗勒尔做几件新衣服，但她几乎没有时间来做这件事，因此弗勒尔只能穿着贞德的几件男士衣服。她们身高相仿，不过弗勒尔身形纤细苗条，不像贞德那么健康、体格健壮，这就意味着金发女孩不得不勒紧她的腰带。

弗勒尔原本耐心地坐着，现在她急切地跳了起来，眼中充满了崇拜之意。加布里埃尔不知道自己是不是也是像这样看着贞德的，他不得不承认，他还真很有可能是这样。这也无伤大雅。崇拜上帝的信使并不可耻。

在经历了战争的洗礼之后，皮埃尔和让选择留在他们的战友们身边，没有和他们的姐妹住在一起。因此追随贞德踏出城门的只有加布里埃尔和弗勒尔，这里一如既往聚集着大批想要一睹少女风采的群众。在圣卢堡垒的胜利之后，他们的热情更加高涨了。

他们再次前往奥尔良桥。加布里埃尔回头看着弗勒尔。她骑马完全是个新手，但还是勇敢地跟上了他们，这让他大感钦佩，虽然她紧紧地抓着缰绳，指节都捏得发白了。

"又来羞辱格拉斯代尔？"其中一个士兵笑道。

"今天不是。"贞德答道。她举起羊皮纸和红绳。"哪位弓箭手能给我一支箭？"

加布里埃尔看着贞德卷起羊皮纸，紧紧裹在箭杆上，他开始放声大笑起来，他稳稳地抓住这支箭，让贞德用红绳把羊皮纸系好。

她把剑还给弓箭手，然后爬上城楼，来到可以看到对面的位置，大声喊道，"格拉斯代尔！读吧，这是给你们的消息！"

弓箭手走上前来，他仔细瞄准着方向，免得射伤什么人——既然少女只是想要送一份书信，他自然不想意外挑起一场战斗——然后射出箭矢。

"来自阿玛尼亚克[①]婊子的消息！"一个英军士兵回喊道。

加布里埃尔听见身边有人猛地吸了一口气，他转身看见弗勒尔已经满脸通红。她低下头，眼中强忍着泪水。一时间，贞德看起来也不大高兴，随后她转身走了。

"说这种话的人，很多都活不了几天了，"贞德说，"他们连呼吸都是有数的。如果他们愿意，就让他们把生命浪费在这些脏话上好了。"

1429 年 5 月 6 日，星期五

贞德、加布里埃尔和弗勒尔在早晨的弥撒后一起离开了教堂。加布里埃尔现在已经习惯这一套流程了：忏悔、弥撒、然后是贞德的那些声音让她去做的任何事情。不过进入圣堂时，弗勒尔还是觉得有些尴尬。尽管如此，加布里埃尔却觉得她人如其名，因为她正在贞德的

[①]法国西南部地区，阿玛尼亚克伯爵贝尔纳七世是奥尔良公爵查理一世的岳父，1407 年奥尔良公爵路易一世被勃艮第派刺杀，反对勃艮第派的奥尔良势力更名为阿玛尼亚克派。阿玛尼亚克派是此时王储查理七世的支持者。

仁慈下绽放光彩。

他们走回布歇宅邸时,加布里埃尔发现奥尔良总督,年高德劭的老战士拉乌尔·德·戈库尔,正在和拉海尔争执不下。贞德走近以后两人都后退了一步,表现得就像是心怀愧疚的孩子。

"今天私生子终于愿意进攻英格兰人了吗?"贞德问他们。

小山一般的男人皱着眉头没有说话。德·戈库尔说道:"正巧,少女,私生子特别要求我看住这座门,免得有些人太过急于奔赴战场。今天不会开战。"

拉海尔和贞德互相对视了很久。接着贞德又转过身去面对着德·戈库尔。"我已经受够了,上帝派我来帮助这座城市,可影响这座城市的决策却把我排除在外,"她冷冷地说,"你,拉海尔,还有你的将军们有你们的委员会,我也有我的,你应该相信我主的决议必将实现,也经受得起考验,而任何其他的决策都必将破灭。"

"可是——这是军队统帅下的命令。"德·戈库尔开口道。

"你是奥尔良的总督!你不想看见她得到自由吗?我想士兵们应该离开,和城里想要同他们并肩作战的人一起离开。他们应该向土列尔堡南方的奥古斯坦堡垒发起冲锋,你若是想阻止他们,那你就是恶人!"

拉海尔那张疤痕累累的脸上起了变化。加布里埃尔过了一会儿才意识到这个大个子是在强忍着笑意。"不管你喜不喜欢,"贞德警告总督,"战士们都会来,他们能在别的地方战胜敌人,也会在这里赢得胜利。"

她转过身去,向似乎总是聚拢在她附近的人群大声演说。她拔剑大喊道,"我的战士们!你们知道我们该做什么!奥尔良的人民——你们会加入我们!"

人潮群起响应，此刻已经耳熟能详的喧闹声彻底淹没了总督试图申辩的声音。加布里埃尔知道，刺客们相信贞德的感染力——她那种鼓舞人心的力量并非来自于上帝，而是存在于她血脉中的某种东西。

他不知道谁才是对的，他也不在乎。他只知道她相信她的使命，而且她一定会成功。

模拟场景渐渐消失在记忆走廊的迷雾中。西蒙感到如释重负，雾气接下来并没有凝结成尖叫的士兵、雷鸣般的马蹄、或是血污和泥土，而是化成了一幅黑夜的场景。士兵们的轮廓疲惫不堪，但依然还活着，篝火里迸出细小的火花。

"你该回奥尔良休息一下，"加布里埃尔对贞德说，他们坐在自己的篝火旁。两人都卸去了盔甲，贞德的扈从们在忙着用醋与河岸的泥沙卖力清洗血污和泥土。"你已经做了这么多了。"

贞德朝他笑了笑，她轻轻抚摸着他的脸颊。激情与冷静在他的身体和心灵里奇妙的结合起来。"我要留在这里，和英勇作战的将士们在一起。就快了，我的影子，我们就快要取得胜利了。"

"因为你。"加布里埃尔说。

"因为上帝。"她纠正道，他点了点头，笑了。上帝，还有你，还有你的先驱者血统，还有漂亮的伊甸神剑。怎么能指望有人可以对抗你呢？

她稍微冷静了一下，开口说道："我需要你明天早点儿叫醒我，然后跟紧我。明天我有很多事情要做，比我之前所做的一切都要多。"她停顿了一下，抬起一只手摸了一会儿挂在她心口上的袋子，然后将手自她脖子、胸口到肩膀的皮肤上一路拉了过去。"明天，我的身体会流血……大概是在这里，在我的胸口上方。"

冰冷的恐惧攥住了他的心。"你的那些声音——"

"让娜？"这声音甜美、女性化，而且十分耳熟。他们俩都抬起头来，看见弗勒尔正在对着他们微笑。她提着一个巨大的篮子，里面装着几瓶酒、几条面包，还有裹在布里似乎是乳酪的东西。附近一个篝火的抱怨声突然静了下来，那边的动静告诉他们不久之后还会有鸡肉。

"弗勒尔！"贞德大喊道，她面露微笑，"你在这里做什么？"

弗勒尔朝其他奥尔良人做了个手势，他们给别的篝火带来了礼物。"他们都非常感激！他们知道你们一整天都在奋勇作战，肯定又饿又累。"她对别人挥了挥手，对方正在搬运厚重的毛毯。"我们都是坐小船来的，一路上非常平静。我当然非来不可。"

她坐在他们中间，眼睛闪闪发亮，似乎完全止不住笑意，即使是在这里，在如此靠近战场的地方。他很高兴弗勒尔能够安全抵达，完成这次帮助他们补充食品给养的旅程，可贞德的话还是让加布里埃尔觉得心烦意乱。我的身体会流血。是一发子弹，一把剑，还是一支箭矢？是什么武器这么邪恶，能伤到我的让娜？他思索着。

还有……她会活下来吗？

迷雾笼罩下来，西蒙心里却很清楚加布里埃尔所不知道的事：这男孩肯定会希望贞德能在即将到来的战斗中死去，而不是在不到两年后面对她命中注定的结局。

土列尔堡？维多利亚问道。

西蒙深吸了一口气。"土列尔堡。"他说。

23

1429 年 5 月 7 日，星期六
土列尔堡

西蒙有些庆幸记忆走廊渲染世界的过程十分缓慢、有条不紊。这有助于让他记住，虽然他所见证的一切都是真实的——确实发生过的，事实和他所见的完全一致，但也同样并非是他的现实、他的现在。

土列尔堡。

他曾经越过水道上的缺口，从后方观察过土列尔堡，那里曾经是连接着城市的奥尔良桥的一部分。现在，堡垒正面的吊桥连接着卢瓦尔河南岸，这座吊桥是联系土列尔堡岛塔与防御土堡的唯一通道。

而在岛塔前方，吊桥的另一端，耸立着土列尔堡巨大的防御土堡。迪努瓦称其为史上最壮观的一座防御工事，而且他应该知道：就是他下令在最初的砖石防御工事上加盖土堡的，目的是防止土列尔堡被围攻的英军占领。这个计划彻底失败了,而英格兰人又加强了土堡的工事,甚至超出了原有的建筑。迪努瓦估计防御土堡和土列尔堡容纳了接近一千名英军士兵——以及大部分的英军枪支。

土列尔堡的第一道防线是一条由尖锐的树干搭建而成的栅栏,尖角向外指向敌人。在这道木墙的另一边是一条软土沟,有十尺宽,二十尺深。松软的地面本身就是一道防线——掉进沟里的人想要逃出来会变得更加困难。土堡本身的外墙有六十五尺长,八十五尺宽,墙壁围成了一个所谓的庭院,英格兰人可以在此随意开枪、射箭、发射小型炮弹、投掷标枪和战斧。土堡与土列尔堡之间通过吊桥相连,吊桥下方是一道壕沟,卢瓦尔河的河水在壕沟中川流不息。

西蒙了解到,尽管他们的"委员会"已有决议,但昨晚所有的法军将军都同贞德一起去扎营了。从今天早上八点开始,法军就在向防御屏障开炮,炮击目标从栅栏开始。此刻,大地似乎在随着炮击声微微颤动,球状的金属炮弹喷射而出,打在木墙上。弓箭手们瞄准了土堡庭院,点燃的箭头像愤怒的黄蜂一样嗡嗡作响,又小又快的橙色火舌饥饿地舔舐起来。这里没有马匹,这次没有,战场上只有冷酷质朴的披甲士兵徒步上阵。

"停火!"迪努瓦下令道,在炮击的隆隆声中,下令的声音几乎听不见。"停火!"法军的大炮都静了下来。

"前进,我英勇的战士们!"贞德的声音响了起来,她的声音既响亮又清晰。和其他人一样,她也是徒步上阵,军旗就攥在她手中。"填平壕沟,我们要穿过土堡!"

此刻将士们向前方拥去,人群中爆发出一阵震耳的怒吼。有些人把被炸碎的木头碎片胡乱塞进了十尺深的土沟里。曾经的屏障现在却成了他们搭建桥梁的材料。其他人,包括加布里埃尔,都抱着成捆的树枝飞快地跑向前方，这些树枝都是昨晚专门准备的。他把他那堆树枝扔进了深沟里，然后回头再去拿更多的树枝。

加布里埃尔知道自己是一个毫无遮掩的目标。翻过土堡的围墙是进入庭院区域的唯一办法，而翻过围墙的唯一办法是架起梯子爬上去。填平土沟的不止是木头树干和成捆的树枝。尸体落在战士们倒下的地方，躺成各种不自然的角度，加布里埃尔看着这些尸体，感觉肠胃有些不舒服。不过他也没想过要把他们拖走，送到远离战场的体面地方去。他们倒在这里，而土沟需要填平，他们可以像生前一样，在死后继续为法国的事业服务。就在他跑完另一趟转身的时候，他听见一个士兵痛苦的尖叫起来，乞求帮助。有位弓箭手可怜这个受伤的人，于是他的尖叫声也停止了。

现在土沟几乎已经被填平了，沟里全是木头和已死或垂死的人，一阵叫喊声响了起来："爬上去！爬上去！"

欢呼的士兵们抓紧了云梯，把它们架在填平的土沟里，靠在土堡的侧面。当加布里埃尔转去帮忙把梯子推向围墙那里的时候，他意识到贞德已经抢在了所有人前面。她第一个把云梯架在了土堡上，现在差不多已经爬到了一半的位置。她敏捷地越攀越高，加布里埃尔的喉咙里也吼出一声欢呼。

然后欢呼声变成了尖叫。

世界在他眼中变成了一片越来越慢的死寂，贞德向后弓着身子，然后从梯子上摔了下来，双臂像翅膀一样张开。全副武装的贞德落在了下方的人海里，仿佛她做了一次信仰之跃，却失败了。

"不！"加布里埃尔大喊道，"让娜！让娜！"

他扔掉了梯子，毫不在意地冒着箭矢和炮火，此时他心里关注的只有贞德。他在自己人中间横冲直撞，拼命赶到了她身边。他抓住她的胳膊,和其他两个人一起赶紧把她送到战场后方。箭矢倾斜着嵌在她身上,足足六寸箭身插进了她的右侧上胸部,就在她的锁骨和肩膀中间。

明天,我的身体会流血……大概是在这里,在我的胸口上方……

他们尽可能小心的抬着她,但即使如此,颠簸还是让她痛得脸都扭了起来,她痛苦地尖叫出声。那声音几乎把加布里埃尔的心都撕碎了。

"我的声音,"她说,"他们……他们没说会有多疼……"她抽泣着说,泪水从她美丽的脸上滴落,在污渍和汗水中留下几道泪痕。现在她身上不再发光了,可怕的恐惧攥住了加布里埃尔。

他们把她放在草地上。"不要动,让娜。"加布里埃尔恳求道。

"这下糟了。"拉海尔喃喃道。只有上帝知道他是从哪儿冒出来的,之前他正在指挥左翼的攻势。

"我有个护身符,"一个士兵说,"拿着——把它压在伤口上,它会——"

"不!"贞德的声音出乎意料的响亮,"我宁愿死也不会用违逆上帝意愿的东西!"

"让娜,"加布里埃尔说,她充血的眼睛慢慢对上了他的目光,"让娜……你不会死的。上帝不会让你死的。你还没有破解围城呢。"

"可你会的。"她轻声微笑着说。

不,不……"可是国王怎么办?你得带他去兰斯!"加布里埃尔抬头,看见拉海尔正看着他,那眼神几乎是在恳求他,让他说服贞德不要离开他们。

有那么可怕的一刻,贞德闭上了眼睛。随后她又猛地睁开了双眼。她咬紧牙关低声咆哮,声音又低又沉,然后她抬起左手紧紧抓住了箭矢，开始亲手拔出箭头。她脸上突然放出越来越亮的光芒，极度的疼痛让她放声尖叫，箭头被拔出时撕裂了更多的肌肉和皮肤，贞德的伤口开始血如泉涌。

上帝不会带走她。她不会死的。今天不会。

模拟场景开始旋转消散，记忆走廊翻滚的灰色雾气笼罩下来。

"你没事吧？"

他点点头，舔了一下嘴唇。"我知道她不会死。"他说。

"但加布里埃尔并不知道。你需要休息一下吗？"

"不用，"他说，"我们继续。"他已经陪同贞德走了这么远，他一定要见证这场传奇的军事胜利。后世为了庆祝这一天，奥尔良市专门设立了一个十天的节日来纪念她的胜利。

雾气再次凝固起来。它们又一次显现出土列尔堡，但这一次场景里并没有发生战斗。"我很抱歉，让娜，"私生子说道，"将士们又累又饿。"

贞德又披上了她的盔甲，盔甲遮住了她绑着绷带的胸口。她脸色苍白憔悴，但除此以外，你绝对看不出她已经受了伤。"我明白。"她说，这让将军们有些惊讶，他们互相交换着眼神，"我很快就会回来。"

她站起身来，走进了茫茫暮色中，向一片无人看管的葡萄园废墟走去。加布里埃尔站起来想要陪她一起走，但她扬起一只手，把她的军旗交给了他。"这次不行。"她说，然后走进了斜长的阴影里。

他看着她离开，随后走到了将军们那里。这里的气氛有些消沉，将军们在沉默中进餐。战斗从清晨开始，一直持续到现在。大炮对土堡的部分防御工事造成了破坏，但英格兰人作战同样勇猛。一把又一把梯子被架在土堡围墙上，而英格兰人又将云梯和爬在梯子上的士兵统统推倒。又或者，他们会等到闯入者快要爬到顶的时候，再用长矛和各种长柄武器、斧子和战锤攻击他们。

在贞德因伤离开战场这段时间,法军士气大减。将士们现在筋疲力尽,加布里埃尔也一样,暮色正在降临。

私生子看着拉海尔、德·雷和加布里埃尔,然后平静地说:"天很快就要黑了。我们必须撤退。我会给奥尔良人发信号,他们也应该暂时停手。"

"奥尔良人?"加布里埃尔问道。

德·雷给了他一个傻笑。"我们并不是孤军奋战,拉克萨尔,"他说,"我们也在酝酿别的计划。奥尔良人准备在土列尔堡的其他方向发动进攻。"

加布里埃尔还是有些困惑,他重复道:"其他方向?"从桥那一边他能理解,可是还能从其他地方进攻吗?

"你会看到的,"德·雷说,"肯定美极了!"

"我们会失去今天占领的所有土地!"拉海尔争辩道。

"一部分,但不是全部,"迪努瓦坚持道,"但没有让娜,将士们——"

"让娜不会离开他们。"他们转过头来,看见她走了过来。虽然伤口上承受的痛苦让她的眼窝有些凹陷,但她脸上神采奕奕。她弯了弯嘴角,露出一个柔和的微笑。"她就在这里,她和战士们同在,上帝与我们同在。"

她没有等待任何人的回答,从加布里埃尔那里接过她的军旗,转过身,独自一人开始大步向土堡走去。

"让娜,等等!"私生子喊道。但在他们周围,战士们已经在匆忙披挂为了进餐而卸下的几片盔甲。空气中再次有了能量,这股能量几乎就要像闪电落地一般劈啪作响,加布里埃尔也戴上了他的手套和头盔，转身跟随着少女。

此时正是黄昏前的黄金时刻，夕阳低垂在地平线上，万物沐浴在金色的阳光下，犹如沐浴在上帝的神光中，丑陋的战斗遗迹也变得柔和了几分。但这阳光却无法驯服防御土堡。土堡上星星点点布满了英军士兵，它依旧硕大无朋，依旧阴郁不祥。

少女贞德就站在土堡前方。

她立起军旗，一只手紧紧地攥着它，另一只手握着伊甸神剑。神剑看上去像是在映着夕阳，只是太阳从未在尘世的金属上映射出如此耀眼的光芒。

"格拉斯代尔！"贞德大喊道。她的声音仿佛在加布里埃尔的胸腔中回荡，他把手放在胸口上捂了一会儿。他凝视着这位年轻的女性，她就像手中的军旗一样挺拔，像她高高举起的神剑一样明亮。"格拉斯代尔，投降吧！向天国之王投降吧！你，将我称为妓女的人——我万分同情你和你手下们的灵魂。投降吧，不然今天就去见上帝！"

这次没有人嘲弄她了。英军士兵们盯着她，震惊不已。毫无疑问，他们都以为阿玛尼亚克的婊子已经被箭射死了，可现在她就在这里，仿佛从未受过伤，她在要求——几乎是在恳求——他们投降。

但已经太迟了。

一声可怕的巨响响彻夜空：巨大的爆炸声中夹杂着伤者与垂死者惊恐的尖叫。土堡后方升起滚滚黑烟和橘色的火焰。

贞德迅速转身，她的脸庞比火焰更加明亮。"奥尔良人民已经跨过桥来和我们并肩作战了！土列尔堡起火了！跟我上！"

她收起神剑，把军旗稳稳地插在河岸的沙质土壤里，向前跑去。加布里埃尔大声欢呼，他赶紧自己往墙上架了一把梯子。这一次，当战士们爬上高墙的时候，没有遭遇到任何抵抗。土堡庭院里的英格兰人还在忙着挣扎求生。他清理了围墙顶部,然后滑下墙壁,观察着庭院里完全混乱的环境。

土列尔堡与防御土堡之间的吊桥不见了。下方的壕沟里填满了燃烧的残骸、木头碎片和溺水的英格兰人,现在他们身上披挂的重甲不再起到保护作用,反而成了毁灭他们的劫难。即便如此,相对于被活活烧死,士兵们还是选择脱掉身上可以脱的盔甲,然后跳进水里。那些爆炸时待在土堡庭院里的幸运儿们发现,他们后方成了一道火墙,而越来越多的法军士兵如洪流一般翻过围墙。

"我们投降!"英格兰人用他们粗鲁难听的口音喊道,纷纷丢下武器,举起了双手,"我们投降!"

而在土包围墙的顶端,在那面仅仅几小时前仿佛还坚不可摧的城墙上,少女贞德放声高呼:"法兰西的战士们!城市是我们的了!"

很久以后,加布里埃尔和贞德回到了布歇宅邸。他们在这里清理了贞德的伤口,用软麻布重新做了包扎,然后她和她的随从们吃了些泡过酒的烤牛肉。贞德的两位使者和她一起尽情吃喝,他们两人是在土列尔堡获释的,还有许多其他的法军俘虏也同时得救。

加布里埃尔得知,在军队从防御土堡一侧攻击土列尔堡同时,勇敢的奥尔良人民用窄木板和排水管,在断桥和土列尔堡北侧之间铺设了一条简陋的走道。有些吓坏了的英格兰人发誓说,他们看见圣米迦勒和一群天使在向他们靠近,不过有人问到的时候,贞德随口答道说没有,圣米迦勒并没有现身,虽然很显然上帝是与他们同在的。

正是贞德下令让人装载了一艘火驳船送到吊桥下方,火船把吊桥炸成了英格兰人的烈焰地狱。威廉·格拉斯代尔当时就在吊桥上,他也成了一位溺死者,被他自己的盔甲拖着沉入水中,正如贞德所警告过的。

虽然城中欢声雷动——当晚贞德亲自走过临时搭建的桥梁进入了奥尔良——但这里同样也有死亡、火焰和尸体焚烧的焦臭味，还有备受痛苦煎熬的人被刀剑和箭矢赐予快速解脱时戛然而止的尖叫声。

加布里埃尔注意到贞德此刻有些忧郁，和他自己的感觉有些相似。她这顿饭吃的没什么胃口。然后，她感觉到了他注视的目光，便抬起头来看着他。虽然又憔悴又疲惫，但她的脸色变得柔和起来。甚至她的光芒也微微亮了起来。

"战争真是残酷，即使我们是在为上帝作战，"她平静地说，"我心里沉甸甸的，我为今天死去的所有人感到悲伤。要是他们当初选择投降的话，可是……"她的声音低了下来。"我们已经攻占了土列尔堡，但围城还没有解除。就看明天等待我们的是什么了。"

1429年5月8日，星期日

贞德睡着以后就像是个普通的女孩。

她脸上不再放射光芒，也不再为正义的愤怒而憔悴，不再开怀大笑，也不再为逝去的人而悲伤。她只是一个睡着的女孩，看起来比她十七岁左右的年纪还要小一些。

昨天是一场伟大的胜利，但它也在很多方面耗干了贞德的精力，加布里埃尔盯着她看了一会儿，他心里并不愿意唤醒她。总有一天，他想道，上帝不会再向你提出要求，你可以重新做回这个普通的姑娘。没有什么伊甸神剑，没有军旗，没有盔甲和战斗宣言，也没有鲜血。只有你。

"让娜，"他轻声说道，"英格兰人正在行动。"

他们在几分钟前发现了英格兰人的动作,他们似乎是全军出动了,英军从法军还未曾攻击过各个堡垒涌出,列队前进。

她马上就醒了,她的蓝眼睛迅速睁开,显得既镇静又警觉,一如既往,这双纯正鲜艳的宝蓝色眼眸让加布里埃尔心中隐约有些震动。弗勒尔在她身边喃喃自语,疲惫的眨着眼睛。

"在哪儿?"贞德质问道。他告诉了她。她召唤来她的扈从,和加布里埃尔一起飞快地披上了盔甲。

弗勒尔站起身来,她关切的注视着他们俩,一边扭动着她的手指,漂亮的五官上露出一副无助的表情。"我真没用,"她低声道,"要是我能和你们一起面对危险就好了!"接着,她又冲动地在他们两人脸颊上各自亲了一下。"我知道上帝会与你们同在。"她只说了这一句话。

他们步行穿过奥尔良桥。一走进卢瓦尔河另一边的将军帐篷,便发现私生子、拉海尔、吉勒·德·雷和其他人交谈正欢。"怎么回事?"贞德质问道。

"该死的我们怎么知道。"拉海尔说。

"别说脏话,"贞德说,但她这句话几乎有些心不在焉。她的蓝眼睛正看着迪努瓦。

"他们列队去了西边,"迪努瓦说,"他们有可能是计划要进行一次大规模进攻……他们所有人,对抗我们所有人。"

加布里埃尔清楚,在过去这两天里,双方都损失了很多人手。一次攻击就会杀死好几百人。而英格兰人也有可能会赢得胜利。

"今天是星期日,"贞德说,"我是说,我们不能首先发起进攻。"

"什么?"德·雷大声嚷道,"如果我们现在追赶他们——"

"不!"贞德厉声说道,"私生子——你刚才说他们是列队行军?"

就在这时,迪努瓦的一个手下把头探进了帐篷里。"大人,"他说,

"他们都在这儿,但他们没有进攻。"

将军们、贞德和加布里埃尔整齐划一的冲出了帐篷,想要亲眼看看敌军。那个骑士说的是实话。他们就在那儿,近到连每个人的脸都能认清。英军排起队列面对对手,同时越来越多的士兵聚集起来,队列的人数不断增加。

"战斗队形。"拉海尔咕哝道,和他们所有人一样,拉海尔一眼就能认出这个队形。

"那我们就以同样的方式迎接他们,"贞德说。"私生子,把队伍排起来吧。我们所有人排成和英格兰人完全一样的队形。我们不会首先采取行动,但要告诉你们的部下:如果英格兰人在星期日攻击我们,那么我们将带着上帝的祝福而战。如果英国人选择离开,他们也会带着上帝的祝福离去。"

真是诡异,加布里埃尔想道,看着这么多敌人站在这么近的位置,却又这么平静。他翻身上马,跟在贞德身边一路小跑来到旷野上,心里砰砰乱跳。他们坐在有些不安分的马匹背上,其余的法军和奥尔良民兵在他们身后排成队列。

他们等了将近一个小时,耳边只能听见盔甲的哗啦声和马蹄的践踏声。接着一个英军领导人脱离了队列,他放缓了战马,向前漫步迈进。

"是塔尔博特。"迪努瓦低声说,他拉起缰绳,准备去和英军指挥官会面。

"不,私生子,"贞德说,"我去。"她看着加布里埃尔,摇了摇头。看来他也不能陪她一起去。他痛苦地点了点头,心提到了嗓子眼儿里,看着她独自骑马出列去迎接这位近乎传奇的英军将领。

约翰·塔尔博特缓慢而又从容不迫地抽剑出鞘,但他并没有举起他的剑。加布里埃尔能够感觉到法军士兵们突然变得十分紧张,英格兰人也在积极关注着事态发展。他们已经做好了准备,如果指挥官下令出击,他们就会以长列的阵型向法军发起冲锋。

但奇怪的是,加布里埃尔并不觉得担心。相反,他看着贞德做了同样的回应——拔出伊甸神剑。神剑仿佛活了一般,闪耀出夺目的光芒,神剑光环的力量遮蔽了它的形状,看上去几乎就像是贞德在握着一个小小的太阳。他可以听见身后有轻柔的呼气声,似乎紧张的法军放松了下来。他又看见英军变得不安起来。他不知道塔尔博特能否看见贞德的力量,不知道他能否看见这把剑在她手中是多么熠熠生辉。

如果他能看见的话,那么塔尔博特肯定是抵挡了好几分钟。随后,他慢慢地点了点头,把剑收回鞘中。英军指挥官扬起空手,然后踢了踢他的马,他勒马掉头,慢跑返回了英军的队列。

英军队伍转过身去,他们的动作虽然说不上整齐划一,但也已经相当接近。随后,他们开始拖着沉重的脚步离开战场。

此刻贞德已经掉转过马身,面对着她的部队。她脸上闪耀着几乎和手中握持的神剑一样明亮的光芒。因为担心有些人可能会把她的动作当作发动进攻的信号,她还是没有举起手中的宝剑。她还剑入鞘,转手拿起了她的军旗,贞德紧握旗帜,在她的军队、在奥尔良民兵面前来回飞奔,将士们都为上帝和奥尔良的少女高声欢呼。

围城已经持续了将近七个月。

而少女贞德在十天内便结束了围城。

24

"你还好吗?"维多利亚的声音听起来十分关切。

西蒙不知道自己还能伪装多久,像这样继续假装他们俩的关系一切都好。幸好,维多利亚似乎觉得这是阿尼姆斯导致的战斗疲劳,她的这个想法对他来说相当管用。"我想休息一会儿。"

"我想这还是我第一次听到你想要休息。"

"啊,凡事总有第一次嘛。"他说。

"到午餐时间了,你要吃点东西吗?这对贞德和加布里埃尔来说可是个重要的时刻——对西蒙·海瑟威也一样。"

他挤出一声轻笑。"我想我会随便吃点东西,然后去我的办公室里待一会儿。我得帮你精简一下这些笔记,我们之前讨论过的。"

她把头盔摘了下来。"我觉得你的选择非常明智,西蒙。"她说,"到目前为止,对于贞德使用那把剑的方式,你有什么理论吗?"

"算不上理论,我目前还没有什么想法,"他说,"这个我们可以等会儿再讨论，我需要一点时间集中精力想一想。"

维多利亚帮他解开带子，同时又露出一丝微笑。"我感觉自己有点像是你的扈从，一直在帮你穿卸你的阿尼姆斯盔甲。"

"那我必须得说，这活儿你做得还真不赖，不过你可没有把阿尼姆斯搞得像加布里埃尔的盔甲一样血淋淋的。"

这只是个玩笑，但话一出口西蒙就后悔了。他很清楚圣殿骑士追求自己心目中骑士团的目标有多么狂热。他并不确定自己究竟做了什么——或者要做什么——竟然会惹来现在这种程度的监视，可如果他在某些事情上站错了队，那么他就很有可能要见血了。

西蒙想起了自己的入会仪式，他发觉这个仪式真是非常的，好吧，迷人：几乎可以说是古雅，整个仪式对历史的真实性极其重视。他不应该这样想的。这是现实，这是一个誓言，他没法儿躲在幸福又安全的理论研究泡沫下面装傻。

西蒙走出阿尼姆斯工作台，大步迈向展示柜，打开的剑盒就放在展示柜顶上。他凝视着伊甸神剑，希望自己能揭露它的秘密。

"西蒙？"

"嗯？"

"你知道我是站在你这边的，对吗？"

他差一点儿就装不下去了，差一点儿当场就要她给出一个解释。差一点儿。因为他真的真的很想相信她，但他也真的真的非常相信阿娜雅，他和阿娜雅的关系要比维多利亚久远得多了。他只能希望，维多利亚不知何故在这件事情上并不是一个积极的参与者……无论这究竟是怎么一回事。

他漫不经心地扣上木盒的弹簧锁，把它捡了起来。"我要把这个拿到办公室去。要是我碰巧找到了什么之前漏掉和它有关的记载的话，正好它就在我手边。"他拍了拍木盒,开始往房间外面走。

"西蒙,我觉得你不应该这样做。"维多利亚说,她似乎有些担心。

他停下脚步,转过身来看着她。"维多利亚,我是历史研究部的主管。我完全应该这样做。怎么,你觉得我会把它直接送到索思比拍卖行,还是大英博物馆?我明天就把它送回来。"他给了她一个安心的微笑,然后毫无破绽地把头朝着电梯的方向随意甩了一下。

他拿着宝贵的伊甸神剑走进办公室,就像是抱着一盒包装特别精致的长颈玫瑰,这时西蒙意识到有些不对劲。

他做这件事的时候心里很害怕。

他,西蒙·海瑟威是多位高层圣殿骑士的子孙。他是一个传奇。在被选为九位——九位!——精英内殿团成员其中之一以前,他已经做了好几年的圣殿骑士大师。是时候表现得像一个真正的精英圣殿骑士了,西蒙。如果连他也要被人监视,那加入内殿团又有什么意义?这就像是乔治·奥威尔的《动物农庄》里的那句话:有些动物比其他动物更平等。

和他正在做的这个项目有关的某些事情让圣殿骑士团里的某个人——也许是瑞金,也许是某个瑞金背后的人——高度警惕。这不仅仅是伊甸神剑的问题,因为西蒙已经承诺过,他竭尽所能让神剑的力量恢复正常。这也不仅仅是关于刺客的情报,因为揭露失落导师的身份这样的信息本就是他应该做的。

不。肯定是别的什么事情。应该是某种瑞金、他指使的人或者指使他的人不想让他发现的事情——又或者他们想让他发现,而且想要先下手为强。它很重要,也很危险,但西蒙不会再被它吓倒了。

就让他们窃听他的办公室、他的车或者风暴餐厅好了。就让他们追踪他的电脑和手机好了。就让他们把真正的员工换成圣殿骑士外勤特工好了,也许实际情况更糟。这些都不重要。西蒙有他的书,有他的头脑,至少目前他还可以接入阿尼姆斯。

他要充分利用这个机会。

瑞金在劳斯莱斯的后座上舒展开他的腿,心不在焉地看着伦敦快速远去,他正在和他的女儿索菲亚通电话,索菲亚在为他几天后造访马德里的行程做准备。他的话说了一半就被短信铃声打断了。他把手机从耳边挪开,看了一下是谁发的短信,然后他告诉索菲亚:"我等会儿再打给你。"接着挂断了电话。

他读着毕博的短信,薄薄的嘴唇弯起一丝微笑:O 已拿下。见过 S 的作用。

"终于。"他喃喃自语道,同时回了信息,什么时候丢的?

还不知道。

还要多久?

不知道。

他的微笑消失了。找个能说话的地方,瑞金回复道。他给索菲亚回了个电话,然后就结束了通话。随后他瞥了一眼窗外,劳斯莱斯幻影正嗡嗡沿着街道疾驰。天空中开始飘下寒冷、凛冽的雨滴,但人们依然在外面奔波。他们缩在似乎已经形成惯例的黑色雨伞下,躲在他们能找到的每一处屋檐下悄悄抽着烟,又或是为了谁该排在第一位登上梦寐以求的出租车争执不下。几乎每一张脸上——男性、女性、老人、青年——都带着一副或愤怒、或恐惧、又或是像牛一般的茫然表情。

"看看这些'人民',"瑞金喃喃自语。他们就是刺客们关怀备至的那些可怜虫。可是这些人,还有他们那些琐碎的需求对他来说毫无意义,而且在他看来,他们对圣殿骑士团来说也同样毫无意义。骑士团已经为人类的理想做了太多的牺牲,太多的忍耐,他们的理想远比这些可怜的生命所代表的一切要高贵得多。

他轻轻点了点他的平板电脑,检索出一些情报,又动了动下巴上的一块肌肉。他的黑眼睛扫过平板上亮出的信息,若有所思地皱着眉头,嘴唇也抿了起来。

哦,哦,瑞金想道。我们接下来要小心行事了。非常非常小心。

他的手机响了:维多利亚,听起来她可以"安全的"说话了。"你说'不知道',"电话接通后他说道,短暂地停顿了一下,强调自己用的字眼,"究竟是什么意思?"

"就是这个意思。海瑟威先生坚持我们要按照时间顺序调查这些事件,"她回答道,"他担心我们可能没法儿理清整个来龙去脉。我刚说服他不要从头到尾体验每一个模拟记忆。"

"海瑟威教授可不是在电影院里看电影。"他说,他说话时带着低沉的喉音,"你当真是要告诉我,你现在没法儿向我说明伊甸神剑的情况,是因为有个自命不凡的历史学家想要循序渐进?"

"我已经建议过请他向前推进,可是他提议改变历史研究部的整个前提就是——"

"我知道那该死的前提是什么,他阐述得相当透彻。"瑞金厉声说道。然后他控制住了自己的情绪。"医生,"他用温和的语气说,"你觉得的我为什么要让你私下向我报告呢?"

"坦白地说,先生,我不知道你为什么会提这个要求,"她说,"没有任何迹象显示海瑟威有什么潜在的身份——他是一位忠诚的圣殿骑士,而且是多位忠诚的圣殿骑士的后代。他是一位杰出的科研工作者和敬业的历史学家,想要最大限度地发挥历史研究部的潜力。如果我可以畅所欲言的话，瑞金先生，在这为数不多的几天里，我认为他为证明他自己的建议做得相当出色。我们找到了伊甸神剑。我们有多个神剑生效的实例。我们找到了不止一位，而是两位拥有极高浓度先驱者DNA的人。我们发现了多位身居高位的刺客，其中还包括一位迄今为止无人知晓的导师。我们看到了德·莫莱本人留下的雕刻涂鸦，当时它还没有受到时间的侵蚀，也没有被谁知道什么人或者什么东西破坏掉。我们会继续关注伊甸神剑，我们会特别关注贞德是如何操纵它的，我们会找出它是在哪里丢失和如何受损的。"

瑞金沉默了很久，这让维多利亚也有些迟疑了。"先生？"

"你知道，这会有一些负面影响。"他平静地说。

"负面影响？"

"围绕可怜的弗雷泽。"

"……是的，先生。这些我都很清楚。"

"你向弗雷泽提供过信息，让他泄露给刺客。"

现在轮到她陷入沉默了。"我是做过，"最后她说，"我得提醒您，当时我并不知道这场冲突的本质——或者圣殿骑士团的目标。我当时才刚刚得知有这两个组织存在。"

当然，瑞金很清楚这回事。和阿布斯泰戈的绝大多数员工一样——没错，公司的所有部门都一样——维多利亚·毕博一开始对骑士团一无所知，就跟他车外这些在水坑里跋涉的可怜傻瓜们一样。他们的生命只不过是为了睡觉、喝酒、工作，偶尔尝试在短暂的娱乐中埋葬他们的平庸而存在。他并不在乎：毕博的观点无关紧要。

"因为这个烂摊子，我们不得不除掉艾登·圣克莱尔。我们差一点儿也要除掉你。你知道吗？"

他听见电话另一头有轻微的吸气声。啊，他想，不，她并不知道。

"你在阿布斯泰戈娱乐有很多支持你的朋友,你也已经向我们证明了你的忠诚。我们很高兴能在刺客之前找到你。我们可不想看到你加入他们的行列。"

"我相信刺客和圣殿骑士双方都是在追求人类的福祉。"她说。这句话吓了他一跳。

"真的吗?"这句话里蕴含着警告的意味。

"是的。我只是相信刺客的方法是错的。"

瑞金想不出比这更好的话题切入点了。"可是我们的朋友海瑟威教授是否与你的观点一致呢?"

海瑟威当然也是这样想的。这位言简意赅的科研工作者从未让人产生过片刻的怀疑。他热爱秩序、仪式和整洁。海瑟威幸福地安坐在他的象牙塔里,没有让圣殿事业中一些不太光彩的方面玷污过他的手。而其他人,比如博格的西格玛小队或者圣殿骑士团某些更深层、更黑暗的分支机构,却要清理世界这个花园里的杂草,像是刺客、叛徒,以及想要颠覆骑士团的异端。

可是瑞金却失算了。他并没有吓到毕博,这些含蓄的指控反而让他听到了她的愤怒。"瑞金先生,这世界上有很多我不擅长的事情。但是我很擅长解读我的病人。毫无疑问这也是你,啊……留下我的一个原因。我和他交流是把他看作一个研究对象,而不是一个同事。"

"而他并不知道,对吗?"

"他知道我检查过他的档案,也知道我会在他进入阿尼姆斯期间和事后仔细地监控他的状态。"

"而你正在告诉我他的隐私。"现在他抓住了她的把柄,于是他更进一步杀向对方。"你的医患保密原则呢,医生?嗯?"

"是你要求我——"

"以你自己的看法报告他的进程。作为一位合作者。你做到了,所以我和骑士团都很感谢你。你不可能两全其美,毕博医生。"

电话另一头陷入了沉默。他等待着。瑞金理解耐心的力量。接着,毕博平静地说:"我相信圣殿骑士团代表的使命。我也相信西蒙·海瑟威想要完成的事业。我相信他头脑健全,心地善良,而且他处理这个模拟项目,是诚心诚意想要为骑士团服务,想要探寻真相的。你总不能说这两种理想也是对立的吧。是吗,瑞金先生?"

"真相,"他轻声说道,"就像美,取决于观察者的眼光。"

"我发过誓,"毕博说,"我发誓要拥护本组织的准则和我们所持有的一切立场。绝不与人分享我们的秘密,也不可暴露本组织的性质[①],无论需要付出何种代价,至死都不得违反此规定。"她声音里蕴含着愤怒,显得十分刺耳,"西蒙也是一样。我们都没有违背誓言。我可以向你保证,只要我觉得他以任何方式违背了誓言,我马上就会来找你,你想要怎么做都可以。但在此之前,除非你想让我退位让贤,否则就请放手让我做好我的工作。先生。"

她直呼了海瑟威的名字,瑞金注意到了这一点。他暗自琢磨着。"我想知道要怎样才能修复那把剑。我想让它恢复功能。不能让海瑟威再继续钻牛角尖了。我想这方面我已经说得非常清楚了。等你有更多情况报告的时候,我们再愉快地聊一聊吧。"

"是的,先生。"

他挂断电话,身子向后靠在椅背上。在伦敦的街道上毫无伟大可言,在国会里也几乎没有,更不要说艺术了。看看伟大的民主实验要把世界领向何方吧。而这就是刺客们一直吠叫着说他们想要的那种世

[①]原文如此,实际圣殿骑士誓词中这里应当是"or divulge the true nature of our work (也不可暴露我们工作的性质)",维多利亚口误了。

界。这个世界需要一只有力的手来引领人类。圣殿骑士团的手。一如既往，金钱和权力支配着世界，但如今既拥有金钱和权力又富有远见的人实在太少了。

阿布斯泰戈的创建者是这样的人。过去的历任大团长也是这样的人。雅克·德·莫莱为了骑士团，甘愿让火焰吞噬他的血肉身躯。

圣殿骑士的誓词在他脑海中闪现：你愿意宣誓拥护本组织的准则和我们所持有的一切立场吗？

就像莎士比亚说的，他想道，"啊……这就是个障碍"。[①]

他在手机上输入了一串代码，然后等待回应。

欧米伽待命。

报告最新进展。

欧米伽-104第二阶段接近完成。建议消灭并替换当前位置占有者。

瑞金犹豫了。这可以永久地解决问题……但也可能会引来不必要的注意。否决。重新安置已经足够。

收到。欧米伽-105第一阶段完成。等候指令。

开始第二阶段。瑞金顿了一下，想了想。他没有时间再拖下去了。如有绝对必要，每个已研讨因素均可执行双埃普西隆。

收到。

短信消失了。瑞金叹了口气，他若有所思地用手机轻轻敲打着膝盖。

双埃普西隆。EE。

[①] 出自《哈姆雷特》第三幕第一场。

消灭并清除[1]。

他希望西蒙不会犯下太多的错误。

---

[1] 消灭(Eliminate)和清除(Erase)的首字母均为E,所以称为EE,双埃普西隆。埃普西隆(Epsilon)为希腊字母 ε,相当于英文字母E。

25

西蒙点了从来没让他失望过的风暴餐厅"努力工作"快餐篮，然后抱着他的书坐了下来。尽管他喝了大量的茶，而且对现在研究的课题也真的非常着迷，可他昨晚睡眠不佳，此刻睡意涌了上来，他也就打了个盹。这短暂的休息几乎没起到任何帮助作用：他梦里再一次充斥着雅克·德·莫莱的身影，这一次德·莫莱被火刑处死，他大声诅咒着谋害他的凶手。

他笔直地坐了起来，心脏怦怦狂跳。当然，他觉得这个情况也是合乎逻辑的。圣女贞德就是被当作异端烧死的，德·莫莱也是这样殉难的，而且这两人在库德赖还有交集，虽然隔了一个世纪。阿尼姆斯中的每一次模拟，都会让西蒙距离见证贞德以同样方式死去更进一步，所以他会想到这位伟大的圣殿骑士领袖也很自然，尽管这是无意识的。

不过，想到德·莫莱也让西蒙记起来一件事，他还没有收到密码学研究处关于德·莫莱涂鸦的回复。他知道维多利亚在把模拟发送出去之前，就已经翻译过他们意外发现的拉丁短句了——毕竟，有些软件就是做这个用的。但他当时对发现伊甸神剑极其兴奋，也非常疲劳，于是他就忘了问她翻译得出了什么结果。他摘下眼镜，揉了揉眼睛，站起身来伸了伸懒腰，然后大声对他的电脑说："密码学研究处。"

他坐在书桌前，看着显示屏上五彩缤纷的阿布斯泰戈标志变成了扎克·摩根斯顿和蔼的面容。"摩根斯顿教授，很高兴见到你。"

"啊，你好，海瑟威教授！恭喜你晋升了！有什么我可以帮你的吗？"

这友好的问候让西蒙吓了一跳。"实际上，我想知道你对希农的德·莫莱涂鸦有什么进展。就是我们几天前发给你的那幅涂鸦。"

摩根斯顿教授那张布满皱纹、和蔼可亲的脸上皱纹挤得更深了。"我不是很明白你的意思。当然我们都知道那幅涂鸦。是哪个模拟里面又出现新的情报了吗？"

西蒙浑身冰凉。"你没听毕博医生说过吗？"

"我们这几天没有听到任何消息，不管是这位毕博还是别的什么人。需要我跟进一下吗？"

"不，不，就这样吧。我会亲自和她谈谈。她可能想要再深入研究一下。我们再联系。再见。"他以最快的速度挂断了视频电话。

西蒙完全糊涂了。德·莫莱涂鸦他只是随口说说的。这种不期而遇的好消息很可能会让像摩根斯顿这样的研究员——说实话，就比如他自己——一整天都心情愉快，他们就是为不断揭露古物的秘密而生的。不过这种事也不会有什么实际的影响，因此，维多利亚没理由急着把信息传过去。

可是话说回来……她也没理由不把涂鸦发过去。

他突然清晰地感觉到可能有人在监视他。他冷静地坐回舒适的皮椅上，拿起一本关于希农的书。他把书浏览了一遍，在几个不同的地方停下动作，然后轻轻敲打书页，仿佛他偶然找到了和涂鸦有关的内容。

在进入阿尼姆斯这段时间里，西蒙发现他对自己祖先的记忆印象非常深刻，几乎比他自己的记忆更清楚。维多利亚无疑对这些有一套理论——因为这一切都是全新的、不同的事物，所以研究对象在整体上会更加关注祖先的记忆，诸如此类——可这些记忆都非常地生动和清晰。德·梅兹曾经要求加布里埃尔集中精力关注这些涂鸦，他也确实这么做了。西蒙当时没有太注意那些涂鸦，但现在梦境搅动了他的回忆。

有些东西已经被时间侵蚀掉了——或者也许是被某些有更直接利益的其他派系毁掉的。但有一件事吸引了他的注意力，让他目不转睛。这也许是整幅涂鸦中最与众不同的一点了：那张侧脸，假定那是一个圣殿骑士，凝视着太阳，而这个太阳看起来更像是一个倒挂的泪珠——或者雨滴，血滴，甚至有可能是一面盾牌。西蒙并不确定这代表着什么。加布里埃尔看见的太阳图形和其他图画一样是二维的，只是一个轮廓，最多只能算是一个浅浮雕，仅此而已。

而这个——在二十世纪留下照片的涂鸦——却是凹空的。从图片上他说不清凹陷处有多深，但有人花了大量的时间在地牢的石墙上凿出了一个凹面——只是为了把图形填满。

把图形填满……或者是盖上虚饰来隐藏这个凹坑？

七百年前会不会有什么东西被某位圣殿骑士——也许是德·莫莱本人——放在这个小小的藏匿点，等待正确的人来发现？是一把钥匙，一块宝石，还是一个消息？

或者是一件伊甸碎片？

还有些其他的事情也很不对劲。他意识到加布里埃尔在墙上看到了两句拉丁短句,其中有一句并没有出现在照片里。它被人抹掉了。

西蒙合上书,伸手拿起他的一次性手机。它的外形同阿布斯泰戈分配给他的手机完全一致,所以如果有人在监视他的话,这个手机不会立刻引起怀疑。

他赶紧挑选了一个翻译软件装好,然后把昨晚浮现在他梦里的拉丁短句填了进去——照片上看不到的那句话:Si cor valet, non frangit.

译文出来了:心若强健,其必无恙。

西蒙不敢把这个拿给摩根斯顿。如果他没有参与到这个……这个阴谋(他觉得有必要这么称呼)中的话,那么西蒙并不打算把他牵扯进去。而如果他有参与进来的话……

他塞在口袋里的阿布斯泰戈手机开始振动起来。西蒙没有回应,他只是把一次性手机插进了同一个口袋,站起来,抿了一口茶,然后才拿起阿布斯泰戈分配的手机,仿佛它才刚刚开始动。

是维多利亚。"你感觉怎么样?"

焦虑不安、怒气攻心,还想知道这究竟是怎么一回事,他苦涩地想,但回复的却是:"吃了一肚子苏格兰煎蛋和松饼以后感觉好多了。我给你发个清单,我们20分钟后在阿尼姆斯室见讨论一下。"

"你这样吃怎么还能保持健康?"

"我基因好。"他回复道。他把手机重新塞回口袋里,人溜到了桌子后面,凝视着伊甸神剑。基因好,真没错。他开始打字。

他把神剑放在盒子里,夹在胳膊底下,和维多利亚一起下电梯。"我觉得这真是个好主意,而且也充分利用了我们的时间。"她一边说着,一边注视西蒙发给她的清单,"它似乎在早期运转得很好,我是说在英法对峙期间。我没想到神剑也会和这些事牵扯到一起，但显然它发挥了很大的作用。"

"历史记载似乎一致认为她从来没有杀过人，而且她也从来没用神剑发动过强攻。"西蒙说。

"嗯，除非你把驱逐妓女也算上。"维多利亚说，她露齿一笑。

西蒙装作很开心的样子。"好吧，没错，"他说，"记载里的确说过，不过，她还曾经用神剑做过防御。受到攻击的时候，她反击过。"

"这个我们还没见过呢，"维多利亚说，"又要再加上一件事了。我真希望我们能有更多的时间，不过尽管如此，我们显然已经取得了很多的成果。"

西蒙心头涌上一阵怒火，他思忖着，如果他们是真正的搭档的话，那他们所取得的成果又会比这多出多少呢？他几乎都希望阿娜雅没有告诉他那件事了，但他也知道，对于圣殿骑士来说，无知相比无忧无虑更有可能致命。

"我们还有很长的路要走呢，"他爽快地说，"就像贞德说的，宜早不宜迟。现在……在奥尔良取得惊人的胜利之后，王太子显然十分高兴，所以当法军将军和议会召开会议讨论下一步该怎么做的时候，他听取了贞德的意见。她决心要带他去兰斯举行正式的加冕礼，所以法军并没有向，比如说，巴黎或者诺曼底进军，而是开始为国王打通道路，好让他能安全抵达兰斯。阿朗松被任命为卢瓦尔河战役统帅，但老实说，他一向顺从贞德的意见。"

他们走出电梯，两人一边继续讨论，一边走进了阿尼姆斯室。西蒙小心地放下剑盒，然后走到了工作台上。

"听起来像是接连不断的胜利啊。"维多利亚一边帮他固定在阿尼姆斯上，一边说道。

"历史学家常常为此惊叹不已，"西蒙同意道，"我们不能低估士气的重要性——或者士气低迷的影响。法军显然已经看到了希望。英格兰人也听过了各种关于这个神奇的、不可战胜的女人到处施展奇迹的故事。有个可怜的家伙按时间顺序记述了当奥尔良人的说法流传出去以后，英军士兵变得有多么沮丧。你还记得法斯托尔夫吗？"

这个时候，西蒙已经戴上了头盔，在他听见维多利亚声音的同时，记忆走廊的迷雾已经出现了。

"他不是那个带兵增援奥尔良的人吗？就是那个贞德害怕自己睡过头，错过跟他开战时机的人？"

"就是他。她最后还是跟他对上了。他故意放慢脚步，拖延抵达卢瓦尔河的时间——主要是因为他的部队士气已经彻底崩溃了。贞德或许没能为法国人打赢百年战争，但她确实扭转了局势。卢瓦尔河战役包括五场战斗——法军大获全胜。我们来看看我们的算法想让我们看什么吧。"

1429年6月11日，星期六
雅尔若市郊

重新披上盔甲感觉还不错，加布里埃尔心想。国王和他的顾问们花了将近一个月的时间决定接下来该做什么。不过，最终许多曾经和贞德一起并肩作战，随着她推进再推进，最后破解奥尔良之围的人都再次聚集到了战场上。其中包括贞德的兄弟们、吉勒·德·雷、拉海尔，还有奥尔良的私生子。不过，这次军队的统帅是阿朗松公爵，并不是私生子，贞德对此也很满意。

弗勒尔也坚持要陪他们一起走。贞德和加布里埃尔都表示了反对，但这位金发女郎展现出了与她所崇拜的女孩相似的倔强。

"没有你我该怎么办？"她反问道。"没有哪位出生高贵的女士会愿意让一个营妓和她们的女儿做朋友的。她们对我这么好完全是因为你，让娜。你要是走了，那么我想我也就得走了。我只希望能够靠近你，靠近你的光。问问你的声音该怎么做。"贞德正是这么做的——于是弗勒尔也跟来了。

他们在雅尔若城以东步行大约一小时的位置，在公爵的帐篷里讨论作战计划，所有人的眼睛都盯着面前桌子上摊开的地图。

"现在我们成了攻城的一方，"阿朗松说，"在此之前，都是英格兰人来决定如何攻占一座防守严密的城市。"

"英格兰人拥有大量的武器和火药，"私生子说道，"我们没有他们那么多兵力，而他们的兵力可是相当多。"

贞德一直在听，现在她看到将军们犹豫不决，心里越来越生气。"我们是来夺取这座城市的，"她说，"对吗？"

私生子扭头看着她。"是的，但这是一个战术问题，"他说，"至少在我们有更好的办法应对他们的人数和武器之前，我们可能需要考虑采用更间接的方法。"

贞德恼怒地喘了口气。"你不应该害怕他们有多少人、是什么人、或者攻击这些英格兰人有什么困难。"她一只手落在神剑的剑柄上，又抬起另一只手放在她心口上。随着她信誓旦旦的发言，她的脸开始闪耀光芒，其他将军们的表情也放松了一些。

"我们来折中一下吧，"阿朗松说，"我们就从清理郊区开始。我们会给他们一个向我们投降的选择。等进驻郊区以后，接下来我们就可以攻城了。"

26

雾气化成了雅尔若的城墙，城墙的样子看起来和前一天截然不同。法军几个小时的炮击对城墙造成了严重的破坏，还有一整座塔楼已经完全垮掉了。

他们终于开始发动进攻。有一位身材特别高大的英军士兵把墙头变成了进攻者的地狱，他运用的武器种类繁多，简直就是一个名副其实的军械库，他反复地踢倒云梯——还有梯子上的法军士兵——又或是往法军头上投下沉重的铁球。等到一门来自奥尔良的蛇炮准确地将他击倒之后，法军才终于得以发动强攻，占据了优势。

加布里埃尔语无伦次地叫喊着冲向离他最近的士兵，他把剑举在身前格挡他人的攻击，用自身的冲力把敌人撞得失去平衡，摔倒在地。那名士兵用他自己的剑挡住了加布里埃尔的剑，尽管如此，他还是被加布里埃尔撞得猛往后退，身子撞倒在地上。在这一刻他抬起了左臂，暴露出躯干和胳膊之间没有盔甲保护的接缝。加布里埃尔伸手摸向他腰间的匕首，他拔出匕首，刺了下去。

他用力拔出匕首，鲜血喷涌而出。他喘着粗气站了起来，开始寻找贞德。一如既往，她就在战场中间。她绝不会让战士们去面对危险，自己却置身事外。看到贞德，他心里就轻松了许多，他看着她在人群中纵马奔驰，军旗随风起伏。她拔出了神剑，加布里埃尔突然觉得呼吸变得顺畅了许多，他感觉自己的手臂也更加强壮了。只要我们还有她和那把剑，我们就绝不会被打败。

她突然停了下来，勒马扬蹄，完全停下了脚步。贞德环顾四周，直到她找到了加布里埃尔。"加布里埃尔！"她喊道，"离开那里！赶快，不然那台机器会打死你的！"她指着上方，有个士兵正在墙头上发射一管小型火炮。那个人正在用他的武器瞄准其他地方，加布里埃尔转过身来，以最快的速度朝远离城墙的方向跑去，跑到贞德身边。贞德骑着那匹不耐烦的战马，她伸手向下摸了他一下，仿佛是要确认他依然完整无缺，然后宽慰地笑了笑。接着她就离开了，纵马慢跑，朝着另一段城墙跑去。加布里埃尔追在她后面，就在这时，他听到了一声巨响。

战场上极度可怕的战斗声比比皆是，但这一声巨响让他回头看了看他之前站着的地方。

另一名法军士兵没有听见贞德的警告，现在已经躺在了壕沟里。原本是他脑袋的位置现在只有一摊殷红的软泥。

加布里埃尔跌跌撞撞地后退了几步，他打着哆嗦，在胸前画了个十字，然后离开去追赶贞德。

她现在已经抵达城墙，并且爬上了一架靠墙的云梯，到了一半的位置。就在他看着的时候，他看到她停了下来。她把右手伸向左髋部，伸手去拿她的剑。贞德转过身来，朝着正在进攻的法国人大声讲话，却还没有拔出她的剑。加布里埃尔离得太远了,无法在一片嘈杂声听清她在说什么。有些动静吸引了他的注意,接着加布里埃尔愣住了。

墙头上的一个英格兰人双手抓住了一块大石头。加布里埃尔看着他,他没法儿把眼睛从这一幕上挪开,那个士兵举起石头——

——往毫无戒备的贞德头上扔了下去。

"让娜!"

加布里埃尔还是无法动弹,他没法阻止这一切,她说的那句话在他脑海中轰鸣而过:我只有一年多一点的时间——

神剑脱鞘而出,爆发出强烈的光芒。恰恰就在这一瞬间,石头卡在了贞德的头盔上。加布里埃尔眯着眼瞥向那神秘的光芒,他勉强能分辨出头盔的形象,她的头盔按照一条极其精确、完美的直线裂成了两半:两半头盔都滚落在地上,贞德从云梯上翻倒,神剑从她手中跌落,和头盔、石头还有贞德一起摔了下去。

将士们接住跌落的贞德,带着她离开了战斗现场。加布里埃尔一路挤到她身边,大喊着她的名字。"哦,感谢上帝。"他声音有些哽咽地说,低头看着她,看见她睁开了眼睛。她眨了眨眼睛,显得有些茫然,然后笑了。

"我没事。"她告诉他,他们扶着她站了起来,发出狂热的欢呼。没错,她似乎每时每刻都在恢复健康。"我的剑!"她喊道,一个士兵把神剑递给了她。神剑在士兵手中黯淡无光,但贞德刚把手指绕上剑柄,它就闪耀着光芒活了过来。她高举神剑,环顾着四周将士们的脸庞,只要她下令,他们愿意追随她慷慨赴死。

"我的朋友们!"她喊道,转身面对着城市的石墙,"起来!起来!我们的主已经给英格兰人判了罪!就在此时,我们会战胜他们!"

士兵们要听的就是这个。他们密密麻麻地爬上云梯,英军根本无力抵抗。就在迷雾笼罩下来的时候,西蒙听见有个声音用英语大喊道:"不!我们投降,你听见了吗?我们投降!"

但萨福克伯爵的叫喊声太小了,也太迟了,这喊声完全湮没在法军将士质朴激昂的欢呼声中,他们相信自己正在履行上帝的意志,因此他们绝不会失败。

维多利亚似乎也听见了。"阿朗松接受他的投降了吗?"

"他根本没听见,"西蒙说,他的心情突然沉重起来。"求饶声湮没在混乱中了。有些英格兰人试图逃跑,可他们又能跑到哪儿去呢?其他人都被俘了,但有很多人当场就被杀死。更糟的是,后来大多数俘虏都被处决了。"

"贞德不可能下令做这种事!"

"她似乎根本就不知道这件事。没有资料说她知道。"

"我很高兴她不知道。这会让她崩溃的。"

是有可能,而他自己已经崩溃了,他没忍住,直接脱口而出道:"贞德曾经说过,她无所畏惧——除了背叛。"

他们沉默了好一阵子,然后维多利亚说:"我和她这个年纪,也许比她年轻一两岁的孩子一起工作过。知道等待她的是什么样的命运真是让人难过。我只能想象这对你来说有多么难受。"

不,西蒙想道,我不相信你能想象得出来。

"真是奇怪,"维多利亚说,"阿尼姆斯似乎无法确定接下来该向我们展示什么。"

"我猜伊甸神剑可能在接下来的三场战斗中并没有发挥出太大的作用,"西蒙答道,"比如说,卢瓦尔河畔默恩之战一天就结束了。贞德的部队当时大约有七千人。他们完全绕过了城堡和城市,重点突击桥梁防御工事。他们攻克目标以后,只留下一支驻军镇守,让英军无法使用桥梁,然后就直接去了博让西。"

"卢瓦尔河战役的第四场战斗。"维多利亚说。

"没错。基本上,法军一直都在炮轰城镇的防御工事,直到他们投降。不过,在此期间,法斯托尔夫也抵达了城外,而贞德也迎来了意料之外的增援。这就引出了帕提之战——这一战完全是阿金库尔战役的镜像翻版,也是圣女贞德最大的成就。她进军追击法斯托尔夫和塔尔博特,同时英军在向帕提撤退。她向阿朗松保证——哦,阿朗松说贞德讲的那段话是什么来着——'就算他们挂在云上,我们也会抓住他们。今天国王将迎来前所未有的伟大胜利。我的顾问告诉我,我们会战胜他们。'"

"我猜他们赢了。"

"英方第一手资料的保守报告称有两千人被杀,而其他许多人被俘——包括塔尔博特,贞德对此一定非常满意。"

"法军的伤亡呢?"

"三。"

"三……三千?三百?"

"不。三个士兵。昂、德、特鲁瓦。整场战斗持续了不到一个小时,不过这一战的大部分过程贞德很可能根本就没有亲眼见到。英军才刚刚开始设伏,他们的位置就暴露了,英军长弓手被一只牡鹿吓了一跳,显然他们叫嚷的声音相当大。"

"你在开玩笑吧。"

"这一点都不是玩笑。有时候重大战斗的结果是由最微小的细节决定的。在这一战中,一只牡鹿——顺便,这是基督公认的象征——被英军意外惊动,法军由此找到了英军的确切位置,接下来的事情大家都知道了。"

"一个代表基督的知名象征跳出来警告法国人。太离奇了。"

"只要她还拿着那把剑,她就是不可阻挡的。"西蒙说,"另外……我想我知道她是在哪儿把剑给弄丢的了。"

"你知道?"

"我有个相当不错的想法。如果我们遵照'她只要拥有这把剑,就不会被击败'这个理论,那么合乎逻辑的结果就是,她是在第一次真正失败的那一战遗失了伊甸神剑。但是……但是我现在还不想转到那段记忆去。我想看看她在加冕礼上的记忆。"

我想看到她快乐,看到她为自己骄傲的样子,西蒙心想。她得到了应有的荣耀和尊重,至少有过这么短短的一段时间。在一切都变得糟糕之前。

"我也想看看这个。"维多利亚说。迷雾开始散去,显露出兰斯主教座堂高高的天花板和美丽的线条,冷白色的天花板和彩花玻璃窗投下的明亮彩斑组成了一幅优美的杰作。

加布里埃尔立正站好。他身披铠甲,但并不是和自己的战友们站在一起。今天他站在他的家人们身边。为了这一刻,迪朗·拉克萨尔从栋雷米镇一路跋涉来到兰斯,加布里埃尔把部队向兰斯进军的消息捎回去之后,几乎贞德所有的家人都来了。他父亲雅克和他的妻子伊莎贝尔站在一起,他以前一直很害怕他的小让内特会'被士兵们拐跑'。他们初看上去似乎并不像是一对寻常的夫妻——伊莎贝尔的举止热情友好,这同她丈夫高大、威严的仪表还有蓬松乌亮的头发形成了鲜明的对比。但是加布里埃尔早就认识他们了,他知道雅克这个人精明又豁达,而伊莎贝尔在这两方面与他不相上下。她的兄弟们也站在这里,只有卡特琳没有来,她身子太虚弱了,经不起长途跋涉。

主教座堂的大门轰然打开,四位身披铠甲的骑士骑在马背上进入教堂，他们的衣甲锵然作响，人群欢声雷动。他们是克洛维斯圣油的守护者，从496年起，所有的法国国王都是涂抹这瓶圣油膏加冕的。传说中，圣油瓶是被上帝的四位天使送到这座教堂的。加布里埃尔听说其他所有传统的王权仪仗都被城里的英格兰占领军盗走了，昨晚有许多占领军连夜逃离了兰斯。其中甚至还有一个神职人员，巴黎大学的前任校长皮埃尔·科雄。王权仪仗可能是没了，但敌人没法把主教座堂也带走，似乎也没带走克洛维斯圣油。

当吉勒·德·雷注意到他的时候，加布里埃尔强忍着心里的笑意。这位年轻、稍有些放荡的贵族被任命为其中一位圣油守护者。一想到他要担当替代天使的角色，加布里埃尔就想笑。

随后，当王太子进入教堂时，欢呼声达到了高潮。

陪在王太子身边，站在最荣耀位置上的人，正是圣女、奥尔良的少女。

"让娜。"加布里埃尔轻声低语，他心中充满了喜悦和骄傲。她手握军旗，身体挺得又高又直，脸上强忍着笑意。她的脸，哦，狂喜和神圣目标实现的满足感让她的脸蛋光彩照人——她脸上闪耀的光芒比透过窗户照进来的阳光更明亮，比烛光更明亮，比加布里埃尔所能想象的一切都更加明亮，而他就是无法移开他的目光。他永远都无法把目光从她身上挪开，他意识到：就算他活到一百岁，他也会一直牢记她在此刻绽放的光彩，她那蓝宝石般的双眼中闪耀着炽烈而原始的平静，这一刻将永远印刻在他的脑海里，嵌在他的心里。

27

阿娜雅必须得承认,帮助本熟悉部里的工作她还挺开心的。他实际上并不比她小太多,她再次提醒自己,美国人只是看起来比她年轻而已。一旦抛开他的过度热情不谈,她便发现本聪明得令人咋舌,而且办事速度非常非常快。几乎有点太快了。她打发他去做了一些编码工作,阿娜雅觉得这至少会占用他几个小时的时间,她可以趁这个时间完成自己的一些工作。结果等到她拿着一杯拿铁回来的时候他已经做完了。

"你一定要多加小心,他们会嫉妒得发疯的。"她警告他。

"什么?你不会是说他比你还强吧,是吗,娜伊?"安德鲁说。他把手放在胸前,一脸惊恐的样子。

"胡说,"她答道,"那样的话年底去蒙特利尔的就是他而不是我了。"

本并没有像小狗一样局促不安地扭来扭去,但他的耳朵尖却变红了。真可爱,她想,她笑着坐在他身边,开始检查他的工作。

她竭尽全力集中精神,可是关于西蒙的念头还是一直往她脑袋里钻。他们一致同意把他们的对话保持在最低限度,但她也要求西蒙向她报告他了解到的任何情报。当然,她也会这么做。

如果以冷静超然的态度来看的话,西蒙也是个才华横溢的人。她知道西蒙接受过自卫技巧训练。她也知道他理解骑士团某些黑暗的阴谋。但据她所知,他从来没有用过这些技巧,也没有应付过那些阴谋诡计。阿娜雅曾经面对过这些事情,如果需要的话,她可以再次出手。西蒙应该也可以。但她不知道被迫反抗、杀人或者做出残酷的选择会对他产生什么样的影响,而且她意识到自己并不想知道答案。

阿娜雅把注意力转回到本的代码上。"啊,小神童,"她说,"我终于抓到你的错误了。"

他不敢相信的从椅子上蹦了起来。"哼,"他说,"我敢发誓我肯定没错。"阿娜雅指着错误,扬起了眉毛。他笑了。"我知道,我知道,如果有错误的话一定是在那儿。它本身并没有错。"

"从头再来一遍。"阿娜雅说,这男孩开始呻吟了。

"为什么我们在零食小屋而不是在风暴?"维多利亚问道,"我并不介意。你知道我爱咖啡。"

因为出于某些神秘的原因,普尔并不在那里,而我不想记起这件事。"因为我不是很想讨论贞德的余生。"他说,这话倒也是真的。

"也许我们应该先喝杯啤酒再谈。"维多利亚说,她想来点黑色幽默。

"也许来瓶苏格兰威士忌更好,"他低声说,"好吧。我们开始吧。"他们坐在一张沙发上,他把平板放在咖啡桌上,这样他们俩都能看见。

"简而言之。查理加冕以后,很快就想采用外交手段来解决问题,不想打仗了。"

"嗯,老实说,这样想其实也不坏。"

"没错,是不坏……除非你的军队里有位佩戴伊甸神剑的圣女贞德,而正在和你谈判的人根本就不打算履行协议。"他龇牙咧嘴道,"我讨厌这样谈论圣殿骑士,可这是事实。当时大多数的英格兰高层要么是圣殿骑士,要么是圣殿骑士团的支持者。勃艮第的菲利普肯定是一位圣殿骑士。你无疑也猜到了,查理是个意志非常薄弱的人,圣殿骑士自然会利用这一点为他们——我们服务。他们一度组成了一个相当邪恶的三人团:勃艮第公爵、查理的内侍乔治·德·拉·特雷穆瓦耶以及英格兰摄政贝德福德公爵约翰。这三个人通力合作,表面上是为了和平,但最后获益的总是英格兰人或勃艮第人。"

查理的加冕礼之后不久,西蒙继续讲解,勃艮第公爵开始和他接触。菲利普提出一个为期两周的停战协议,在此期间查理不会进攻巴黎。两周之后菲利普将城市献给查理。

"当然,菲利普从未打算要放弃巴黎,相反,他利用这段时间巩固城防抵御进攻。"

"我猜贞德恨菲利普。"维多利亚抿了一口她的拿铁。

"实际上,这里有一封她写给菲利普的信,是她在查理的加冕礼那天写的。"西蒙在他的平板上找出那封信,念道:"'高尚尊贵的亲王勃艮第公爵,天国之王让少女呼吁你同法兰西国王建立持久和稳定的和平。你们两个必须彼此谅解,真心诚意……自从我写信给你,告知你应该出席国王的受膏仪式已经过去了三周,我至今没有听到任何回应。'"

"这……真是让人难过。"

这一切带给西蒙的感觉让他很不舒服,他强迫自己不置可否地耸了一下肩膀。"查理得到了他的加冕礼,现在他想扮演外交官。圣殿骑士非常乐意效劳。"

"可是……约朗德是一位刺客导师——也是查理的岳母。"

"我相信她在尽全力维持对查理的控制,但我并不想反对这些圣殿骑士的做法。从此以后,查理不是拖后腿就是主动反对贞德。他再也没有全力支持过贞德,或者给她提供合适的给养。她把神剑弄丢以后,她就完了。"

维多利亚没有作声。"刺客/圣殿骑士冲突的双方我都见识过,"她最后说,"我在鹰巢同孩子们从阿尼姆斯里见识过,在外面也一样。到最后,我总是会选择让秩序压倒混乱。但有时候,似乎我们圣殿骑士采用的方法过于残忍了。"

"可这是圣殿骑士团唯一行之有效的办法。"西蒙说,正如他内心里对瑞金和维多利亚秘密谋划的事情大发雷霆一样。到最后,秩序取得了胜利。无论要付出何种代价。

"贞德被看作是一个威胁,"他继续说,"在她身上发生的事,是当时的圣殿骑士根据他们那个时代、根据他们所知道的情况做出的决定。我毫不怀疑,他们相信自己别无选择。"

"他们别无选择,只能把一个十九岁的姑娘烧死在火刑柱上?"维多利亚的话听起来一点也不像是决心要毁灭他的邪恶圣殿骑士阴谋家,可是话说回来,这也许是一个测试。

"当然,审判是一场骗局。但圣殿骑士以前也做过这样的事情,只要有足够的必要。成王败寇。秩序不可或缺。没有秩序,人类永远都不可能攀登到它的最高境界。和所有值得实现的目标一样,秩序是要付出代价的。有时候这种代价会很苦涩。"有时候代价是一个有着宝蓝色眼睛、善良纯洁、身上会发光的女孩的生命——这个女孩太勇敢，太无私，她为了正义的事业而战，却是以错误的方式，为了一个错误的人。

真他妈的该死。

"来吧，"他说，他的声音冷如冰霜，带着他无法展示的痛苦，"我们来看看天使是怎么陨落的。"

1429年8月21日，星期六
贡比涅

"我还以为他加冕以后我们能经常见到他，而不是更难见到他。"阿朗松抱怨道。

"我们每多等一天，攻占巴黎都会变得更加困难，"贞德同意道，"士兵们赢得了一场又一场胜利。国王的犹豫只会让他心中产生困扰，他们心里应该充满了圣灵和对法兰西的爱才对。"

她、阿朗松、加布里埃尔和弗勒尔在贡比涅的王室宅邸，出席法兰西国王查理七世陛下的盛宴。他们已经在这里待了好几天，而国王却在和他的顾问们开闭门会议。有时候贞德和阿朗松会被邀请去参加这些会议，但他们并不是总会接到邀请，像今天就没有。加布里埃尔有种强烈的感觉，特雷穆瓦耶想要确保少女不会知晓某些事情，他总是在说贞德的坏话。

所有人都说巴黎的市民只要一想到进攻就吓得浑身发抖，但查理并没有把他急切的军队派往巴黎，他一直在四处闲逛，从一座城市旅行到另一座城市，享受着盛情款待，接受效忠。

"他想要和平，让娜，"弗勒尔轻声说，"他已经厌倦了流血。"

"我也厌倦了流血!"贞德答道,"难道我没有为死去的士兵们哭泣吗,不仅是法国人,还有英格兰人?至于和平,难道我没有两次给勃艮第公爵去信敦促他缔结和平吗?法兰西需要重新变得完整,但她必须承认她的合法君主!"她厌恶地摇了摇头。"国王当时就应该告诉我他和勃艮第停战的消息。十四天的和平——更像是给公爵十四天加固巴黎的城墙!"

阿朗松和加布里埃尔交换了一下眼神。凭借她与生俱来的血脉和一直佩戴在身边的伊甸神剑,贞德在战场上是不可战胜的。当贞德被排除在谈判之外,被禁止统领备受鼓舞的士卒投入战斗对抗敌人的时候,她纯粹的意志力和热情对于法兰西——或者刺客——来说完全没有用处。

"好吧,"阿朗松说,他对着贞德说话,却看着加布里埃尔,"我已经厌倦了坐在这儿吃吃喝喝。我们换掉这些正式的衣服,穿上盔甲练一练吧。"

贞德立刻露出喜色。"好的!"她同意了,"也许我们可以教教弗勒尔怎么用剑!"弗勒尔大笑起来。和这个金发女孩相处的越久,加布里埃尔就越尊重她的宁静泰然,这与贞德那种对一切都充满激情的性格截然不同。她很适合贞德,但她永远也不可能挥舞着长剑与少女并肩作战。

加布里埃尔曾经和她谈过一次,当时她觉得自己毫无用处,深感绝望。"我的一切都归功于贞德,"弗勒尔当时说,"还有你,你和她是我的捍卫者。没有你们俩……"她扭过头去。"我甚至都不愿意去想,我——"

"那就不要去想,"加布里埃尔说,"你是我们一起的。你永远都不需要回到过去的生活,你也不需要做什么来证明你的'价值'。你只要……啊。只要做好弗勒尔就好了。只要……只要爱上帝，爱贞德，这就够了。她看到你，她就会明白，每一天她都让某些人的生活过得更好。我知道这对她来说非常重要。特别是现在，"他补充道，"不是所有人都记得要为她做的事情感谢她。"

"我想也许上帝可以教会弗勒尔使剑，但我只是一个凡人。"阿朗松大笑道。他看着加布里埃尔，却是在和贞德说话。"我有件有趣的事情想教你，让娜。加布里埃尔已经知道了，我也学会了。你以后也许用得上。我毫不怀疑你肯定能学得很好——它需要，我们这么说吧，一点信仰来跨出这一步。"

加布里埃尔露齿一笑。

"我的好公爵，等我今天——明天或者后天跟你训练的时候，让你的人，还有其他的人都披挂起来吧。我的军旗啊，我真想靠近一些去看看巴黎！"

1429年9月8日，星期四

自从离开沃库勒尔之后，加布里埃尔见识过很多地方。在他人生的大部分时间里，沃库勒尔都是堡垒城市的典范。他见到了奥尔良，还帮助攻占了雅尔若。

但巴黎让它们全都相形见绌。

巴黎的城墙极为庞大，这肯定是法兰西最大的城墙，也许是整个西欧最大的。它们的高度飙升到二十五尺，每隔四百尺左右立起的一座座塔楼甚至更高。巴黎城有六座城门，法军选择集中攻击圣但尼门以及——特别是——雄伟的圣奥诺雷门，这座城门的尺寸是六十尺乘二十五尺。城门上有炮眼、杀人孔和箭缝，士兵们可以借此来攻击入侵者，还有铁闸门和吊桥可以阻挡敌军。最后，在这些城门前方也搭建了一些防御土堡。

现在，经历了这么多次胜利之后，加布里埃尔也开始熟悉这个过程了。贞德骑在马上，带着她的军旗奔向圣奥诺雷门，提议要接受巴黎的投降。她遭到了拒绝和嘲笑。加布里埃尔注意到她的剑还插在鞘里，她的注意力主要集中在她深爱的白色军旗上。

他和刺客们知道这把剑有多么强大，但贞德似乎并不完全明白它能用来做什么。不过，剑在她手里，加布里埃尔对这把剑有信心——也对贞德有信心。

法军从雅尔若之战汲取了经验。他们开始集中火力炮轰被选中的两座城门和这两座城门之间的城墙。巴黎人欣然开炮还击。炮声连绵不绝，震耳欲聋。木板车和四轮马车，成捆的枯枝树棍，法军把找到的一切都扔进了环绕城市的壕沟里。

阿朗松公爵并没有和他们在一起并肩作战。没有人真的指望能在一天内攻占巴黎，阿朗松和他的部分手下正在建造一条横跨塞纳河的桥，为明天的攻击做准备。加布里埃尔理解这么做的必要性，他也很高兴德·雷和德·戈库尔能出现在巴黎的城墙下，但他有些怀疑，如果他们有更多的部队，今天是否能够扭转战局。

加布里埃尔附近的地面爆炸了，嗒嗒嗒溅了他一身的泥点和血污。一小群刚从巴黎卫戍军分出的士兵带着满腔怒火和激情，向着他和一小簇贞德的部下蜂拥扑来。加布里埃尔差点儿没来得及拔出他的剑格挡。攻击他的人是一个比他年长一些、身形更加壮硕的骑士。钢铁的碰撞震得他骨头生疼，但他反而放松了下来，他像德·梅兹和阿朗松教过他那样，让他的身体接管战斗。对方的剑刃毫无建树地从加布里埃尔的长剑上滑了下来，这让骑士大吃一惊，接着加布里埃尔又看似轻松地一转身，转动长剑，把骑士的武器打飞了出去。骑士根本就没有机会举起他的盾牌，加布里埃尔的剑刃已经深深地刺进了他的脖子。

加布里埃尔转过身来，寻找他的下一个敌人。突然间，战场上亮起一阵白光，接着贞德出现在他眼中。她正举起神剑抵挡一个看上去经验老道的勃艮第人。贞德从马背上跳了下来，战马轻快地蹦到一边，她与敌人交手的动作熟练得仿佛生来手里就拿着一件武器。

这只是小菜一碟而已。击打在敌人盾牌上的伊甸神剑闪烁着光芒。厚重的木盾破裂成了细小的碎片。看上去就像是盾牌在对方手中直接爆炸了一般。贞德的剑劈啪作响，把恐惧和无助打入敌人心中，却给加布里埃尔和其他追随少女的人送来了平静和坚持。勃艮第人丢下他的长剑跪在地上，双手捂着头，他惊讶得痛哭流涕，不敢相信自己刚才看到的一切。

巴黎人在她面前瑟瑟发抖，贞德用她光芒四射的神剑指着他。她赢了，可她甚至连敌人的皮都没有刮破。

所以他们说她用神剑做过防御指的是这个意思，西蒙意识到。

伊甸碎片意味着力量。先驱者并不完全是最美好的存在，他们留下的大部分神器可以肯定都是武器。而这一把伊甸神剑，这把曾经属于雅克·德·莫莱、圣女贞德还有谁知道其他多少人的剑，当然也肯定是一件武器。但这把剑有所不同。没错，它确实曾经被用来杀人，它激励法军士卒奋勇作战，同时向英格兰人心中灌输恐惧和失败主义，事实上导致了大量的死亡。它毕竟是一把剑，不是圣餐杯，不是宝球，也不是仁慈的伊甸圣裹布。

可是……可是，它并不鼓励杀戮——它鼓舞着希望，在这种情况下，希望表现为战斗的热情。西蒙看得出来，但加布里埃尔却不行：在某种程度上神剑是在同贞德合作，而不是在为她效力。仿佛她的先驱者DNA和神剑两者的光芒结合在一起要比分开更加强大。她并没有长年练习过使用武器,但她现在对伊甸神剑的运用却不仅仅是出色,而是完美无缺。她不仅缴械并击败了敌人,而且取胜的方式也和自己的本性完全相合。他对神剑了解得越多,它就越让他感到困惑。如果西蒙能搞清楚如何重新激活神剑——

"投降吧,以上帝的名义!"贞德命令道,于是那个士兵投降了,他吓得痛哭流涕。贞德给她的两个部下做了个手势,他们把俘虏送回了法军阵线后方。"带上他的剑。"贞德说。西蒙意识到自己正看着第三把,也是已知最后一把属于圣女贞德的剑:从她亲手俘虏的一个勃艮第人手中缴获的剑。

贞德的军旗在这场短暂的冲突中落到了地上。她捡起军旗,把她并未染血的神剑收回鞘中,然后勇敢地大步前进,向巴黎的城墙走去。

"巴黎的人民!"她大喊道,"看到法国流了这么多的血,上帝和我都很悲痛!投降吧,这样我们就不会再带走更多的生命了!你们不肯投降,许多不需要献出生命的人都会死去!"

"巴黎绝不向婊子投降!"对面传来一声怒吼,瞬息之后,加布里埃尔惊恐地盯着一支突然出现在贞德大腿上的弩箭。

一时间,贞德依然站在那里,有如生根立地一般,手中紧握着她的军旗。但随后她腿上绊了一下。她抬起面甲,脸色变得苍白虚弱,眨了眨眼睛,紧紧地抱住军旗,仿佛要用它来支撑身体似的。而加布里埃尔已经动了,他朝她猛冲过去,用自己的身体护住她,这时城里响起一声兴奋的呐喊,更多的巴黎人开始发射他们致命的箭矢。他带着贞德匆匆离开战场,大喊着求救。德·雷停下了自己的攻势赶到他们身边。他伸手帮助加布里埃尔,双眼也因为恐惧变得阴郁起来。

"好好照顾她,"他对加布里埃尔说,"我会派几个人给你。把她送回小礼拜堂。"

贞德抬起头来,她已经开始瘫倒在他们的怀抱里。"不!继续战斗!这没什么,就像在奥尔良……"但随后她的头也耷拉下来,她的身体似乎变得非常沉重。

"走!"德·雷大喊道,"快走!"

加布里埃尔走了。

德·雷和德·戈库尔几个小时以后回到了小礼拜堂。贞德的管家让·德奥洛立刻照料了她的伤口。弗勒尔和加布里埃尔帮他打下手,面对如此丑陋的伤口,这位过去的营妓表现得颇为冷静,加布里埃尔对此只能是惊奇不已。每次贞德受伤,他都担心的肝肠寸断。

刚刚颤抖着睁开眼睛,贞德就微笑着说:"我的影子和我的花。我的公爵在哪儿?战斗进行得怎么样了?"

弗勒尔和加布里埃尔互相使了个眼色。"让娜,"加布里埃尔说,"我们撤退去过夜了。明天我们再开始进攻。阿朗松的桥——"

"被拆了,"一个愤怒的声音说道,阿朗松本人走进了帐篷,"遵照我们自己国王的命令。我刚刚亲手把它拆掉了。明天不会开战了,让娜。那些坐在宫廷议会里的家伙打败了我们这些在战场上冲锋陷阵的人。我们要撤退了。"

"你这话是什么意思?"贞德喊道,她挣扎着要坐起来。弗勒尔又把她推倒。失血以后让娜依然非常虚弱,另一个女孩可以轻松地推倒她。

"我们不会再继续进攻巴黎了。"阿朗松勉强克制着愤怒,继续说道。他看着她的盔甲,上面依然血迹斑斑,他又看着军旗,军旗沾了泥,靠在盔甲上。他突然变得非常安静。

"让娜,"他说,他的声音异乎寻常的平静,"你的剑在哪儿?"

"我的剑?"她一脸惊恐。"我的剑!我中箭的时候它还在——我不记得……"

阿朗松和加布里埃尔面面相觑。随后,两人如出一辙,没有再多说什么,而是披上盔甲,骑上他们的战马,策马返回巴黎城门。

记忆走廊的雾气笼罩在他们身上。

28

"等等,怎么回事?你为什么把我拉出来?"

"因为没有更多加布里埃尔看到神剑的实例了,西蒙。他们的搜索失败了。我很抱歉。"

"好吧。就这样了。"西蒙说。他觉得自己的声音听起来既残酷又愤怒。"不是轰轰烈烈,而是黯然退场。神剑既没有折断,也没有损坏;没被人夺走,也没有被打败,只是……丢失了。多半是被哪个光荣的猪倌捡走做纪念品了。不然就是直接被圣殿骑士拿走了。"

"西蒙——"

"神剑丢了,而交易已经达成,查理拒绝支持贞德的军事活动。然后她——问题就出在这儿。现在我们知道了。游戏结束了。"

"你是什么意思?"

西蒙用夹杂着悲伤和愤怒的目光盯着那个年轻人的身影。他对加布里埃尔已经非常了解,现在的加布里埃尔看起来大不一样了。曾经,他因为在父亲的农场里露天做工把皮肤晒得黝黑,现在他的皮肤却已经变得苍白起来,因为他有太长时间穿着盔甲,或者待在议会里……又或者,在最近几个月里,他只是在等待着别人告诉他该做什么。他看上去更健壮了,他脸上少了几分坦诚,几分亲切。但西蒙知道,他心里依然狂热地深爱着贞德。他怀疑这永远都不会变。但不知何故,加布里埃尔做到了这件西蒙认为几乎是不可能的事:从贞德身上走出来。至少,他放下贞德的时间足够他生下一个孩子,所以才有这么一天,西蒙·海瑟威能绑在阿尼姆斯里,怀着他自己都不知道的深切同情观察他很久以前的祖先。

"我们就到此为止了,对吧?"他继续说道,"我想走出这玩意儿,请帮我一下。"

过了一会儿,他感觉到有人掀起了他的头盔。维多利亚一边帮他解开带子,一边用混杂着好奇与忧虑的目光注视着他。一从阿尼姆斯中解脱出来,她就走出了操作台。

"西蒙,你能告诉我到底怎么了吗?"维多利亚用专业治疗师的声音冷静地问道。

多么讽刺,西蒙心想。为什么你不告诉我呢,维多利亚?他盯着放在拷花丝绒衬底上的神剑看了一会儿。最后他开口了。

"瑞金想要搞清楚我们能否激活这把剑。我们已经观察过它做了什么,至少是在贞德手中的这段时间。我们看到它做了其他伊甸碎片从来没有做过的事。它几乎是在随着贞德一起成长,或者相反,是它在教导贞德。可是我失败了。我还是不知道要如何修复它。现在剑丢了。我们还有几天时间,可我们已经了解了所有我们能了解到和它有关的事情。"

西蒙转过身来对着她,眯起了眼睛,几乎想啐她一口,"所以——

游戏结束了。全都结束了。完蛋了。"

维多利亚紧紧地抿着嘴唇，把目光移开张望了一会儿，仿佛做出了某种决定。当她把目光转回到他身上的时候，身上有某些东西已经变了。

"瑞金给了我们一周，"她说，"现在是下午五点。第五天。我们还没有结束。就我个人而言，我们可以做任何你想做的事。如果你想退出，我们就退出。如果你想全程体验每一场战斗，希望找到一些关于神剑的新情报，我们也可以照做。如果你想继续见证贞德的历程，看着她失去她的影响力、她的朋友还有她的生命……那我也会陪你一起见证。"

西蒙眨了眨眼睛。这完全出乎他的意料之外，一个监视他的人不应该会这么说的，她把他的情况报告给——

当时他几乎就要说出口了。但随后他意识到，如果说在伦敦有哪个地方绝对拥有各式各样的录音设备的话，那么毫无疑问肯定是在这里，在阿尼姆斯室里。

所以他叹了口气，摘下眼镜揉了揉眼睛，好像已经累了似的。"我很抱歉。不如我们趁着秋高气爽，干脆去散散步醒醒脑怎么样？好吧，至少我是要去的。"

"我们去拿外套。"

十分钟后，他们漫步经过一家陈列着各种香水和美容产品，还有一块标着"给他 & 她的礼物"牌子的布茨①药妆店，这时西蒙停下了脚步。就他所知，他们并没有被人跟踪。

---

① Boots 是英国最大的药妆连锁店，已经有 160 多年的历史。

"好吧,西蒙,"维多利亚说,"怎么回事?"

他低头看着她,直视着她的眼睛,质问道:"你为什么和瑞金勾结起来对付我?"

他心里一沉。维多利亚靠在商店的砖墙上,双手深深插进她的上衣口袋里。

"这种事我并不是很擅长,"她说,"实际上,我很高兴你发现了。但这并不是勾结,不完全是。"

"哦,我明白了,这就对了。该死的,维多利亚,我信任过你!"

"我知道。我很抱歉。请……让我解释。我们能换个地方吗?这个……可能需要一点时间。"

他们找了一家二手书店,两人在一排排装满了旧平装书和休闲画册的书架中漫步。在书店后方,众多食谱和悬疑小说的环绕中,西蒙听着维多利亚向他讲述瑞金的来电,讲述她当时连夜赶赴伦敦的旅途。瑞金说他之所以联系维多利亚,是因为他关心内殿团成员的福祉。他希望有某位已经见识过溶血效应作用的人,能在西蒙受到伤害之前发现这种副作用。

这确实说得通。西蒙一边点头,一边假装在翻阅一本破旧的赫尔克里·波洛小说。

瑞金要求维多利亚,只要有任何西蒙状态不稳的怀疑,就立刻去找他,维多利亚说,她答应了这个要求。

"所以我是你的病人,"西蒙说,"而不是你的同事。更不是你的朋友。"

这些话让她有些躲闪,但她并没有否认。"是的。虽然……我以为我们已经是朋友了。"他没有答话,她继续解释下去。她强调了她对西蒙所用方法的高度评价，还指出他们遇到一个刺客导师的几率。而且她还要求给予更多的时间。

后来她又开始第二次和瑞金接触。"他开始逼我提供更多关于神剑的具体情报。"她说，"他解释过，他想要在他出发去西班牙之前把这件事办好。我……就是从那时候起，我开始对我做的这件事感到别扭。但瑞金是我们的老板。我们是圣殿骑士，有时候这意味着我们不能把知道的事情说出来。"

"这一点我清楚。"他把阿加莎·克里斯蒂的小说放回书架，"我猜，考虑到我是你的病人，你必须把我崩溃的事情告诉他。"

"我说了。"

"你给他发电子邮件了？发短信了？还是唱歌电报？"

"我们共进了晚餐。"她平静地说。

"在贝拉齐博。"

"是的。"

他双手一抱靠在墙上。"你为什么要说谎？有人在那里看到你了，维多利亚。"

她看上去非常紧张。"就像我跟你说的，我并不擅长做这种事，西蒙。我习惯于观察，帮助别人，还有倾听。我可以分辨出谁在说谎，但我自己显然很不擅长骗人。阿娜雅问我那家餐馆的时候，我都愣住了。"

西蒙内心里某种苛刻、愤怒又冷漠的东西在此刻突然释怀了。他感觉自己的胸口松了一口气，感觉到一阵温暖流过他的身体，这种温暖和角落里那台老式散热器毫无关系。

"我相信你。"他轻声说道。她瞪圆了眼睛，微笑让她那张绷紧的脸变得柔和起来。

"谢谢你,西蒙。"

他们对着彼此傻笑了一会儿,然后西蒙伸手拿起一本发霉的《杀人也得打广告》[①]。"现在。我记得他给你回了短信,却没有回复我,尽管我是内殿团的成员,而且给他发过电子邮件。他同意让我们保管这把剑,但却不同意延长截止时间。他有没有说过他为什么允许我们保留这把剑?"

"也许他认为如果你看见贞德对神剑做了什么特别的事情,你可能会尝试再现她的动作。他很希望你不要继续体验贞德丢失神剑之后的记忆。他对你的方法没有兴趣,西蒙。我非常抱歉。无论如何,我都觉得那是一个了不起的想法。这也是为什么我想要继续跟你合作,尽管瑞金先生显然不希望我这样做。"

西蒙盯着她看。"可是……为什么?你已经知道他不想让你这样做了?"

"首先,你是历史研究部的主管,"她说。"没有人——即便是艾伦·瑞金——比你更适合查明在历史上选定的某件事情。如果他担心会出什么问题的话,他应该亲自跟你谈。其次,他让我在研究过程中监控你的精神健康。而我的专业意见是你需要做个了断。你需要说再见——并且要见证加布里埃尔做他的告别,用任何你觉得合适的方式。如果你不这么做,我认为这可能会造成不利的影响。在我看来,你还有时间去做这件事。"

他四处张望了一下,然后压低了声音。"艾伦·瑞金是个非常强大,也非常危险的人。"

"我是向骑士团宣誓,不是向他,"她说,"而且既然他雇我来保护

[①] 多萝西·利·塞耶斯于 1933 年出版的疑案小说。

你的精神健康，那么我就有权力也有责任为你做最好的打算。我不会故意让我负责的人受到任何伤害。我也不在乎为了做到这一点我需要对抗什么人。"

西蒙盯着她，惊讶得目瞪口呆。"我……你是个非常勇敢的女人，维多利亚·毕博。我很荣幸能成为你的朋友。"

阿娜雅在玛莎百货的配饰部里，当她把一次性手机贴在耳朵上的时候，正在看手套。这会儿她已经下班，还没回家。一周前她在地铁上把自己的手套弄丢了，那天和西蒙一起散步让她想起了这件事，她需要尽快买一副新的手套。"西蒙，你这个大傻瓜——"

"我相信她，"西蒙斩钉截铁地说，"她冒了很大的风险，阿娜雅，就像你一样。我们可能需要你的帮助。"

她一时间说不出话来，只是不停地低声念叨各种版本的"笨蛋"，一直到她自己冷静下来。"所以你不只是信任她，你还想让我给我自己惹点麻烦帮你们一把？"

"先听我说完，然后再做决定好吗？"接下来的五分钟她一直在听，随着故事展开，她把手套的事彻底抛到脑后了。等他说完以后，她自己也决定相信维多利亚·毕博。

"所以……你想让我黑进阿尼姆斯室的服务器，搞清楚原本应该发到密码学研究处的文件究竟出了什么问题。然后等我打探情报的时候，我还得想个办法监控你记录的那些新情报，以防万一除我之外还有别人也在入侵阿尼姆斯。而且做这些事不能被人抓到。就这些了吗？"

"我很抱歉，"西蒙说，"你已经做了很多了，我要求你再继续冒险是不对的。如果我或者维多利亚出了什么事，我们会完全否认你对此事有任何了解。我会保证你的安全，阿娜雅。你知道的。"

她没打算让他献殷勤。是她先挑起了这个烂摊子,现在西蒙已经发现了一些看上去可能非常重要的东西——有人入侵了该死的阿尼姆斯——她必须得尽力帮他的忙。

"我明白,西蒙,但是你不需要自己冒险,我还什么都没说呢,"她说,"我会帮你的。我马上直接回阿布斯泰戈。"

她瞥了一眼电话记录,时髦的羊绒手套得等等了。她明天或者后天再来买。

如果她活得够久的话。

29

返回阿尼姆斯室的时候，西蒙和维多利亚闲聊了一会儿，谈论把当时的刺客作为工作重点这一话题。任何一个正在窃听的人，都只会听到一堆似乎非常合理的推断，结论是他们要继续探索加布里埃尔·拉克萨尔的记忆。

西蒙想知道刺客对贞德的兴趣——还有对她的保护——究竟出了什么问题。事情真的就那么简单，是因为她已经不再拥有伊甸神剑，所以她对他们来说已经没用了，还是说因为查理不再用她来推动他们的事业，而是转向毫无用处、似乎只对圣殿骑士有利的外交策略，所以他们不再关心他昔日的工具了？

西蒙对很多事情都感到愤怒，而且他想要找到答案。我无所畏惧，除了背叛。

1429年9月21日，星期一
日安

　　石木搭建的房间，椅子高大又华丽，国王和他的议会刚刚进餐用的盘子都是银制的。秋日的阳光透过窗户斜洒进来，没人乐意待在窗前。

　　贞德还在恢复弩箭造成的伤口。她的宝剑丢失和国王取消进攻的消息都严重伤害了她的精神。最近这几天她很少说话，说出来的话也都很尖锐刺人。

　　阿朗松也很痛苦和愤怒。他本是一个性情非常随和、无忧无虑的人，看着他焦虑不安、怒火中烧的样子让加布里埃尔觉得极其陌生。他知道，他本人是来这里"搞定"贞德的，因为这顿丰盛的大餐结束之后要发生的事情有可能会让她更加生气。宴会上的第五个人是乔治·德·拉·特雷穆瓦耶，他一个人吃的东西可能跟加布里埃尔、贞德和阿朗松三个人加起来一样多。

　　查理坐在长桌的首席，从他对贞德过分热情的关怀来看，加布里埃尔敢说接下来会发生一些非常糟糕的事情。等到盘子被沉默又麻利的仆人们收拾干净之后，房间的大门关上了，他们独自留在这里，然后国王开口了。

　　"让娜，"查理说，"我们知道取消进攻巴黎让你很失望。恐怕现在我们又要让你失望了。请你明白我们做的一切都是为了法兰西。"

　　他看起来甚至像是真的相信这些话，加布里埃尔心想。这些天他们很难把查理跟任何一种仁慈联想到一起。

　　"过去这几个月里我们的军队表现得非常英勇。它解放了奥尔良，清理了卢瓦尔河，也见证了我们进入兰斯让我受膏加冕为王。对此我们非常感激。"

"但是——"贞德啐道。她的蓝眼睛神色硬得跟石头一样。

"但是,"国王巧妙地接口道,"我们现在要追求和平的道路,我们不再需要成千上万的常备军了。"他看着阿朗松,"我们也不需要再麻烦公爵来统领军队了。"

"什么?"阿朗松喊道。

"军队被解散了,你可以回家,回你的领地和妻子身边了,大人。"特雷穆瓦耶说,他伸手拿起一个苹果,"不过别担心,少女,我们会留些仗给你打的。"

加布里埃尔难以置信的盯着国王,查理正在安详地微笑,就好像他刚刚并没有给贞德、加布里埃尔和阿朗松开膛破肚,让他们流血而死一样。至于特雷穆瓦耶,他那双残酷的小眼睛闪闪发光,像是见到了什么他觉得很幽默的事情。

"不,"贞德轻声说,"你不会这么做的。上帝——"

"——在巴黎周边的冲突中没怎么显灵,在进攻巴黎这座伟大城市的时候也没有。"特雷穆瓦耶漫不经心地说,同时咬了一口水果。

"让娜,请你理解,"国王说,"我们知道你为双方军队的死难者哭泣。你肯定也想要和平。"

"我们只有在长矛尖上才能找到和平。"贞德说,在那一瞬间,她脸上闪烁着过去那种坚定的信念。加布里埃尔的心脏猛地缩了一下,他都没有意识到,最近几个月他已经很少看到贞德身上出现这种独特的美了。

"如果你想要的是拿长矛作战的话,让娜,就像我说的,我有一场仗给你打。"特雷穆瓦耶说,"有个坏家伙,他是勃艮第公爵雇的佣兵队长。名叫佩里内·格雷萨尔。你去围困他的据点,帮国王将他绳之以法。我的异姓兄弟达尔布雷会统领部队,而且——"

就在这时,阿朗松做了一件加布里埃尔完全意料不到的事。他开始放声大笑,一直笑得喘不过气来,同时笑声中还带着几分辛酸苦涩。

"告诉我,特雷穆瓦耶,"他喘过气来以后说道,"你说的这个人,跟曾经俘虏过你的那个佩里内·格雷萨尔是同一个人吗?就是那个开赎金差点儿把你的金库耗干的人?是那个佩里内·格雷萨尔吗?"

特雷穆瓦耶的眉毛拧在了一起,他的脸变得像他吃了一半的苹果一样红。一时间,加布里埃尔不知道这个人会不会突然癫痫发作崩溃掉。他希望他会。

"这件事无关紧要,"国王圆滑地插话道,"重要的是——"

"是让娜现在对你来说没有用了,"阿朗松啐道,他站了起来,"你害怕我们两人凑在一起可能会想对你不利,所以你需要把我们分开。"

公爵和国王互相盯着对方,加布里埃尔不知道自己是不是在见证一场叛国大戏。但国王只是说:"我们也很遗憾,让你们两个分开真是太让人难过了,但我们知道,等你气消了以后会理解的。在此同时,我们想和让娜单独谈谈。"

阿朗松依旧站在那里,一直等到国王的微笑也开始动摇起来。随后他夸张地鞠了一躬,离开了房间。加布里埃尔跟在他身后。等到他们身后的大门关闭以后,公爵开始变着花样咒骂起来,加布里埃尔只好笑了笑。

"让娜现在肯定对你很生气。"他说。

阿朗松看着他,加布里埃尔觉得他从没见过这么绝望的人。"国王抛弃了一切。所有的一切。勃艮第和英格兰人——"他看了看走廊,确认这里只有他们两个人,然后压低了声音说道:"圣殿骑士把他玩弄于鼓掌之间。"

"你觉得是圣殿骑士在幕后操纵这一切?"一个可怕的念头攫住了加布里埃尔,"你觉得他们找到神剑了吗?"

"刺客肯定没找到,又或者我们找到了,但我并不知道。这些天有很多事他们都没有告诉我。"他补充道。加布里埃尔也有同感。阿朗松已经尽力教导加布里埃尔和兄弟会有关的事情,但他并不像德·梅兹那么有经验。

"刺客告诉我他们会保护她,"加布里埃尔继续说道,"你是我唯一认识的刺客,现在你也要走了。导师放弃她了吗?"

"很不幸,现在查理是合法的国王,约朗德的政治权力削弱了。特雷穆瓦耶一直是她身边的一根刺。短时间内,国王会回避支持让娜,但现在……现在一切都变得更加艰难了,即使导师同时也是一位王后。"

"也许刺客是时候做些名副其实的事了,"加布里埃尔低吼道,"圣殿骑士并不害怕行动,可我没有听说过任何刺杀活动。"

阿朗松看起来似乎是觉得自己应该对加布里埃尔生气,但不知怎的这脾气就是提不上来。"我简直不忍心去想,让娜要在一个又一个城堡里忍受煎熬,又或是浪费她的能力去对付强盗。"他说,他狠狠地咬着最后那个词,"再过一会儿,我去看看能不能说服我们的国王。特雷穆瓦耶把他当成白痴耍,唯一看不清这一点的就是查理本人。"

然后,阿朗松羡慕地瞥了一眼加布里埃尔。"至少他没把你赶走。"

"是没有。可我现在没有老师了。"

"需要你的时候,刺客会来找你的。"加布里埃尔的话显然让阿朗松觉得有些不自在。加布里埃尔想要提的问题并没有说出口:可假如让娜或者我需要他们呢?"帮我照顾好她,"阿朗松继续说道,"也是为了迪努瓦、德·雷,还有那头老熊拉海尔。告诉她我们都爱她,而且我们永远都相信她。"

"你不去亲自道个别？"

"我依然希望这不会是再见。查理向来反复无常。给点时间，我想他会回心转意的，你跟让娜和我以后还能聚在一起打英格兰人。"阿朗松勉强模仿着他过去的那种笑容，"帮我们所有人说再见，但这只是暂时的。"

"你知道我会的。"

西蒙感到一阵悲伤。让娜和她"高贵的公爵"再也不会相见了。到了晚年，阿朗松……查理真是个蠢货。

"还有……告诉弗勒尔，如果她有想过离开让娜身边的话，在我家里永远有她一席之地。"阿朗松犹豫了一下，"人们一直对她很好，那是因为他们尊重让娜。一旦少女不再受欢迎，弗勒尔也会遭殃的。"

"她绝对不会离开让娜的，她比我还坚定。"

"我是极不情愿这样离开的，只是因为拒绝就意味着叛国。"

"我知道。让娜也知道。现在，在我们俩都开始哭之前，赶快离开这里吧。"

他笑着说，可这已经太迟了。直到现在加布里埃尔才意识到，他这个出身卑微的私生子和高贵的公爵是多么好的朋友。他们粗暴的拥抱了一下，这两位战士分别奔向不同的战场。随后阿朗松就离开了。

雾气聚拢在加布里埃尔身边的时候，西蒙听见了维多利亚的声音。"这就像是在看着火车失事。"她说。

"查理在自我毁灭这方面比菲利普努力得多。"

"贞德真的在特雷穆瓦耶的异姓兄弟麾下效力过，对付那个绑架过他的人吗？"

"她服从了命令，"西蒙说，"一个月后围攻失败，因为查理无视了她请求食物和补给品的信，补给品中还包括火药。那年冬天的大部分时间，她都和达尔布雷一家待在一起。哦，这些其实都还好了，因为查理给了贞德一份圣诞礼物，他把贞德的家族封为贵族。他甚至还明确表示，这个头衔可以顺着他们家的女性后裔传下去。一份安慰奖。"

"我简直无话可说。"

"与此同时，"西蒙继续说道，这时候他越来越愤怒，"菲利普在这个时候建立了金羊毛骑士团。那些已经向查理效忠的城市，包括贡比涅，被他归还给了菲利普，这完全违背了他们的意愿。这是对信仰的可怕背叛，你可以想象贞德有多么愤怒。大部分城市都无法接受——菲利普来接收的时候，他们都做了反抗。"

"查理和菲利普最终还是讲和了，对吗？"

"最终是的。但那时候贞德已经不在了。"

雾气似乎还没有结束。西蒙鼓起勇气，等待着阿尼姆斯接下来要向他展示的记忆。

1430 年 4 月 23 日，星期日
默伦
复活节

贞德在复活节弥撒上哭了。

弥撒结束的时候，弗勒尔和加布里埃尔试着劝她和他们一起走，她挥手让他们离开。他们走出古城的教堂，既沉默又忧伤。

"看到她这样我很伤心。"加布里埃尔痛苦地说。自从阿朗松公爵被遣散以后，加布里埃尔和弗勒尔便开始寻求彼此的帮助，互相缓解他们对贞德境况的困扰和担心。除了尽可能留在她身边，弗勒尔从没

向贞德要求过什么,她也是唯一能理解加布里埃尔的痛苦有多深的人。他们的关系亲近了许多,也许他们会成为恋人,只是他们心里满满地全都是贞德,再也容不下其他的念头了。

一年前,让娜即将成为奥尔良的少女。至少在那时,她来的时候他们还能以礼相迎。但自从她丢失了伊甸神剑,她的国王接受了外交而非战争路线之后,贞德的地位似乎就开始下降了。对加布里埃尔来说她依旧美丽如初,她怎么可能不美丽呢?可是无所作为的压力和毫无意义的冲突已经开始产生影响了。

加布里埃尔比以往任何时候都更想念德·梅兹和阿朗松。他不知道如果在贞德的生活中出现一位刺客,会不会有助于让她保持战斗精神。直到三月,当贞德得知像贡比涅这样的城市还在继续抵抗时,弗勒尔和加布里埃尔所认识的贞德才回来了。到目前为止,贞德的"部队"只是少数非常忠心的人手而已,仅仅只有两百人,同国王加冕礼之后她统领的万人大军差距极大。她把他们聚集起来,然后就直接离开了。她没有告诉查理她要去哪里,也没告诉他她有什么计划,不过所有认识贞德的人都知道她打算做什么。

他们在默伦受到了欢迎,在那段时间,贞德似乎又看到了希望。对这两个最爱她的人来说,看到她在做弥撒时伤心的样子就像是被一把尖刀插进了心脏。他们走出教堂,走在古城的街道上,现在他们站在这里,手牵着手,寻求着彼此的安慰。

"她有没有告诉——"加布里埃尔开口道。

"贞德有没有说——"弗勒尔说。

他们朝彼此悲伤地笑了笑,然后又严肃起来。"你觉得这会在哪里结束呢,加布里埃尔?"

"我不知道,"他坦诚地说,"皮埃尔想让她跟他回家。"年长的哥哥让已经离开,但从布卢瓦开始,皮埃尔就一直陪在自己妹妹身边。他不像弗勒尔和加布里埃尔那么理解她,但他也爱她,加布里埃尔很高兴他能留下来。

"你……你觉得她的声音是不是不再跟她说话了?"弗勒尔的声音近似耳语,她抬起大大的蓝眼睛看着他。

加布里埃尔保持着沉默。他自己也不敢去问贞德。"对我来说她做了什么,或者她去了哪里都不重要,"他说,"我会一直陪在她身边。"

"我也会的。直到永远。"弗勒尔说,她眼睛里盈满了泪水,"可我只是不想让她再受伤了。国王对她做的事情是错的!"

"国王做了他必须做的事,我也一样。"他们身后传来贞德的声音,"你们也一样,我的影子和我的花。我们都是在履行上帝的意志。"

她的眼睛布满血丝,都哭肿了,但现在她的眼泪已经干了。"我要和你们俩谈谈。"她说,先带着弗勒尔走到旁边。加布里埃尔移开了目光,给她们一些隐私,他自己的心情变得沉重起来。他很快就感觉到手臂上像被羽毛刷了一下。

他转过身来看着她,这时他第一次意识到贞德有多么娇小。她身上有那么多伟大的地方:她的光芒、她的精神、她的温暖、她活泼的面孔。而现在他看见的她只是一个简简单单的女人,既忧伤又平静。

"我的见证者。"她说。他心里感到一阵寒意。他既是她的见证者,也是她的影子,可他不知道为什么她现在会选择这个绰号。"你还记得我第一次告诉你我的声音的时候,你对我说的话吗?"

他血管里的血仿佛要化成水。他说不出话来,但他点了点头。不要让我离开你身边。永远不要。

"我说过我不能保证我们永远不会分离。"她继续说道。

"'你只管让我尽可能陪你走到最远就好。'"他复述着自己当时的话，声音有些沙哑。

"你会成为见证人，需要多久都可以。但那日子就要结束了。我需要你向我承诺……当我叫你走的时候，你会服从命令。无论发生了什么。"

"我没法儿放弃你，让娜！求求你，不要逼我做这种事！"他的嗓音嘶哑了，但他已经无所顾忌了。他紧紧地抓着她的手，透过皮肤感觉到她的骨头。尽管她身体里可以放射出光芒，可说到底，她也是极其脆弱的一个人啊。

"我没有说'放弃我'。我说的是服从。如果我请你放弃，那也不是我想这样做，而是上帝的意旨。发誓吧，加布里埃尔，不然你就不能再跟着我了。"

他不能让她看见他的痛苦。她知道他有多么痛苦，而她自己也苦苦挣扎在某些他不可能理解的重担压迫之下。于是，他点了点头。"我发誓。"他说，在心中默默地补充：以我对你那深深的爱。

雾气滚滚而来，西蒙对此深表感激。他再也无法承受加布里埃尔的痛苦了。

"西蒙，发生……发生了什么？我们知不知道？"

"我们知道，"他沉重地说。"在审判期间，她曾经做证称圣凯瑟琳和圣玛嘉烈告诉过她，她会在圣约翰节——6月24号——之前被俘。她——"西蒙清了清他的喉咙。"她和她的一部分手下，包括皮埃尔和她的管家让·德奥洛，于5月23日在贡比涅被俘。勃艮第士兵引诱她离开城市，她走得太远了，她刚刚试图撤退，他们就切断了她的退路。贡比涅总督被迫关闭了城门，不然就得冒让敌人真正进入城内的风险。"

"而加布里埃尔并没有被俘,因为贞德命令他在伏击前撤退。"维多利亚说。

我只有一年多一点的时间,贞德在 1429 年 4 月 21 日预言过。

她说得没错。

30

第六天

　　西蒙非常清楚贞德死前面临的恐怖,他对那些丑陋的细节了如指掌:嘲笑、诬陷、殴打、恐吓,还有对强奸惶惶不可终日的恐惧。他满脑子都是这些东西,整晚都没有睡好。想到这些念头,甚至现在他都觉得想吐。他走进阿布斯泰戈大楼,朝执勤的保安点头问早安。加布里埃尔是见证者,他可不是。他当然没有必要忍受这一切。但他也不禁有些疑惑,如果康苏斯的精神真的能够迈入未来和贞德这样的人交流,那么也许它也会知道像加布里埃尔这样的人……还有西蒙。

　　技术上说,他们还剩下今明两天时间。走进电梯的时候,他口袋里的一次性手机振动了一下。西蒙稍稍有些紧张,装作漫不经心地避开电梯摄像头看了一下短信。他的脸色一下变得煞白,立刻把这条短信转发到维多利亚的一次性手机上,这是昨晚他们在书店谈过以后,维多利亚刚买的。

他走进办公室检查了一下电子邮件,然后直接拨打了公司分配给维多利亚的电话。

"我决定接受你的邀请。也许我也是时候该开始习惯你最爱的黑色泔水[1]了。我做了些笔记,想在今天开始工作之前先跟你分享一下。你要是还想推荐我到你提过的那家咖啡店,现在正是最佳时机。"

他们在大厅里碰面,维多利亚愉快地向西蒙大声称赞了一番她虚构的那家咖啡店的种种优点。他们离开大楼,走过一个街区之后,维多利亚检查了一下她的手机。

阿娜雅的短信言简意赅。A已被攻破。滑铁卢[2]。

"我希望她指的是地铁站。"维多利亚说。

"我也是。"西蒙答道。

他们在滑铁卢站找到了阿娜雅,她从一辆小吃车上买了一块大约有西蒙的拳头那么大的松饼。维多利亚点了一杯拿铁,西蒙点了茶。他们都假装在这里相遇纯粹是巧合。两人接受了一小块阿娜雅的松饼,然后他们一起穿过车站大拱顶下方的人群。

"你猜得没错,"阿娜雅说,"有人入侵了阿尼姆斯服务器。哦,除了我以外的什么人。而且他们是用我的部门里的电脑干的。"

西蒙骂了一声。"你的美国小朋友。"

"我也这么想,"阿娜雅说,她有些难过地补充道,"难怪我这么快就接到了那份工作,当时我就应该猜到的。"

---

[1] 指咖啡,西蒙是英国人,他爱喝茶。
[2] 因为拿破仑在滑铁卢战败的历史典故,Waterloo一词也有惨败、致命打击的含义,因此西蒙和维多利亚有些担心。

"嗯，我也没想到是这样，我只是觉得阿布斯泰戈娱乐慧眼识珠。"西蒙说，"这就不难理解他们为什么一看到你的简历就迫不及待地接受了。这不是你的错。"

她给了他一个苍白的微笑。"关键在于，我本应该要培训那个正在监视你的人。"

"这也可能是一件好事。你可以试着误导他吗？"维多利亚问道。"还有搞清楚他把情报发到了什么地方？"

阿娜雅点点头。"都可以。"

"如果你想的话，你也可以退出的，阿娜雅，我说真的。"西蒙握住她的手，捏了一下，这让她抬头对上了他的目光。"我——嗯，我……我不想伤害到你。"

她扬起一边眉毛，微微一笑。"啊，所以你还是在乎我的。"她揶揄道。

他脸红了。"嗯，当然，"他轻声说，"阿布斯泰戈投入了大量的时间来训练你。"

"这才是我的西蒙。"她说道，笑得更灿烂了。他让阿娜雅提起了精神，所以他也很高兴。"不过没关系，我可以做的，而且这也是我应该做的，因为毕竟——我们并不知道这是圣殿骑士批准的活动。而我的工作就是防范这样的事情。"

这一点倒是西蒙没有考虑到的。如果她说得没错呢？如果瑞金对西蒙需要多长时间的不满，和其他正在发生的事情并没有关系呢？最起码，他现在突然很感激阿娜雅给她的行动找了一个合适的理由。

"就这样吧。"阿娜雅耸了耸肩膀，"不管你们俩是在用圣女贞德做什么引来了这么多关注，总之一定要快。我打探的时间越久，就越快被人发现。我虽然厉害，但所有人最终都会被抓到的。"

"真的?"维多利亚说。

"这是我这个职业的大前提,"阿娜雅答道,"要快,好吗?而且要小心。"

然后,这让西蒙大为惊讶的是,她飞快地吻了他一下,双唇温暖地印上他的脸颊,随后消失在人群中。

西蒙盯着她看了一会儿,感觉吓了一跳,接着转向维多利亚。"我们得直接回阿布斯泰戈。我想加布里埃尔肯定有话要跟刺客说。"

1430 年 7 月 7 日,星期五
沃库勒尔

"你在这里。"加布里埃尔对着让·德·梅兹的耳朵说,他的声音又低又冷,加布里埃尔溜进这间光线昏暗的小酒馆,坐在他身边的长凳上。

要么是骑士对他在这里现身并不觉得吃惊,要么是德·梅兹把他的诧异掩藏得很好,后者更有可能。"拉克萨尔,"他说,"我还在想你什么时候会出现。"

这家伙漫不经心的态度让人恼火。"我们到外面说,"加布里埃尔声明道,站起身来。德·梅兹爽快地喝光了他的麦芽酒,也站了起来。夏日的傍晚现在刚刚开始暗下来。他们走在街上,天气热得让人透不过气来,他们朝路人点头示意,最后走进了一块晚上打烊的商业区。

"让娜的事我很抱歉。"德·梅兹说。

"如果你真的抱歉——如果你们这些刺客有哪个人真的觉得抱歉——她就不会在菲利普的手下卢森堡那里接受款待了。"加布里埃尔怒气冲冲地说,"她差一点就逃走了。你知道吗?她被抓住只是因为她

还想救走她的哥哥和德奥洛。因为她关心他们的命运。如果刺客能给他们任何一点外来帮助的话——"

"你什么都不知道，拉克萨尔，"德·梅兹说。这并不是愤怒的指责，而是疲惫的反对。"你根本就不知道我们做了什么，我们正在做什么——还有为什么这样做或者为什么不这样做。"

"那就告诉我！"

"你并不是兄弟会的成员。你甚至都不是正式的学徒，还不是。我觉得你永远都不会成为我们的一员。"

"为什么？因为我不够优秀？还是因为刺客们觉得不合时宜了，所以决定放弃我？"

再一次，德·梅兹似乎更多是后悔，而不是生气。"不。是因为你行事的目的，不是为了我们的事业，不是为了兄弟会。你行事的目的和对抗圣殿骑士捍卫人类命运的战争无关。你只是为了让娜。"

"对我来说足够了，"加布里埃尔说，"对于你，对于约朗德来说应该也够了。你曾经告诉过我，让娜并不仅仅是在政治上很重要。你说过你关心她的命运。我相信过你。我以为刺客和圣殿骑士是有所不同的——我以为你们会关心个体的利益。而她并不是普通人，让，你心里清楚！"

"我知道，"德·梅兹同意道，"我们都知道。但勃艮第公爵的人已经和让娜至少谈过一次了。啊，"他看着加布里埃尔惊讶的表情补充道，"你瞧，你并不是什么都知道。此时此刻正在上演的事情比你能想象出来的要多得多。我们不能就这样冲进去把她带走。政治策略——"

"对我来说没有意义！她才是一切！"

德·梅兹的眼神十分悲伤。"你的情绪太不稳定了，你不能参与进去，加布里埃尔。我很抱歉。可是……实际情况是没有了那把剑，让娜就不再是所向披靡的天使了。她在巴黎失败了。"

"因为查理命令她撤退！国王被勃艮第人骗了，就算是他现在也承认这一点！"

"她被俘了。她并不总是对的。"

"她的声音告诉她，她会被俘。"加布里埃尔绝望地说，"我相信她会听他们的话。你呢？"

德·梅兹沉默了。

加布里埃尔退后一步。"基督啊，你不信，对吗？你跟查理一样善变！我去找过他，求他把她赎回来，可他一点儿忙都不肯帮。一旦她对你们没有用了，你们就抛弃她。这就是刺客的信条吗？'找到他们，榨干他们的价值，等他们需要你的时候抛弃他们？'天哪，你和圣殿骑士没什么两样！"

他还没把最后一个字说完，袖剑就架在了他的喉咙上。德·梅兹抓住加布里埃尔的上衣，他的脸和这个年轻人的脸只有一寸的距离，德·梅兹低声呵斥道："为了我们之间曾经的友谊，我现在不在这里结束你这条愤怒的小命。"

剑刃消失了。德·梅兹松开手，一脸厌恶地把加布里埃尔推开。"你喜欢这样想？那就请便吧。这告诉我你根本什么都不懂。"

加布里埃尔的手伸向他的脖子，他摸到了一些温暖又湿润的东西。剑刃非常锋利，他根本毫无感觉，剑刃却已经划破了他的脖子。"我知道你们抛弃了一个十八岁的姑娘，她兑现了她所有的承诺。她的意志比你、比我甚至是你们那宝贵的导师都更加强大。如果你们爱她只是因为那把剑，那么我想那些现在看住她的人说不定会待她更好，比那些守护她去希农的人更好。至少他们没有假装是她的朋友。"

在昏暗的光线下，尽管他已经申明不会杀死加布里埃尔，但德·梅兹还是皱起了眉头。"滚。在我改变主意之前离开这里。"

"怎么不说不得滥杀无辜了?"

"你并不无辜,拉克萨尔。你已经深陷其中无法自拔了。如果你连这点都看不出来,那你就比我想的还要蠢。"

"我会尽我所能去救她。"加布里埃尔警告道。

"那你可能会害死她。你明白吗?"

加布里埃尔转过身去。他没有天使来告诉他该做什么,当他祈祷的时候,上帝也从来没有回应过他。现在他身边没有刺客、没有阿朗松,谁都没有。

他和弗勒尔只能靠自己了。

西蒙讨厌看到加布里埃尔变成这个样子。和他的祖先不一样,他知道贞德是不会获救的,加布里埃尔所竭力阻止的一切都必将发生。"德·梅兹有一件事说对了,"西蒙说道,他和加布里埃尔在记忆走廊里等待着。"确实有很多事情正在上演。这场战争能持续一百一十六年,它就绝对不简单。"

"查理真的无能为力,帮不了贞德吗?"

"他什么都做不了。"

"你觉得她被俘是否和他有关?"

"不,不过他可能是悄悄地松了一口气。处理贵族俘虏有一套传统的办法,但在贞德身上菲利普并没有遵循这些规则。他们通常会得到相当好的待遇,最终,等到他们的家族被迫支付赎金,或者有人需要做交易的时候,他们就能回家了。一开始,菲利普好像只是把她扣在手里就满意了。严格来说她是利尼伯爵卢森堡的约翰的俘虏,约翰是菲利普的封臣,根据记载,他待她很好。约翰的妻子似乎很喜欢贞德,她甚至还要求她的丈夫不要把贞德交给英格兰人。"

"可他还是这样做了。或者我猜是菲利普干的。发生了什么？"

"英格兰人施加了很大的压力，他们当然对贞德恨之入骨。很多人都想烧死她。"西蒙还记得贞德同奥尔良的英格兰人对话时，英格兰人对她说的那些愤怒的话，这让他觉得很不舒服。"至于其他人，在勃艮第人和英格兰人之中都有圣殿骑士，他们想要败坏她的名声，从而彻底抹黑查理。她被俘七个月后，英格兰人用一万镑从卢森堡的约翰手里买下了她。她在1430年圣诞节前夕抵达鲁昂。负责这些谈判的人是皮埃尔·科雄——他后来操纵特别法庭指控她是异端。"

我怎么好像听说过这个名字？

"他是个勃艮第同情者，《特鲁瓦条约》的起草人之一。贞德曾经两次迫使他不得不逃走——其中一次是从兰斯，他是巴黎大学的校长；还有一次是从博韦，他是那里的主教。两次，这些城市都脱离了勃艮第，接受了查理。在法律层面，他应该是不能成为她的法官的。无论是她的出生地，还是她所谓异端行为的发生地都不在他的管辖范围内。但是他托关系走了后门。顺便说一句，他还在谋求鲁昂大主教的位子。"

"他听起来公正得吓人。"维多利亚的声音充满了讽刺意味。"他也是圣殿骑士吗？"

"几乎可以肯定。他刚听说贞德被俘就开始活动，想要把她送到教会而不是世俗法庭手中。"

"这样他们就可以发起巫术或者异端指控了。"

"这比仅仅让她成为战俘更让人讨厌。所以，这对查理的声誉非常不利。谁会支持一个通过魔鬼攫取胜利的国王？巴黎大学自奥尔良之战后一直在追求这个结果。实际上这整件事情就是一场法律闹剧。这里面有太多为了方便完全漠视合法性的露骨事例了。贞德被当作战俘对待，在她的牢房里一直戴着脚镣，但她却被视为教会囚犯。"

"我糊涂了。这两者有什么区别？"

"对于英格兰人来说这两者都各有利弊。或者说至少应该是这样。如果贞德是教会囚犯，就像你说的，他们可以按异端或者巫术的罪名审判她。但这样的话，她就应该和其他妇女住在一起，英格兰人不能给她戴上镣铐锁链。而且她还可以请求让教宗介入。他们想要两全其美。他们想要把她视为教会囚犯来起诉，但又想要把她当作世俗囚犯来折磨。"

"所以他们就为所欲为了，为了得到他们想要的结果。"

"确实如此。他们向贞德展示了刑具，并且威胁要给她用刑。其中一个拷问者撂了挑子——说他下不了手。她的牢房里一直有男人在监视。他们带她去受审的时候，甚至连指控的罪名都还没有定好，她也没有辩护人……我可以继续说下去，但这没有任何意义。"

没错，想到这些不公——由当时最高层圣殿骑士的命令所贯彻的不公——就让他觉得恶心。这就是圣殿骑士的方法，他提醒自己。秩序不可或缺。必须迫使刺客的傀儡查理就范。然而这些想法并没有带给他丝毫安慰。

"除非你还想继续，否则我不会催促你再看下去。"维多利亚说。

他考虑了一会儿。"我感觉作为一个历史学家，我应该利用这个机会。而且我感觉这是我欠她——还有加布里埃尔的，我有义务去见证她的陨落。"

"不要为了历史去看，也不要为了加布里埃尔或者贞德。如果你打算这么做,那就为了西蒙·海瑟威去做吧。"

"我觉得如果我不看的话,"他平静地说,"我永远都不会原谅我自己。"

那我们开始吧。

31

1431 年 2 月 21 日，星期三
鲁昂，布夫勒伊城堡小礼拜堂

　　去年 12 月的时候，弗勒尔和加布里埃尔收到了消息，贞德被囚禁在鲁昂城堡的一座塔楼里。当然，他们立即赶赴鲁昂，两人在一座破败的旧旅馆里找到工作寄宿下来。他们竭尽所能，密切关注着贞德这场苦难的进展。他们结交了几位士兵，甚至还有几位常来酒馆的教士，灌下几杯美酒之后，这些人就会开口讲述关于贞德的消息。加布里埃尔从未像现在这样祈祷过。他祈祷贞德的声音能够触动那些掌握着她命运的人，触动他们的心灵。

　　城堡小礼拜堂人山人海，拥挤不堪。加布里埃尔尽力保证弗勒尔也能看清审判的情况，毕竟她和贞德一样只有五尺两寸高。至少，在这个位置他们能够听清台上说的话。

大约有四十位法庭成员到场，全都是学者——神学或者教会法的博士和学士，还有一些是民法的专家。他听说其中有一个在这两方面都很精通。皮埃尔·科雄主教，还有博韦教区起诉人的头领让·迪斯蒂韦同他们坐在一起，这两人是正式的法官。

加布里埃尔听说贞德在监禁期间受到的待遇很糟糕。他听到各种传闻，从她睡觉的时候有人监视，到他们用脚镣甚至是牢笼锁住她的脖子、手和脚，免得她试图逃跑。

人群中响起一阵窃窃私语，随后又是各种低声谩骂。弗勒尔攥着贞德在默伦交给她的小袋子，当时少女的声音告诉她她即将被敌人俘虏。就像贞德以前一样，弗勒尔现在一直把袋子挂在她的脖子上。它似乎能给她带来些许安慰。

"加布里埃尔？那是她吗？"弗勒尔问道。

一时间，眼前的一切让加布里埃尔震惊得说不出话来。贞德的手脚上都上了锁链。她穿着一件女装，这衣服粗制滥造，又脏又破，他卷曲的黑发已经披到了肩上。她很瘦，非常瘦，而且面色苍白，肌肉萎靡，原本健康的肤色也被接近一年的囚禁榨得干干净净。

"是她。"他感到口干舌燥。有很长一段时间，他甚至无法专心理清这些唠唠叨叨描述审判过程的声音是什么意思。他没法把眼睛从贞德身上移开，她是那么瘦，那么苍白，却依然叛逆地抬起了她的下巴。

最后，质询开始了。科雄看上去六十出头，个子很高，瘦骨嶙峋，仪表堂堂。他走到贞德坐的地方，贞德的镣铐把她锁在了一张长凳上。科雄耸立在她身前，命令道："发誓，无论我们问到你什么问题，你都要说出相关真相。"

"对于我的父亲、母亲，还有我踏上前往法国中心的道路之后我所做的一切，我很乐意发誓。"她的声音清晰响亮，监禁并没有磨灭她的精神,"但我绝不会透露上帝给我的那些启示,让你们去反对我的国王查理。"

还有我,加布里埃尔心想。不过他知道对于贞德来说,他是不能被"算进去"的。他是她的影子,是留在她身边见证的人,她的声音如是说。

"哪怕你们要砍掉我的脑袋,我也绝不会透露。"贞德继续道。她很固执,也很强大。即便看见迪斯蒂韦的表情变得阴沉无比,而科雄也发起了脾气,加布里埃尔还是觉得很高兴。

质询持续了好几个小时。不仅是科雄,特别法庭的每一个人都提了问题。经常有好几位教士同时说话,他们不停地用各种问题轰炸贞德,她不得不一再恳求他们一次只问一个问题。这些问题似乎也非常随意。前一刻科雄还在问贞德查理在兰斯的圣餐礼,接下来他又问她是否在淑女树见到过小仙子。

"他们想要耍她,"弗勒尔低声说,加布里埃尔点了点头,"他们想让她讲出对自己不利的话。"

"你的声音是天使吗?"科雄询问道。

"他们是圣徒。圣米迦勒、圣凯瑟琳,还有圣玛嘉烈。最先和我说话的是圣米迦勒。"贞德迅速答道。

"跟我说说圣米迦勒。"科雄傲慢地说,他故意眺望着人群。

"我十三岁的时候,他来到我父亲的花园里找我,"贞德说。加布里埃尔听着她告诉这个陌生人——这个敌人——很久以前她曾低声向他吐露过的故事。"我亲眼看见他,就像我现在看到你一样。"

科雄的嘴角弯了弯,露出一丝残忍的微笑。他再次注视着人群,继续问道:"圣米迦勒向你现身的时候,他是什么样子?他有没有……穿衣服?"

人群中泛起一阵愤怒的吸气声。贞德看着科雄,被他逗乐了。"你认为上帝没钱给他们做衣服吗?"

人群哄堂大笑。贞德的笑容更加灿烂,科雄的微笑却扭成了一副鬼脸。"他有头发吗?"他坚持道。

"哦,这一点真是太重要了。"人群再次大笑。

"回答问题!"科雄厉声说。

"为什么它们会被剃掉?"

科雄踱了一会儿步,打起精神来。"你说你的声音告诉过你一些事情。你是否通过一次启示得知你会逃走?"

"是的,确实如此,他们告诉我我会得到拯救,但我并不知道具体的时间,他们说我应该勇敢地保持一个良好的面貌。"

加布里埃尔感觉弗勒尔紧紧地握住了他的手,他觉得自己的骨头都要被她捏断了。但他并不在乎。贞德的声音告诉她她会逃走!

"你为什么从博韦的塔楼上跳下来?"科雄质问道,"那座塔有六十九尺高。你是否想要犯下不可饶恕的罪行,抛弃上帝赐予你的生命?"

信仰之跃!加布里埃尔心想,他几乎有些头晕目眩。贞德曾经试过用刺客们教她的信仰之跃逃走。他心中再次对刺客燃起怒火。

"我知道他们会把我交给英格兰人,但我这么做并不是出于绝望。我跳下去,是希望能拯救我的肉体,希望我能去帮助更多需要帮助的善良人。在那一跳之后,我已经做了忏悔,请求天主赦免我的罪过。"

"你是否因此承受过任何形式的补赎?"

"我已经通过坠塔对我自己的伤害承受了一部分的补赎!"贞德反驳道。在加布里埃尔身边,弗勒尔强忍着没有笑。

"是你的声音让你前往法国中心的吗?"

"我这么做只是在履行上帝的命令。所有的一切都是按照天主的命令行事的。"

"难道是上帝命令你穿男装的吗？"

这个问题显然让贞德有些惊讶。加布里埃尔记得当初讨论这个问题的时候，所有人——从德·梅兹到沃库勒尔为她提供衣物的善良人民——都认为这样做很明智，穿男装更方便她骑马，也不会引起过度的注意，还能保护贞德免受不必要的男性骚扰。贞德欣然同意，而加布里埃尔很清楚，如果她的声音表示反对的话，她肯定会立即拒绝。

"衣服只是一件小事，是最微不足道的事情。"她皱起眉头，一脸困惑，"我现在没有穿男装，我也从来没做过任何上帝和他的天使下达的命令之外的事情。在普瓦捷有人问过我这个问题，那位善良的牧师认为这——"

"你的曼德拉草在哪里？"这一次，说话的人不是咄咄逼人的科雄，而是另一位法官——让·迪斯蒂韦。他看上去像是吃了一只柠檬，表情极其厌恶又愁眉苦脸。

话题突然变化时贞德眨了眨眼睛，但她答话时声音很平静，"我没有曼德拉草，从来就没有过。"

"但显然你知道曼德拉草是什么东西。"每个问题里都有陷阱和诡计，加布里埃尔心想，他心中再次燃起熊熊怒火。他知道曼德拉草，那是某种有魔力的草根——和巫术有关。

"我听说曼德拉草是可以用来赚钱的东西，但我一点也不相信。"她的声音里充满了蔑视。

他们继续提问——再次强迫她讲述关于淑女树的细节，询问她是否看见过仙子。其他人插嘴问到她的军旗。贞德宣称她喜欢军旗可能是她喜欢那把剑的四十倍。加布里埃尔的心沉了下去。如果你现在拥有那把剑的话……

"我更喜欢军旗是因为我不想杀死任何人。"

"你杀过人吗?"

"从来没有。"她的声音伴随着不容争辩的事实。

"但你并不是勃艮第或者英格兰的朋友。"科雄强调说。

"我最大期望是看见我的国王和勃艮第公爵团结起来,和平共处。至于英格兰人,我只希望他们能够离开,我在进攻前总是会哀求他们投降。"贞德看着他,脑袋歪向一边,蓝眼睛也暂时失去了焦点。从她进入小礼拜堂以来第一次,她的脸上散发出微弱的光芒。

"她的声音。"弗勒尔耳语道,加布里埃尔只能点了点头,眼前的一切让他无比感激,直教他说不出话来。

贞德眨了眨眼睛,然后又回头看着科雄。"在七年之内,英格兰人将遭受远超奥尔良一战的重大损失,他们将失去在法兰西的一切。这一切将通过上帝为法兰西安排的一场伟大胜利实现。"

特别法庭随之哗然,他们向贞德大声喊着各种问题,要求她告诉他们这件事会在什么时间,什么日子,什么地方发生。她只是摇了摇头。"我的声音告诉我不要回答你们的问题,相对于你们,我更害怕会触怒他们。"

"你是否相信自己蒙受了上帝的恩典?"科雄问道,他装出一副漫不经心的样子。

房间里静了下来。无论贞德说什么都对她不利——甚至有可能会害死她。如果她说是,那么她将被控为异端,因为没有人可以肯定他们受到了上帝的恩典。如果她说否,那么她就承认了她所做的一切都是谎言。

似乎只有贞德保持着完全的冷静。她温柔地笑了,她的光芒变得更加明亮。她说道:"如果我没有得到,希望上帝能赐予我。如果我已经得到,希望上帝仍赐予我,因为如果我知道自己没有蒙受上帝的恩典,那么我将是世界上最悲伤的女人。"

沉默持续了很长时间。教士们看上去全都目瞪口呆。这位农村少女刚刚漂亮、精辟、并且谦卑地回避了一个完美的神学陷阱。

贞德补充道:"我相信我的声音告诉我的——我将获得拯救。我对此坚信不疑,就像我已经获得拯救。"

小个子、看上去颇为残忍的迪斯蒂韦最先回过神来。"在那次启示之后,你是否相信你自己无法触犯不可饶恕的罪行?"

她摇了摇头,她浓密的头发随之动了起来。"我对此一无所知,但我的一切皆遵从于上帝。"

"这是一个非常重要的回答。"迪斯蒂韦说。

"而我也非常珍视我的回答。"

雾气抹去了贞德闪闪发光的脸,它几乎有些悲伤地将画面吞咽下去,化为大片轻柔的灰色波澜。西蒙几乎可以肯定,这就是他最后一次见到贞德的脸上带着平静与安宁。

该死。

"她的预言,"他听见维多利亚的声音在他耳边响起,"它指的是什么?它实现了吗?"

西蒙清了清喉咙。"它,啊……是的。巴黎在六年后落入法国人手中。要是她能活着看到那一天就好了。"

"你看够了吗?"维多利亚的声音很柔和。

他看够了吗?也许这应该成为他对圣女贞德最后的记忆,虽然身陷囹圄,却依然英勇无畏,她的精神朝气蓬勃,她的信念坚如磐石,她的身体虽然瘦弱却依旧完整，还没有被饥渴的火焰所吞噬。

"不。"他说。他不能就这么让她离去。还不能。也许永远都不能。

"好吧。"维多利亚无奈地说，雾气再次搅动起来。

32

1431 年 5 月 24 日，星期四
鲁昂，圣旺大修道院

  加布里埃尔站在一片墓地里。他周围聚集着很多人，全都急切地盯着眼前匆匆搭建起来的平台，等待着那一幕即将在他们面前上演的残酷戏剧。虽然他能感觉到周围数十位观众带来的拥挤，但在他接近二十年的人生中，此刻加布里埃尔却觉得前所未有的孤独。
  弗勒尔已经不在他身边了。
  有个小男孩在楼下等着他。你的花让我告诉你，她再也受不了了。她很抱歉，但是她必须得走了，他告诉大吃一惊的加布里埃尔。她说她希望你能找到安宁，能够得到快乐，还有不要试图去找她。
  别担心，加布里埃尔对着那位小小的信使大声咆哮，即便他当时已经靠在墙上，震惊得头昏脑涨，我不会再为那个叛徒白费唇舌。

贞德说过，她唯一担心的就是背叛。弗勒尔曾经反复起誓，说她绝对不会放弃贞德。说少女就是她的全部。但现在她也和其他所有人一样背弃了贞德。上帝可鉴，再继续下去只会毁掉加布里埃尔，可日复一日，他依然还在这里。他会继续见证贞德的故事，哪怕他不得不独自坚持下去。到最后，他痛苦地想，我们都是孤身一人。除了贞德，还有她的声音。

贞德的审判公开进行了十一天，随后又改为闭门审判。人们渐渐不再同情贞德，审问她的人也展露出他们恃强凌弱的本性。加布里埃尔极度渴望能听到更多的消息，他不停地盘问那些来喝酒的人。他们含糊不清地讲起了一些他不是很明白的事情：像是贞德不肯向"战斗教会[1]"——上帝在这世界上的代表——投降有多么的危险。他们还说她看到一个奇怪的天使捧着一顶王冠举在查理头顶上。这个加布里埃尔倒是十分清楚——他们讲的是贞德看到刺客导师约朗德的事，她当时相信王后是一位天使。刺客不仅抛弃了贞德，还让她陷入了更大的危险。

然后就是她的衣服。尽管没有人——包括在普瓦捷审问了她好几天的教士们——对贞德在有男性在场的时候骑马、战斗以及睡觉时穿男装表示过什么特别的关注，但似乎科雄和迪斯蒂韦却咬紧着这件事不放。他们就像梗犬撕咬着老鼠一样，将其视为冒犯上帝的异端行为。加布里埃尔一直紧抓着这些零碎的消息，直到今天他听说贞德会在圣旺大修道院的墓园里公开出场。现在他们来了，这里至少有十二位教

---

[1] 基督教神学术语，在基督教神学理论中，教会被分为战斗教会（Ecclesia militans）、忏悔教会（Ecclesia poenitens）和凯旋教会（Ecclesia triumphans）。简单来说战斗教会包含活着的基督徒，忏悔教会包含身处炼狱中的基督徒，凯旋教会包含已升入天堂的基督徒。

士。加布里埃尔并不清楚他们每一个人的角色，但他认出了许多在公开审判期间出现过的人。

自从他上次见到贞德已经过去了两个多月，现在看见她的样子他心都要碎了。她甚至比之前更瘦了，脸颊深陷，蓝色的眼睛也有些呆滞无神。她的头发更长了，发丝纠结乱成一团。现在她的手腕变得非常纤瘦，手铐没有从她手上滑下来简直就是个奇迹。他从人群中挤过去想要引起她的注意，但又不想招来不必要的关注，免得押送她登上平台的士兵注意到自己。

牧师纪尧姆·埃拉尔开始讲话。加布里埃尔忽略了他的布道，他仔细查看人群，寻找可能的逃生路线，如果他能设法跳上平台，然后——

做什么？他只有一个人，他甚至都不是一个受过完整训练的刺客。他不可能指望自己能带着一个饥肠辘辘憔悴不堪的年轻女人，摆脱几百名武装士兵逃出城市，更不要说她手腕和脚踝上还拴着锁链。

牧师指责了查理王，他又称呼贞德是一个"怪物"、一个"女巫"、"异端"和"迷信者"。直到现在，加布里埃尔都难以相信这种事真的会发生在贞德身上。他注意到她答话时脸上不再放射出光芒，当埃拉尔告诉贞德她需要将她的所有言行都提交给教会的时候，她说："我请求上帝和我们的圣父教宗裁决。"

"我们不可能这么老远跑去找教宗大人。"埃拉尔答道。他挥手让一个年轻的教士——让·马西厄——走上前来。这个年轻人看起来对自己正在做的事情感觉很不舒服，他递给贞德一张羊皮纸。

加布里埃尔并不清楚那是什么东西，但西蒙知道。这是一份文书，为以后附属到单独的法律文件里准备的。在现在的情况下，这份文书是一封公开弃绝书——在这份声明中贞德发誓绝不再剪短她的头发，不再穿男人的衣服，不再拿起武器。而作为发誓放弃这些"异端行为"的回报，他们终于决定将她交给教会拘留，不会再被送回世俗司法机构。

西蒙还知道，这一小片羊皮纸并不是附属在此事最终文档里的那份文书。那份文书的长度差不多是现在这份的五倍。事后有人煞费苦心地将贞德的签名署在了一份完全不同的声明上面。

贞德打量着这份文书说道："我希望书记员能把这份文件读给我听，告诉我它究竟写了些什么，还有我是否应该签字。"

埃拉尔显然已经受够了。"现在就签！"他咆哮道，"不然就烧死你！"

加布里埃尔感觉自己的内脏仿佛揪成了一团。西蒙的心脏在胸膛里怦怦乱跳起来。

马西厄似乎做了一个决定，他开始向贞德大声宣读文书。他这么做的时候，观众和站在平台上的人都开始窃窃私语起来。加布里埃尔清楚地听到科雄的声音对倒霉的马西厄说："你会付出代价的。"

这个年轻人并没有动摇。"如果你签字，"马西厄说，"你会成为一位改过自新的异端。你依然会被囚禁，但是你会被正式移交到一个有女人照料你的地方，你的生命将被赦免。你甚至有可能被释放，也许有一天你可以回家。如果你拒绝——那么你会被烧死。"

出乎所有人的意料，贞德笑了。她接过硬塞给她的笔，在羊皮纸上画了一个圈，又画上一个十字的标记。

加布里埃尔知道她可以签她自己的名字。可她并没有这样做，而是画了一个他以前见过的记号：圆圈里的一个十字。这是贞德给所有收信人的信号，表示这里面没有一句话是她的意思。

她怀疑这是一个陷阱——而他聪明、美丽的贞德给她自己留了一条后路。

加布里埃尔发现自己也笑了起来。贞德似乎感觉到他了，在那一刻她的脑袋转了过来，他直接凝视着她蓝色的大眼睛。他看见一道灿烂的光芒一闪而过，从内在温暖着她的脸，加布里埃尔发现自己不由自主地在人群中推搡过去，想要走到她身边。

在他身边，有人从不安变成了积极的反对。"国王在你身上花了大价钱，"有个带着英格兰口音的人对科雄说，"如果贞德溜出我们的手心，国王会很不高兴。"

科雄极其自信地说："大人，请不要担心，就算她溜了，我们也会再把她弄回来。"

加布里埃尔的欢笑慢慢隐去了，取而代之的是对刚才那些话，还有平台上正在发生的事情冰冷的恐惧感。有人正在对贞德说话，他说："你这一天没有虚度，还有，祷告上帝吧，你已经拯救了自己的灵魂。"

"对于这一点，"贞德说，"你们之中有一些教会的人——带我去你们的监狱吧，就像你们承诺的，这样我就不再受那些英格兰人控制了。"

让·迪斯蒂韦冷淡、刺耳的声音穿透了周围的嘈杂声。"把她送回原来的地方。"

"不！"加布里埃尔嘶吼着喊出这个字，他抱着新的决心奋力向前挤，愚蠢的、徒劳的想要赶到她身边。他对贞德的最后一瞥看到的是她的脸，她脸上慢慢浮现出恐惧的表情。

我无所畏惧——除了背叛。

"西蒙，这是怎么回事？我不明白加布里埃尔刚才到底看到了什么……"

西蒙汗流浃背，浑身颤抖，他的心脏为了并不属于他自己的悲痛与愤怒怦怦狂跳。他做了一次深呼吸，把注意力集中在记忆走廊里加布里埃尔的身影上，开始尝试解释这件事。

"他们告诉她，她会被视为一位改过自新的异端，只要她不再穿男装，不再有其他男性行为。他们承诺会把她关在教会监狱里，不需要再戴脚镣，牢房里也不会再有卫兵。通常在这种情况下，昔日的异端都会在几年内获释。贞德在纸上画了一个记号，这样她以后可以说那并不是她真正的签名，以防万一他们骗她。"

"而他们确实骗了她。"

"哦，他们做的事比这要糟糕得多，"西蒙啐道，"在星期天早晨，贞德醒来的时候发现，她的卫兵们拿走了她的衣服，只留下了男人的衣服给她穿。"

"哦，西蒙……不……"

"肯定是有人命令他们这么做的。我敢打赌是科雄。贞德抗议说她别无选择，只能穿上这些衣服。在5月29日，科雄召集了陪审员。有三十九名陪审员认为有必要向她重新宣读文书，再做进一步的解释。只有三人想把她移交给世俗司法机构。"

"但这并没有用。"

"是的。他们并没有实权。贞德的法官是科雄和迪斯蒂韦。她的牧师很喜欢她，他派人去问科雄，能不能在她被活活烧死之前让她听一次弥撒。出乎所有人的意料，科雄同意了。马西厄——那个试图帮助她的年轻人——去取了一条圣带和一根蜡烛，这样牧师就可以正常举行仪式。弥撒结束后，贞德被交给法警，可是他还没来得及宣读判决，韦迪克的祖先就抓着她的胳膊，把她送上了柴堆。"

"我现在把你弄出来。"

"不,你不能这么做。"

"我不喜欢你的检测数据。"

"我告诉你我想……不。我并不想。我……我必须去看。她对我来说依然是活生生的。是对我,不是对加布里埃尔。这就是为什么我必须去看这段记忆。"

"那么我会陪你一起见证。"

1431年5月30日,星期三
鲁昂,旧市场

这么多士兵,加布里埃尔心想,只为了一个骨瘦如柴的女孩……

刑场上有数百名士兵,他们手持武装,神情警惕。有些士兵全副武装。还有一些士兵零星散布在人群里。其他士兵站在人群与脚手架之间,阻止那些想要伤害——或者帮助——贞德的人靠近刑场。

此刻她站得笔直,她纤瘦的身体上披着一件单薄的女式衬衣。她浓密的黑色卷发不见了,为了羞辱她,他们剃光了她的头发。他们在她光秃秃的脑袋上放了一顶高大、尖顶的法冠,上面写着贞德的罪行:异端。偶像崇拜。背信。这顶法冠有些太大了,为了不让它掉下来,他们还把法冠往下推,几乎完全遮住了她的眼睛。加布里埃尔只能看见她的半张脸,可这半张脸已经被打得鲜血淋漓,她的脸肿得厉害,他不知道她是否还能看见东西。

让娜……让娜……这不可能是真的……这一切不可能就这样结束!……

随着那些身披甲胄的人推搡着贞德走向火刑柱,身材魁梧的刽子手把铁链缠绕在她单薄的身体上,加布里埃尔·拉克萨尔的心碎了。

他脸上泪如泉涌，泪水模糊了他的视线，他发出响亮、痛苦的呜咽声。

求求你，上帝，带我走吧，让她活着……不要让他们这样对她……她是这么爱你，她做了你要求的一切……

"快点干你的活儿！"有人朝刽子手喊道。

"是啊，快点儿，我们还想赶回家吃晚饭呢！"另一个人喊道，人群中爆发出一阵残酷、饥渴、邪恶的笑声。

加布里埃尔的世界变得一片血红。他悍然爆发，激烈地动起了手。加布里埃尔语无伦次地叫喊着，对着每一个挡路的人大打出手，他从人群中打出一条路来，想要找到那些要求把贞德烧死的浑蛋。他痛苦的放声尖叫。他想要冲到台上，把贞德从上面拽下来，把她带去安全的地方。十几名，上百名隐藏在人群里的刺客团结一致，奋起反击，上帝派下复仇天使来毁灭那些意图伤害他的天选之女的人。

可这并没有发生。

没有神的怒火。没有刺客。只有火焰：地狱的惩罚被施加在加布里埃尔所知最为神圣的女人身上。

我受不了了，西蒙心想。我看不下去了。

热量熏烤着他的脸。他不停地尖叫，浓烟灌满了他的嘴。有许多只手伸向他的胳膊，把他向后拉，要把他推倒在地上。在他摔倒之前，他看见贞德的牧师为她举起了一个十字架，让她注视着这个十字架，将她的注意力——哪怕只有一点点——从火刑难以言喻的痛苦之中分散出来，火焰舔舐着她的身体，要将她化为灰烬。

一只套着铠甲的拳头充斥着加布里埃尔的视野。在整个世界陷入可怕、仁慈的黑暗之前，他最后听到了贞德的声音——尖锐、恐惧却坚决无比，听起来简直不像是她的声音——她大喊着一个词："耶稣！"

"西蒙？"

他意识到自己已经泪流满面，还有些呼吸困难。"维多利亚？"他说，他的声音有些颤抖。"我刚才昏过去了吗？"

"不，但你有好一会儿没有回答我。"

他的感受根本无法形容。心碎、迷惘、悲痛、暴怒……就算把所有这些形容词都合在一起也无法表述其万一。他咽了一下口水，深深地吸了一口气，希望自己的意志能控制住身体的颤抖。"我需要你的帮助。"

"当然。我马上就把你弄出来。"

"不！不，不要这样，现在还不行。我要推进加布里埃尔的人生。"

"绝对不行。有了我们刚刚一起看到的那一幕铺垫之后，我认为——"

"我需要这样做，维多利亚。"他滔滔不绝地说着，就像血液从伤口里喷涌而出。"我要知道他的人生还能好起来。我想看看他孩子的母亲，我想知道他有没有活到贞德被重审的时候。有没有看到她被宣判无罪。我想知道——他是否还能再得到快乐。"

"如果他过得并不好呢，西蒙？如果他根本就没好过呢？如果他压根就不知道他有孩子呢？如果他酗酒而死，斗殴致死，或者做了一次他明知道自己不可能幸存的信仰之跃呢？"

她描述的丑陋人生图景让西蒙皱了皱眉头。

"那我也要知道。这样我也能接受。"在某种程度上。

"维多利亚用法语咒骂了几句。他几乎全都听懂了。最后，她说道：好吧。"

一个小时后，她把头盔从他大汗淋漓的脑袋上摘了下来。在她眼睛里,西蒙看到了坚定、愤怒的决心,他知道在他自己身上肯定也反映出了同样的信念。

"你知道我们该做什么。"他说,维多利亚用颤抖的双手帮他解开阿尼姆斯的带子。

"是的,"她坚定地说,"我知道。"

33

午后不久,他们三人在海德公园会面,每个人都从不同的地铁站前来。西蒙的感官处于高度警觉状态。他经过几家带着孩子在落叶上用力跺脚,一边还在尖声大笑的人;有几个意志坚定的人在用轻快的步伐做着一天的锻炼;还有几对老少情侣单纯在享受这晴朗、明亮的一天。天空很蓝,树叶正是最金最红的时候,空气中弥漫着秋天那种难以形容但又确切无误的清爽气息。"生命的喜悦"喷泉发出汩汩水声和喷溅声,西蒙就和她们约在这里见面。

西蒙完全不为所动。此刻他满脑子想的都是贞德。他耳边听到的全都是那些英格兰人的嘲讽。

他鼻子里闻到的全是火焰的味道。

西蒙也不知道为什么他会特别选择这个地方。他喜欢更古典的艺术风格,虽然这个喷泉现代得并不算讨厌,但还是相当现代。他凝视着喷泉中央那两尊手牵着手显然是在跳舞的人像,人像下方喷泉水流汩汩涌动，周围还有四尊小一些的儿童人像在奔跑、玩耍，他又想起了贞德。喜悦，如此朴素的情感，至少他知道在她短暂的人生中是品尝过这种滋味的。

沉思了片刻之后，阿娜雅来到他身边，接着维多利亚也到了。在这里说话不用担心被窃听，喷泉的喷水声会淹没他们的声音。西蒙小声对阿娜雅说："维多利亚和我知道了一些很有可能会颠覆圣殿骑士团的东西。"

阿娜雅立刻倒抽了一口气。"就是瑞金想要阻止你发现的东西？"

"这点我绝对肯定。"

"检举人西蒙，"阿娜雅说，"真没想到我还能见到这么一天。"

"这并不是要反对圣殿骑士团所代表的一切，"西蒙答道，"而是要重申身为圣殿骑士的真正意义——一直以来身为圣殿骑士本该有的意义。"

"你能告诉我吗？"

维多利亚和西蒙交换了一下眼神。"有些事情我还没有完全搞清楚。我想尽可能保护你们俩。要不是我觉得这件事至关紧要的话，我根本就不会把你牵扯进来。"他顿了一下，让阿娜雅转过身来面对着他，"这会改变一切，我一点儿也没有夸张。"

"以哪一种方式？"

"以尽可能好的方式。"

"只要我们能活过这一关。"维多利亚挖苦道。

"有些事情圣殿骑士应当是甘愿为之而死的。"西蒙说，"这就是其中之一。尽管如此，如果事情出了岔子——我希望你知道得越少越好。"

"我是个外勤特工，西蒙。我每天上班都做好了面对死亡的准备。

不过你不需要告诉我你不想让我知道的事情。"她朝他微笑,用手戳了戳他的胸口,"你是个自命不凡的家伙,西蒙·海瑟威,可你也是我认识的最正直的人。我相信你,我也信任你。如果你觉得这对骑士团有所帮助,我会帮你的。告诉我你需要我做什么。"

他发觉自己正伸手去牵她的手。"我这辈子从来就没有这么确定过。谢谢你。"他松开她的手,挺直了身子,"你们俩听好。那么,我们要做的事情是这样的。"

西蒙忙了一整天的工作——回复电子邮件,给他的部门需要的员工列清单,回电话……还要做好准备。他带维多利亚出去吃了个夜宵,他们可以小声谈一谈,巩固一下计划。

西蒙和维多利亚回到阿尼姆斯室的时候已经十点多了。"你明天真的要走吗?"西蒙问,"我们在十五世纪花了这么多时间,我还没多少机会向你展示二十一世纪的伦敦呢。"

维多利亚钻进显示器后面的座位里,开始打字。"我知道,"她说,"我也很遗憾。至少我喝了很多茶!"

"好了,还不错——我全都能看见。"西蒙的耳朵里传来了阿娜雅的声音。维多利亚也听见了,她戴了耳塞,所以能听见阿娜雅说话。"遵照我的指示行动。"

"因为我一直没收到摩根斯顿的回复,所以走之前我把包含德·莫莱涂鸦的模拟重新发了一遍。然后,我想我们都搞定了。"阿娜雅昨晚已经解释过,如果她可以远程"接手"阿尼姆斯处理计算机,她就能让维多利亚隔离特定时间戳之前的所有数据。维多利亚不仅可以把它悄悄发送到阿娜雅的电脑上——提到密码学研究处是为了误导正在窃听的人——而且她还能保留一份拷贝……并且删除掉原本的模拟记录。

西蒙继续和维多利亚进行着离别之人常见的闲聊,同时在密切关注阿娜雅的指示。

"那么,就这样吧,"维多利亚说,她随意地按了一个键。西蒙的心脏猛地跳了一下。他们已经无法回头了:他们刚刚删除了西蒙在阿尼姆斯里的最近一次会话。

维多利亚站起身来。"我知道你不怎么喜欢拥抱,"她说,"不过我会想你的,西蒙。"他真心诚意地和她拥抱了一下,衷心期望接下来自己要做的事能尽可能不要伤害到她。"谢谢你,"他说,"谢谢你做的一切。你是我这段冒险最好的搭档。"她把手里的小装置塞到了他的口袋里。那是他最后的模拟。

西蒙打开装着神剑的盒子,把它拿了起来,仔细欣赏。维多利亚也注视着神剑。"我认为瑞金先生对你了解到的东西会很满意的。"她说。至少,西蒙心想,如果有人在监听的话,这也许可以让他们在向我开枪之前稍微踌躇一下。

他看似随意的把神剑放回盒子里,但又小心地把它放在了蓝色天鹅绒上,这样它就反面朝上,把他安置的窃听器藏了起来。"在报告结果之前,我会把它放在历史研究部。"

他们在电梯分开,西蒙前往他的办公室,维多利亚下楼去了室内停车库。他得靠自己了。阿娜雅没法再干涉了。她的工作只有一件,留意他的状况。西蒙拒绝让她再进一步牵扯进来。黑客入侵阿尼姆斯对他来说已经够糟了——如果被人发现的话。入侵大楼的安全系统……这事儿西蒙甚至都不愿意去想。不过奇怪的是,耳中听到她的声音让他感到有些安慰。

好了,这个时候大楼里并没有多少人。

在此之前,西蒙漫不经心地把一个衣帽架挪到了其中一个摄像头前面——刚好足够制造出一个盲点。现在他走到电脑前,点击鼠标,房间里立刻充满了帕赫贝尔的《卡农》的旋律①。他从桌上拿起一把剪刀,打开剑盒,小心地把天鹅绒衬里从盒子边上剪开。他用布料把剑盖住,然后从袋子里取出一卷管道胶带——这些东西是他之前从海德公园回来的路上买的。音乐掩盖了大部分撕扯胶带的声音,他把胶带牢牢地裹在剑上。接着西蒙站起身来,笨拙的用银色胶带把剑捆在他身上。这样确实不太舒服,不过应该会有效的。

他的长大衣和厚围巾应该可以把剑遮住。唯一的金属探测器在楼下大门那里。维多利亚会在室内停车库的一个盲点里等他,这个地方是先前阿娜雅找到的。他会爬进汽车行李厢,然后——

"西蒙,你得走了。"

"嗯?"他低声耳语道,希望没人能在音乐声中听到他的声音。

"我在监视全部三条楼梯,"阿娜雅继续说道,"所有地面出口都有人正在进入大楼。他们都是便衣,可一看就是那种人,而且我想他们都配了武器。停车库出口也有人在活动。"

"我敢说他们是在搜查汽车。告诉维多利亚继续走,马上离开。"维多利亚手里有第二份模拟拷贝。但愿安保人员是在找人,而不是在找一块小小的数据芯片。"现在我要怎么离开这里?"

"我正在入侵安全系统。"

"不要!"他说道,声音不自觉地放大了,随后他压低了声音,"我们不能让你冒险。因为——原因太多了。"

"他们监视着大楼的每一个出口,而且刚刚让电梯离线了。现在他们四人一组正在登上每一个楼梯井。西蒙,他们知道你最后的位置,

---

① 德国作曲家约翰·帕赫贝尔最著名的作品。

你得马上离开!"

去哪儿?西蒙愣在他的办公室门口,宝贵的时间正在渐渐流逝。他站在这里,而他们正在上楼梯,靠近他现在这层楼——

向上。

没错。"他们都认为我会试着下楼梯,"他说。"所以我要向上走。"

"向上?除非你在楼上藏了一架我不知道的直升机——"

"不,不,没关系,我知道我在干什么。"这是个谎言。西蒙·海瑟威根本就不知道他在干什么。但加布里埃尔知道。

向上。

西蒙冲到大厅,小心翼翼尽量安静地打开了通往楼梯井的门,仔细倾听。他能听见他们的声音,实际距离比他想到还要近一些,这意味着他们也能听见他。秘密行动已经不可能了。西蒙向前一跃,此时他无比感激自己的长腿和每周好几个小时在健身房里进行的锻炼。他一次跨上两、三个台阶,就像是被追猎的狐狸听见了身后猎犬的吠声。

肾上腺素在他的血管中喷涌,他想起了加布里埃尔的训练、他的战斗、那个男孩是怎么穿着盔甲奔跑的,如果必要的话甚至还可以跳上他的马——

——手抓在这里,用力推,向上翻过栏杆——

——继续前进。"阿娜雅,到屋顶还有几层?"

"到——该死,西蒙,还有六层。"她的声音有些哽咽。她觉得他可能挺不过去了。西蒙也没说什么来安慰她。他也不确定自己是不是能行。

"西蒙·海瑟威!"他听见有人喊道。西蒙并没有慢下脚步。如果他们喜欢冲他大喊大叫,就让他们白费力气好了,他不凑这个热闹。"你占有了阿布斯泰戈的财产!把它交出来,接受裁决!"

这一次再加两个台阶，向上翻过栏杆，登上下一层楼。现在他们噔噔噔的脚步声越来越响，也不在乎有谁会听见了。这时第一声枪响了，枪声在楼梯井的空间里回荡，声音响得惊人。西蒙震惊之下心跳陡然加速，他又加快了脚步。

"大楼有三条主要逃生路线。"阿雅娜说，他耳朵里的声音已经冷静下来了。他几乎听不见她说话，他耳中只有脚步声、怦怦的心跳声和他越来越急促的呼吸声。"他们距离屋顶只有两层了。第二个楼梯井的人比你跟你的朋友们低二层。"

这才是最糟糕的。说到底，他的追捕者们很有可能是类似于博格手下那支行动小组的圣殿骑士。他们本该是朋友，或者至少是战友。

可他们并不是他的朋友。他们是敌人。

他们冲上下一段台阶。这一次西蒙不再跑了。相反，他把大衣撑在身前，跃过栏杆跳到了领队身上。领队特工暂时什么也看不见了，脚下失去平衡，摔倒撞在落后几步的圣殿骑士特工身上。西蒙跃过这两个缠在一起的男人，拔出了伊甸神剑。他以前从没像现在这样握着这把剑，但加布里埃尔清楚如何用单手握住剑柄，西蒙以优美的弧线挥动这件武器。神剑狠狠地打在第三位特工的整个躯干上。他的枪哗啦一声落在台阶上，掉到了下面很远的地方。

加布里埃尔会把那人砍成两半。西蒙做了贞德会做的事：他只用剑背攻击。特工没想到他们会斗起剑来，也没想到西蒙的攻击力量有这么大。

但第四个特工把手举了起来，在那一瞬间，西蒙看见有一截枪管在楼梯井的灯光下闪闪发光。然后他就跑了，向上跑到了下一层楼，他的追踪者们挣扎着想要站起来继续猎杀。

这场小冲突给他争取到了一点宝贵的时间，西蒙没有浪费这点时间。再上一段楼梯就到了,那是最后的门,通往屋顶的门。他用肩膀把门撞开,继续前进。

夜晚的冷空气冲击着他燥热的脸和起伏的肺。西蒙继续奔跑,他先是在混凝土小路上飞奔,接着又跑到了屋顶公园修建齐整的草坪上,屋顶上就要没路了。

为什么我要上来这里?他疯狂地想着,但这个想法已经太迟了。我就像是一只被困在陷阱里的该死的老鼠。

他已经拖住了圣殿骑士,但并没能阻止他们,他们已经从他身后的楼梯上冲了出来。在屋顶的另一边,一扇大门轰然打开,灯光兀然刺破了黑暗。第二队追踪者也上来了。两组人都在向西蒙逼近,一组在前,一组在后。他们也和他自己一样清楚,除了电梯和现在他们冷酷无声地现身的那两条楼梯之外,已经没有其他路可以逃离这个屋顶。

快思考!快想办法!

思考曾许多次救过西蒙的命。他一直依赖于逻辑、理性和分析,去解决生活扔给他的种种施虐般的玩笑。但现在,这些对他毫无用处。

在他身后响起致命的枪击声。树,他的理性在大喊,接着逻辑思考拯救了他。他改变了方向,曲折前行,让自己变成一个难以预测走向的靶子,像醉汉一般毫无规律地倾斜身体,朝着能让他避开一阵阵子弹的树林、灌木丛、雕像,还有现在空空如也的冰激凌饮料货摊的方向跑去。

但这也只能让不可避免的事情推迟发生而已。

西蒙十分了解他那些圣殿骑士同僚的能力。而且他也知道他们想要的是什么。他们不是来盘问、或者抓捕他的。尽管圣殿骑士们在楼梯间里让他投降,可他们照样开了枪。他们想要杀了他。因此,要不了多久,他就会死。

这里只有一条出路,如果能成功的话,那将是一个该死的奇迹。

他的心脏怦怦直跳,胸膛上下起伏,身体的负荷达到了极限,无论他接受过怎样的训练,无论他的血液里流淌着什么样的基因,归根到底他还是个人类,不是么?但他并没有慢下动作,他不能慢下来。不能让他那颗能正确推理、善于分析、理智的头脑,阻挡来自他内心深处原始的生存本能所迸发的信号。不能让头脑影响到他的身体。

因为他的身体知道是什么在呼唤着他,他的身体知道要怎样去做。

他身旁的树枝被子弹击中炸开。木头的碎片擦破了他的脸,血渗了出来。他耳中响起阿娜雅的声音,她在大声叫喊着,他听不清她在说什么。

他身后的圣殿骑士为他书写的命运是一种无情的必然结局。而围绕着阿布斯泰戈工业伦敦办公室屋顶花园边缘的石制屋顶,却给了他一个疯狂而绝望的机会。

只要他有信念去做。

西蒙·海瑟威没有慢下来。他突然向前猛冲,唤起一股爆发力再加速,像跨栏跑手一样翻了过去。他的长腿蹬向空中,弓起背、展开双臂——

——然后纵身跃下。

34

"真是遗憾。"艾伦·瑞金一边说，一边打开进入内殿团私人会议室的大门。不到十天前，西蒙·海瑟威就站在这里，站在一块白板前面，用诚挚的声音大谈以获取知识为目的的知识。"我们不得不重新启动选拔流程了。真不敢相信西蒙在这个位子上连一个星期都没撑下来。"

"我们有谁知道到底发生了什么吗？"利蒂希娅·英格兰问道。

"是的，我们有人知道，"西蒙镇静地答道，他站在房间的另一头。"好吧，我知道。"

瑞金愣住了。在此之前，西蒙从没想过他会在谁的眼睛里看到纯粹的仇恨，但现在他见到了，仇恨就积郁在艾伦·瑞金那双深色眼珠里。

"西蒙。真没想到，"瑞金说道声音既冷酷又平淡，掩饰着他锐利的目光，"老实说，你是我最意想不到会在这个房间里出现的人。"

西蒙环顾着他的内殿团同僚们震惊的表情。他不知道他们得到的消息是什么样的，也不知道自己是否还能活着离开这个房间。"套用一句马克·吐温的话，关于我死亡的报道被严重夸大了。"

阿格妮塔·赖德先笑了。"好吧，我本人觉得很高兴。"她说，她的声音听起来真的很开心。

"西蒙，你到底怎么了？你去了什么地方？"中村光子问道。瑞金的目光从没离开过西蒙，他正忙着启动显示器。几秒种后，奥措·博格和阿尔瓦罗·格拉马提卡的脸也出现了，他们对西蒙在场表现出了相似的惊讶表情。

"你是怎么通过安全检查的？"阿尔弗雷德·斯特恩斯疑惑地问道。

"我很快就会回答你的问题，光子。我现在先回答你的问题，阿尔弗雷德。我是一个伦敦的英国圣殿骑士历史学家——这座城市已经有两千年的历史了。有谁比我更清楚那些失传已久的地下通道？"他挺起胸膛，"好了。现在我们都在这里——以不同的形式——我正式提议，请求内殿团对我本人做出裁决。我有权要求召开一场听证会。"

"他确实有这个权利。"博格说。这让西蒙十分意外。他没料到奥措·博格会为他申辩。

"你到底做了什么，需要我们裁决？"英格兰问道。

"我偷走了一件珍贵的神器，"西蒙坦率地说，"我还盗走并且毁掉了骑士团的知识产权。但是我已经归还了伊甸神剑，现在它的状态比我把它拿走的时候要好得多，另外我会揭示并且归还知识产权的内容。我全心全意地相信，我所做的一切都是为了圣殿骑士团的至善。"他淡蓝色的眼睛对上了瑞金的目光。

"艾伦，他到底在干什么？"斯特恩斯质问道。

"我一点儿也不清楚。"瑞金说。

骗子,西蒙心想。"作为我的雇主,艾伦,你现在就可以开除我,向我提起诉讼,"他说,"但作为内殿团的一员,你必须允许我说话。你今天要做什么?CEO 还是圣殿骑士?"

瑞金眼睛旁边的一块肌肉抽动了一下。"圣殿骑士。圣殿骑士永远是第一位的。"西蒙就猜他会这么说。瑞金选择了看似理性,而不是狭隘跋扈的路线——至少在人前是这样。

"那就好。"大卫·吉勒曼说。

"哦,确实会好的。我不会请你拍黑板擦的,大卫。"这一次,吉勒曼没有笑。西蒙指了指现在陈列在会议桌上的两件科技产品。其中一件是一台 3D 显示器,另一件则是一个细长的盒子。

"剑就在那儿。"西蒙朝盒子点了点头,"让我简短地概括一下我们所知的神剑历史。它曾经属于大团长雅克·德·莫莱,直到 1307 年 10 月 13 日的圣殿骑士大搜捕。它在当天被送往圣殿妥善保存,在此后的某一时间,它被埋在了圣卡特琳德菲耶尔布瓦教堂的祭坛后面。贞德在 1429 年派人把它挖了出来。它在——"

西蒙停了一下,清了清他的喉咙,然后继续说道:"它在 1429 年 9 月 8 日的巴黎之战中遗失。在此之后的某个时间,它被圣殿骑士找回归还圣殿,之后就一直放在那里,直到弗朗索瓦-托马斯·日耳曼在法国大革命期间找到了它。从那之后,神剑就损坏了,落到了刺客阿尔诺·多里安手中。毫无疑问,在它最后被放到艾伦的办公室之前,一定还经历过更多的冒险。我稍后会把它送回去。"

他握着手背在身后,注视着他们。"在我加入内殿团那天,当我站在你们面前的时候,我下定决定要做两件事。其一,找出方法修复这把剑。其二,针对我这个部门的任务,我要证明我的方法的价值——

我要向你们展示，只要你们给偶然留下一席之地，就会带来回报。在此过程中，我发现了一些让我震惊、恐惧并且振奋不已的东西。"

他深吸了一口气，又开始了。"我发现，我们的骑士团迫切需要纠正至少六个世纪以来的路线。从那时候起，我们就误解或者曲解了几乎所有的一切。"

"你好大的胆子！"斯特恩斯气得脸色铁青，"你加入内殿团才仅仅一个星期，你——"

"我们的路线并没有什么问题——"英格兰开口道。

"异端。"

这个词让所有人都沉默下来。当然，这话是瑞金说的，他无疑认为西蒙帮了他的忙，主动给自己判了死刑。

"我并不相信这是异端，"西蒙镇定地答道，"我想要向你们证明，我们已经偏离了德·莫莱给骑士团定下的目标。自从他殉难之后，我们犯下了大量的错误。你们已经允许我陈述我的理由。如果在此之后你们认为我是一个异端，那么我会服从你们的裁决，就像我之前说的那样。"

"我发现这一切非常有趣，"格拉马提卡大声说，"西蒙，我还以为你这人很乏味，但显然我错了。"

在瑞金让他再次闭嘴之前，西蒙继续说道："我偷走的知识产权是我的祖先加布里埃尔·拉克萨尔的记忆。我带走它们是因为，在我有机会向你们展示我的发现之前，我不希望它们，啊，被人篡改。它们现在就在这里，完好无缺。"

西蒙点了一下遥控器。3D 显示器活了过来，他总是觉得这东西看起来像是个非常高科技的水族箱。记忆走廊让人熟悉无比的雾气显现出来，雾气翻腾旋转，就像是墨水滴进了水里。

过了一会儿，雾气涡流凝结成型了。"现在，你们看见的是雅克·德·莫莱和他的几位圣殿骑士留下的雕刻——涂鸦，当时他们被关押在希农城堡。"

就在西蒙解说的时候，让·德·梅兹的声音从显示器上飘了出来。"这里肯定留下了一些信息。圣殿骑士可不会花费精力只为画些有趣的图案。"

"这些雕刻很有名，"瑞金嘲弄道，"你在浪费时间，西蒙。密码学研究处的摩根斯顿能说到你耳朵起茧——"

"真是意思，不是吗，那位密码学研究处的摩根斯顿从来都没有收到过这幅涂鸦，而毕博医生却已经把涂鸦发给他了。"西蒙敏锐地观察着众人的反应，内殿团的其他成员都留意着这句话，但他并没有直接看着瑞金。"请特别注意一下这个——这是某种倒置的泪滴形状的太阳，照耀着圣殿骑士扬起的脸。注意这里面有许多例上举的双手，还有心脏画在几个不同的地方。这行字是拉丁语。它写的是：'心若强健，其必无恙。'"

"你为什么要向我们展示这些东西？"博格和以往一样直言不讳。

"过一会儿你会明白的。请先记住这些。"场景重新变回了雾气，然后凝聚成了贞德的脸。

看到她的脸，西蒙感觉如遭重创。他咬咬牙，极力让自己的声音保持镇静，看着贞德。她拿着那个小袋子，面露微笑。"我把他们给我的戒指放在了这里，还有另外几件对我来说十分特殊的物品，它们一直都离我的心脏很近。"她说。

西蒙短暂地闭上了眼睛，然后继续说道："加布里埃尔可以感觉到神剑里的力量，但当他触摸这把剑的时候，这把剑却毫无生气，就跟你把它交给我研究的时候一样，艾伦。死的。黯淡无光。但请你们看好。"

他又一次看到了贞德苦忧参半的脸。她瞪大了蓝色的眼睛,当她倾身靠近神剑的时候,挂在她脖子上的袋子也滑到了前方。她把宝剑从红色天鹅绒剑鞘中抽了出来,看着金色的光芒倒抽了一口气。

当贞德握住神剑的时候,西蒙的好几位观众都迅速吸了一口气,这一刻他不由得感到有几分满足。神剑的金色光芒越来越亮,古代科技的线条也闪烁着活了过来。

"耶稣玛利亚啊。"贞德低语着,举高了手中的剑。她的脸庞放射出光芒,神剑也光彩熠熠,白色的闪电笼罩着一团驯服的光华。

"你们应该都看得出来,神剑现在是激活的。但你们看不出加布里埃尔此刻的感受,"西蒙说,"他感觉到喜悦、满足、平静……"西蒙皱着眉头,他知道自己的话并不是很恰当。"他感觉没有什么好害怕的。没有人会受苦。残忍或痛苦从此无须存在。当贞德握住这把剑,就只剩下安宁和平静。"

"对圣殿骑士?"英格兰想要明确他的意思。

"对所有人。"3D 显示器中出现了一段蒙太奇镜头,展示着贞德手持神剑行动的样子:她高举神剑,只用剑背战斗,用神剑的闪电保护自己,将敌人的利刃打成碎片。

"了不起。"这句评语来自博格。他脸上的表情似乎在天人交战——怀疑自己看到的一切,却还带着一种奇怪的……向往,西蒙只能用这个词来形容。赖德用手托着下巴,看得非常入神。

"这些我们在日耳曼身上都没有看到。"格拉马提卡说。

"是的,"西蒙说,"我们确实没有见到。也请记住这一点。"

现在,加布里埃尔·拉克萨尔在鲁昂的一间酒馆里。西蒙记得他的愤怒。这男孩是来这里杀人的,但最后,他看到的事情让他觉得非常厌恶，于是他决定让这个醉酒的浑蛋活下去。

"乔佛里·泰拉热，"西蒙严肃地说，"是你那位前任的祖先，大卫，沃伦·韦迪克的祖先。"

泰拉热完全是一副可怕刽子手的派头。他身高六尺过头，在那个时代算是个巨人，体格也十分强壮。他有一头黑发和浓密的黑胡子。此时此刻，他正弓着背，手里拿着一杯麦芽酒。泰拉热瞪大了眼睛，目光呆滞，两眼满是血丝，正在向他的同伴轻声低语，另外那个人年长一些，穿着也更好一些，现在正一脸震惊，吓得神情呆滞，面如死灰。

"这个活儿我干了二十五年，"泰拉热喃喃低语，"我见过他们乞求、哭泣、咆哮、失禁，祈祷和诅咒上帝。可这次……"

他又喝了一大口酒，打算杀死他的年轻人从另一张桌子上看着他。"我的职责就是杀死他们。我从来没有多想过什么。可这一次我要下地狱了。我杀死了一位圣女，上帝见证。"泰拉热巨大的身子骨瑟瑟发抖。"她的心脏……我们烧了她三次。该死的，三次。我往她的心脏上面浇油、撒硫磺、木炭。可它就是烧不着。"他把一只颤抖的手捂在脸上，"最后我把它扔进了塞纳河。"

"我们烧死了一位圣徒，"另一个人呐呐地说，"上帝怜悯我们的灵魂。"

"关于她的心脏无法焚烧的说法，属于围绕圣女贞德的一部分民间传说，"西蒙说，"可这个传说似乎是真实的。我们从那个三次试图摧毁它并且失败的人口中直接听到了这个故事。"

"泰拉热喝醉了，"英格兰轻蔑地说，"这都是他的想象。"

"这不正是我们圣殿骑士最喜欢用的官方口径吗？每当有普通人偶然发现了他们不能解释的事情的时候？"西蒙反问道，"也请记住这一刻。这很重要。"

场景再次改变。"现在，你们应该能认出加布里埃尔。正在和他说话的这位优雅男士是让·阿朗松公爵，在历史记载中，他是圣女贞德最好的朋友。历史所没有记录的是，阿朗松和加布里埃尔一样，正在接受训练成为一名刺客。他也是查理王的终生挚友。那么，为什么这样一个人会在贞德死去八年以后，参加叛乱反对查理？他为什么会成为金羊毛骑士团的成员，加入那个由勃艮第公爵菲利普建立的骑士团——成为一名圣殿骑士？"

"他转变了立场。"斯特恩斯低声赞许道。

"是的，"西蒙确认道，"但是几个世纪以来，历史学家一直都很疑惑，究竟是什么驱使他这样做。但我们现在……知道答案了。"

35

"圣殿骑士?"加布里埃尔惊恐地说。阿朗松看起来如此苍老,西蒙想起来了,他如此憔悴。但加布里埃尔也同样不再是一个年轻人了。

"刺客随时都可以救出让娜,"阿朗松忿忿地说,"但他们选择不去救她。我质问过德·梅兹和约朗德,但他们拒绝告诉我原因。"

"让娜曾经说过,'我无所畏惧,除了背叛'。"

公爵的黑眼睛悲伤地看着比他年轻一些的男人。"有件事我必须告诉你。你会觉得难以置信,可是——勃艮第公爵从来没有想过,更不用说下令,处死贞德。"

加布里埃尔对此嗤之以鼻,他对阿朗松的暗示既恼火又反感。阿朗松安抚的举起一只手。"求求你,我的老朋友,且听我说完。当然他想要阻止她。她已经威胁到了圣殿骑士的计划。他们没料到会出现一个有她那种血统的女孩,更不要说她会找到一把伊甸神剑。是菲利普的人,利尼伯爵卢森堡的约翰俘虏了她。你记不记得他关了她多久?"

"好几个月，"加布里埃尔回忆道，"而且，"他很不情愿地补充道，"他们待她很好。可他把她卖给了英格兰人！"

"圣殿骑士必须要败坏查理的声望，"阿朗松说，"让娜和他关系密切。如果她被裁定为异端，就会让查理非常难堪。因此圣殿骑士——勃艮第人和英格兰人——同意尝试将她判为异端。"

"一场结果，"加布里埃尔冷笑道，他依旧非常愤怒，"早就注定的审判。"

"是的，"阿朗松说，"她的审判，她的判决——她的出路是公开放弃异端信仰，然后她会在三年、也许是四年内获释——你说得没错。全都是计划好的。加布里埃尔……他们想要的、他们所需要的，只是消除她的威胁。查理已经抛弃了让娜，这个世界也会抛弃她。"他轻轻地说，"她可以回到栋雷米镇。结婚。成家。计划本该是这样的。"

即使是现在，他和其他人一样在旁观这一段记忆，可西蒙依然记得他听到这个消息时那种撕心裂肺的感觉。让娜，和她的家人一起回到家乡。也许……也许是和他一起，还有他们的孩子。加布里埃尔瘫倒在两人说话位置旁边的石墙上，阿朗松扶着他。

"我——我不相信你。"他轻声说。他不想去相信，因为如果他相信的话，这简直会让他觉得更加痛苦。刺客辜负了贞德，而圣殿骑士却在设法救她的命？整个世界都颠倒了。

"在审判期间，他们做过另外一项检查，验证让娜是否依然是处女。而她确实还是。如果一直以来在她牢房里的那些人都恨她的话，她怎么可能还能保持清白？因为菲利普告诉过那些卫兵，如果他们胆敢侵犯让娜，他就会处死他们！"

加布里埃尔揉了揉太阳穴，试图理清这一切。"可是到底发生了什么？是哪里出了问题？"

"是皮埃尔·科雄主教和检察官让·迪斯蒂韦神父。问题就出在他们俩身上。他们想要出名，想要巩固自己的政治地位。科雄想要成为鲁昂的大主教，而且他个人对让娜怀恨在心。至于迪斯蒂韦……"阿朗松啐了一口，"他就是喜欢让别人受苦。"

加布里埃尔依旧头昏脑涨，但阿朗松却毫不留情。"菲利普担心他们会坏事。他在五月中旬，也就是她被处决两周前，派利尼伯爵去了让娜的牢房，向她提了一个建议。只要她同意不再起兵反对勃艮第人或者英国人，利尼就会把她赎回来。可是……她——"

"她认为那是一个陷阱。"

"是的。她同意以后不再穿男装，菲利普以为这样就万事俱备了。可是后来……哦，加布里埃尔……"阿朗松看上去像是要崩溃了，"科雄命令卫兵们拿走她的衣服。他们只给了她男人的衣服……不然就没有衣服穿。"

"这就是为什么她的处境会再次恶化……"加布里埃尔低声说。随后，他厉声说道："这就是为什么她会死。"

"让娜只是一个姑娘，她根本就不明白在她身上发生了什么。她甚至都不是一个刺客。圣殿骑士对此非常清楚。她不应该死的，加布里埃尔。你还记得雅克·德·莫莱吗？"

"什——什么？我记得……"加布里埃尔看着自己的老朋友，有些困惑。

"他为所有的圣殿骑士树立了榜样。"阿朗松的黑眼睛里充满了热情。"我们相信让娜的剑曾经属于他。那把剑正是遵照德·莫莱所想的方式行事的。他就是被当作异端烧死的。他最不想要——绝对不想——他的骑士团做的事情，就是把一个和他一样心地善良的姑娘烧死，尽管她自己并不知情。"

"你为什么要告诉我这些?"加布里埃尔抽泣着质问道。

"因为你需要知道,圣殿骑士曾经尝试过,反复地尝试过,想要阻止让娜的死。骑士团并没有杀死她——是两个自私的人干的。他们在意的不是人类的福祉,而是他们自己的欲望。骑士团认为你也许有兴趣帮助他们替天行道。"

加布里埃尔慢慢抬起了头。他的嘴唇紧紧地抿成了一条细线,脸色铁青。

模拟场景改变了。一个老人坐在椅子上,有位仆人正在照料他,他把一块温热的布盖在老人的眼睛上,随后拿出了一把小剃刀和一块肥皂,他把剃刀和肥皂放在桌上,准备给老人修面。

一个影子移动到他身后。加布里埃尔用胳膊搂住了仆人的脖子,他用力勒紧胳膊,直到吓坏的仆人晕了过去。加布里埃尔尽量安静地把他慢慢放倒在地板上。然后他走上前来,拿起剃刀,架在了老人的喉咙上。

"艾蒂安?"皮埃尔·科雄问道,那块布还盖在他眼睛上。他的声音又尖又高。他不再是过去那个强大的演说家,能够用连续几个小时的提问欺凌一个饥肠辘辘、精疲力竭的年轻女人。

"我不是艾蒂安,"加布里埃尔答道,"你不认识我。我只是一个影子。一个见证者,见证了你对少女让娜所做的一切。你的主子们放过了你,但现在……现在他们觉得是时候杀掉你这条老狗了。"

西蒙知道加布里埃尔有多么渴望能亲手宰了他。但在他划开科雄的喉咙之前,老人剧烈地痉挛起来。他喘着粗气,使劲抓挠自己的心脏的位置,然后他半瘫在椅子上——死了。

"加布里埃尔没能享受到亲手杀死科雄的快意,"西蒙继续说道,"但让·迪斯蒂韦就没那么走运了。人们在下水道里发现了他的尸体——他的喉咙被一把细长、尖锐的利器刺穿。民众称之为上帝的正义,是他对贞德的恶行招来的报应。"

西蒙停顿了一下,他振作精神,准备迎接否定和攻击。但否定和攻击并没有出现。他看不懂他们的表情:圣殿骑士拥有全世界最好的扑克脸。但他们还是允许他继续讲下去。

"你们应该还记得,"他说,"在我开始讲解的时候,我请你们记住三件事。"他点了一下遥控器。场景重置了,开始随着他的讲解显现出每一件物品。"德·莫莱留下的涂鸦、异乎寻常的太阳图形和拉丁箴言;贞德戴在脖子上的吊坠;还有神剑对她的反应。对此,我要再补充两点:泰拉热的陈述,贞德的心脏无法被焚烧;还有关于勃艮第公爵菲利普的情报,他曾经反复尝试让贞德活下来,并且对贞德的两位法官等同于背叛圣殿骑士团的行径非常愤慨。"

他又点了一下遥控器。另一幅图像出现了,但这并不是阿尼姆斯记忆,而是一张简单的照片,拍摄的内容是德·莫莱涂鸦。"留意那个太阳,"他说,"现在它是一个凹坑。曾经有东西放在那里,然后被盖了起来……直到正确的人找到它。无论加布里埃尔看到它的时候里面藏着什么,后来都被人拿走了。我相信我知道那是什么东西。"

西蒙的心脏怦怦狂跳。一切都取决于接下来要发生的事情。他把手慢慢伸进他的口袋里,拿出了一个用手帕包裹着的小东西:这东西在他口袋里放了已经有些时候了,它悄然流露出一股平静的气息,让他如潮的思绪镇定下来。他把它放在桌上,打开了手帕。

人们开始窃窃私语,所有人都俯身向前想要看得更清楚一些。这东西差不多有大颗的葡萄那么大,它是一个完美的、散发着光芒的绯红色球体,正在有节奏地律动。西蒙看到几位内殿团成员明显放松了下来。它并没有在控制他们。但他们能够感觉到它,也在回应它的能量。

"这个东西，"他说，"我称之为圣心。它是神剑的心脏，也是贞德身上无法焚烧的那颗'心脏'。就是它让雅克·德·莫莱和贞德可以真正运用这把剑的力量，而日耳曼却不行。"

西蒙相信他的讲解十分顺利，他开始讲述圣心的故事。他告诉内殿团，圣心曾经是伊甸神剑上固有的一部分。只要不在战斗中使用这件武器，德·莫莱会让圣心和神剑一直保持分离，以防万一神剑丢失或者遭遇背叛，这两件伊甸碎片不会一起被夺走。不知怎的，德·莫莱通过某种渠道——西蒙并不知道他究竟是怎么做到的——偷偷把圣心带进了库德赖地牢。他在地牢墙壁上凿出一个凹坑，把圣心放在里面，又用同样是偷偷带进地牢的石膏把藏匿点掩盖了起来。他甚至还留言告诉那些能读懂拉丁文的人该如何使用圣心："心若强健，其必无恙。"

"他相信会有正确的人找到圣心——圣心会呼唤他们，"西蒙继续说道，"这个人就是贞德，在一个多世纪之后。错误的读者会被箴言误导。它并不是说'如果你的内心坚强，它——你的心灵——就不会受伤'。它的意思是'如果你的内心坚强，它——神剑——就不会受损'。讽刺的是，贞德本人却是个文盲。"

西蒙会失去一部分人的支持——斯特恩斯、吉勒曼，瑞金，当然。但其他人都倾向于支持他。相对于谨慎，他们现在更多是好奇。

"那是在她抵达希农之后，加布里埃尔注意到贞德的脖子上挂着一个小袋子。她在库德赖塔楼待了一段时间——她在此受到召唤，找到了密封在塔楼地牢里的圣心。我相信，她把圣心和她家人的戒指一起放在了那个袋子里。她第一次接触神剑的时候，身上就挂着那个袋子——在此之前，神剑一直都处于休眠状态。它被激活是因为圣心——它的能量源——就近在咫尺。而且极有可能也是因为它的使用者拥有高浓度的先驱者DNA。

"于是贞德不可思议的，有些人可能会说是奇迹般的一连串胜利就这样开始了：这些战斗的胜利靠的是她从逻辑上不可能知道的军事策略，靠的是她那些追随者的激情和热忱。驱动神剑靠的并不是征服和痛苦，而是履行正道的信念。'心若强健，其必无恙。'"

西蒙打开了盒子。

神剑光彩熠熠——温暖、美丽，因为靠近圣心，它变得活跃起来。但现在它还并不完整。他伸手抓住剑柄末端的圆头，开始旋转它。这东西在他手里很轻松就拧开了。西蒙向全神贯注的圣殿骑士们展示这个圆头。它是中空的——而且空洞的大小恰好可以装下光芒四射的圣心，西蒙把圣心装进去。他把圆头重新装好，然后松开手。

"圣女贞德被烧死的时候，圣心就挂在她脖子上。刽子手无法摧毁它，就把它扔进了塞纳河。正如你们有些人知道的，潜水是我的爱好。我去了塞纳河，到了我相信她的骨灰被丢弃的地方。"

"我并不是贞德。"他说。他的声音有些颤抖。随它去吧，他想，他们面前的东西比他们自己更有价值，而现在他们将要见证的事情已经有超过500年未曾现世了。"我甚至也不是加布里埃尔·拉克萨尔。但我确实拥有先驱者DNA。就像加布里埃尔能感觉到伊甸神剑被埋在教堂祭坛后面无人知晓，我能感觉到圣心就在塞纳河底，它想要被人找到。我花了一些时间……但我找到它了。"

"圣心远离它的家园已经有好几个世纪。从那以后，就再没有能理解神剑本质的人使用过这把剑。"

他抬头看着他的圣殿骑士同仁，无比期望他们能够明白，能够理解，就像他自己一样。"就像我说的——我并不是贞德。但在我通过加布里埃尔的记忆看过、感受过之后——根据我对骑士团的全部了解，对这个我的家族有好几代人有幸加入的组织，这个我本人已誓言将奉献终生的骑士团——也是你们立誓要奉献终生的组织——我相信，我也敢说，在此时此地，我的内心足够坚强——而且满腔热情。"

西蒙·海瑟威伸出一只手，他握住伊甸神剑，把它举了起来。

清澈纯粹又明亮的光芒突然照亮了整个房间。他们所有人都平等地沐浴在这光芒下——从瑞金到西蒙、到赖德、再到英格兰——西蒙突然感觉仿佛一辈子，也许是几辈子的负担都从他的肩膀上消失了。所有人都同样保持着沉默，惊讶地凝视着眼前的奇观。

它放出的光芒并没有加布里埃尔·拉克萨尔所见的那么明亮。的确，西蒙并不是贞德。

但他相信神剑所代表的一切。而神剑也心知肚明。

"这才是圣殿骑士团该有的样子！"西蒙大喊道，喜悦和坚定在他的血液中涌动。"它是危难时的武器，是全始全终的启迪。是人类最危难时的指路明灯。这才是雅克·德·莫莱的目标。这就是为什么神剑会在贞德的触碰下焕然新生。这就是为什么，如果你们将我的话视为谎言，将我的作为看作异端，那么我也将和过去持握神剑的人一样欣然面对死亡：他们蒙冤受难，为了自己全心全意相信的理想而死。"

他伸出神剑，直视着每一位内殿团成员的眼睛。"这把剑的剑刃非常锋利，它的力量也已经恢复。这是一件优雅而致命的武器。你们之中有谁坚信我是异端，有谁认为自己的内心足够坚强，足够清白纯洁，可以用这把剑打倒我？"

不止一位圣殿骑士团内殿团的成员——八位最高层的高层圣殿骑士——都朝着神剑动了动。

"我呼吁撤销所有针对西蒙·海瑟威的指控。"西蒙看着屏幕，这句话出自奥措·博格之口让他十分惊讶。西蒙一直把这个男人看作是一位暴徒,现在博格的脸色带着几分惊奇,变得几乎有些柔和起来。

"我附议。"赖德说。她表现得很镇静,但她又飞快地眨了眨眼睛。"西蒙,你完成了你为自己设定的目标。如果说你拿走了圣殿骑士团的财产,那么你也只是让它重新变得完整而已。而且我也同意,我们的某些方法,确实和德·莫莱的剑代表的理想并不完全一致。"

并不是每一张脸上都饱含着理解。瑞金、斯特恩斯、格拉马提卡和吉勒曼什么都没说,但他们显然不为所动。最后,瑞金开口了。

"你给了我们很多值得思考的想法,西蒙。不过你大获成功以后,我也很难表示反对。你可以在历史研究部按你的想法继续工作,你也可以随意调用阿尼姆斯。但现在,如果你不介意的话……我还是想把我的剑拿回来。"

围绕着会议桌的轻笑声打破了几分神剑的魔咒,但并没有完全抵消它的影响。尽管有些不太情愿,但西蒙还是毕恭毕敬地把这件精致的神器放回原处,然后将关好的盒子交给了瑞金。

他不禁注意到,阿布斯泰戈工业公司的CEO始终都没有碰过德·莫莱的剑。

36

筋疲力尽的西蒙跌跌撞撞地走进他的公寓，然后瘫倒在沙发上。他还没意识到，经过最近这段时间——一周？还是十天？他记不清了——之后，他现在到底有多么心力交瘁。但这个世界重新恢复正常了——又或者，也许这一切还是第一次走上正轨。

他办公室和家里的窃听器都不见了。普尔也喜气洋洋地回到了风暴餐厅，此前他作为"茶壶里的风暴年度员工"去爱丁堡享受了一段意外的假期。那个被阿娜雅当作自己替代者培训的年轻人，本·克拉克，自从西蒙带着神剑逃走之后就再也没出现过。就连西蒙公寓楼里那位看门人也回来了，他也去度了一个神秘的假期。

会议结束以后，西蒙立即给维多利亚打了电话。听到他不在的这段时间，她和阿娜雅都没有受到审查，他不禁长舒了一口气。"我想他们是在等着搞清楚在我身上究竟发生了什么。"西蒙告诉维多利亚。他在用一次性手机和她聊天，西蒙觉得他养成的某些习惯也许还是应该保持下去。

"我也这么觉得，"她说，"不过确实没有发生什么异乎寻常的事情。我已经回到鹰巢，我得说我还真有点想念这里。不过我们合作的这段阿尼姆斯冒险，拿什么我都不换。"

"我也不换。"他顿了一下，"我……对你真是感激不尽，维多利亚。这段时间你一直都在支持我，哪怕我以为你并不是在帮我。我已经很久没有交过真正的好朋友了。"

她心里清楚他没说出口的话，她回答时的声音充满了感情："也许你可以来看看我们这里的工作。跟我合作的这些年轻人都非常出色。"

"肯定没有贞德和加布里埃尔那么出色。"西蒙说。他意识到自己正在笑。

"没人能像贞德和加布里埃尔那么出色。"她说，"不过还是希望你能来。"

"我会去的。"他说，他也打算这么做。

"哦，还有件事——你究竟是怎么逃出去的？"

他轻声笑了起来。"我来了一次信仰之跃，正好落到贝拉齐博的遮阳棚上。我听说他们把维修费从我的薪水里扣掉了。"

他离开伦敦去法国这段时间一直和阿娜雅保持着联系，正是她不知用什么方法帮他搞来了齐全的假证件，让他畅通无阻地完成了前往鲁昂的路程，再安然返回，所以他知道她很安全。回来以后他还没跟她谈过，而且他感觉现在再去谈心里隐约有些不舒服。虽然美国队长已经被神秘地"解雇"了，但他知道阿娜雅还是打算接受阿布斯泰戈娱乐的工作——这个职位已经被证实是一份真实的邀约，这让他们相当惊讶。

西蒙身心疲惫，焦躁不安。不知不觉中，他发觉自己正在开车返回阿布斯泰戈。和瑞金承诺的一样，他的安全卡已经升级了，他现在可以毫无困难地调用阿尼姆斯。

这种感觉很奇怪，在午夜过后来到这里，没有维多利亚陪伴在身边。他知道自己真的不应该独自进入阿尼姆斯。但此时此刻，他对自己的意志力十分满意，而且他对技术方面的流程也相当熟悉，他感觉自己可以在无人监控的情况下最后再回去一次。

他启动阿尼姆斯，输入模拟条件，然后想办法把自己固定好。他想起了维多利亚的评价：如果你愿意冒着受重伤的风险，你可以马上松开最后一条带子，自己进入阿尼姆斯。这话说得真没错。运气好的话，这次模拟不会有太多的身体运动。如果运气不好的话，好吧，西蒙知道怎么断开同步。结果可能会不太愉快，但总比受伤要好得多。

雾气再次围绕着他旋转起来。西蒙振作精神，准备迎接阿尼姆斯将要揭示的记忆。

1443年5月15日
布雷昂沃

加布里埃尔靠在他父亲房子的拱门上，抬头凝望着一轮灿烂的满月。在与已故的科雄主教令人沮丧的会面之后不久，他就返回了家乡。他渴望着能夺走科雄的性命，就算杀死他一千次也不为过。但上帝——或者恶魔——在加布里埃尔划开他的喉咙之前就带走了科雄。他觉得这是一个预兆，等他与阿朗松会面的时候，就是最后一次了。

圣殿骑士邀请他加入他们的行列，但加布里埃尔现在只想回到他的父亲、继母和他们的孩子们身边。在贞德的柴堆点燃同时燃起的复仇之火，已经渐渐熄灭，正如火刑场上那可怕的火焰最终也归于湮灭一般。他黯然神伤，也担心自己的伤痛永远无法弥合。

因此，他向阿朗松道了别，誓言不会加入刺客／圣殿骑士冲突中的任何一方。他在去年圣诞节前夕回到布雷昂沃：就是在十三年前的这一天，贞德抵达了鲁昂。他在他和贞德的家人身边找到了平静，但却没有得到安宁，他的悲伤始终没有弥合。

今晚，加布里埃尔在午夜时分醒来。他想起自己曾在初夏的夜晚外出，结果意外遇到了贞德，想到这里他的心脏就隐隐刺痛。那是十五年前，他想道，他现在已经三十多岁了。自从她被烧死，已经过去了十二年。所有人都告诉他情况会变好的，他会慢慢开始习惯她已经死去这个念头。但事实并非如此。他不会习惯。永远都不会。

"你在守夜。"

加布里埃尔愣住了。他耳中听见自己发出刺耳的呼吸声，尽管他紧紧地闭上了眼睛，可泪水还是夺眶而出。他这是疯了吗？他刚才是不是听见了让娜的声音？他亲眼看着她死去，以这世界上最可怕的方式死去。所以这不可能是她，但这并不重要。他是这世界上最幸福的疯子。

"让——让娜？"他转向声音传来的方向，睁开了眼睛。

在泪眼朦胧中，他看见仁慈的月光照耀在那张他挚爱无比，却又从未梦想过此生还能再见的脸上。他喘着粗气，跌跌跄跄地走向前方，跪倒在她面前，他抱着她的衣服，对他手指下羊毛坚实的触感完全不敢相信。

接着她用胳膊搂住了他，加布里埃尔在她怀里抽泣，她紧紧地抱住了他。"是我，"她说，"真的是我。"

他们久久地抱着对方，跪在坚硬的石头街道上，一语未发。最后，加布里埃尔抬起头，凝视着她被月光镀上一层银色的脸，握着她的手，心里余悸未消，害怕她终究只是一场梦。而让娜——让娜，让娜！——开始告诉他究竟发生了什么。

她被处决的那天，让娜和她的牧师马丁·拉德弗尼单独待在一起。拉德弗尼派人取来了他的圣带，为她准确地举行了圣餐仪式，他催促她喝下了某种又浓又甜的东西。她在当天晚上醒来的时候，发现让·德·梅兹正低头朝她微笑，周围还有一些她不认识的其他人，他们全都戴着兜帽，不想让人看见他们的脸。

"他说他还记得他效忠的誓言。他并没有忘记我。他和他的朋友们救了我，可是……哦，加布里埃尔……弗勒尔……"

一时间，加布里埃尔没有明白她的意思。随后内疚、恐惧和羞愧让他肝肠寸断，喉头发紧。他过去一直对弗勒尔愤恨难平，他诅咒她的名字，说她是叛徒、胆小鬼，可到了最后，她却比他更加忠诚——而且肯定比他更加勇敢。

"我以为那是你。"他低声说，他心里有一部分依然不敢相信这是真的。这份喜悦将永远掺杂着伤痛，是弗勒尔的牺牲换回了她的生命。他想起了那位金发女孩说的话。贞德改变了她的人生，领着她走向上帝。她用她的余生来感谢贞德带给她那几个月真正的平静。

"我——我看见……"加布里埃尔顿住了。他看见了什么？他和所有人都看见了他们预期会见到的东西：一个纤瘦、蓝眼睛的女孩，头上被塞了一顶法冠，遮住了半张血淋淋又浮肿的脸，为了羞辱她，他们剃光了她的头发，她喊着耶稣的名字死去——他现在才意识到那根本就不是贞德的声音。不过，似乎有件东西并不是弗勒尔为了完善这个假象做出的牺牲。他记得他看见贞德的袋子挂在她纤细的脖子上，几乎完全被她身上肮脏的衣服遮掩住了。

他怀疑人群中有些全副武装的"士兵"其实是刺客，为的是保证没人能看清楚假贞德的相貌。大隐于市。

"他们告诉我，我绝不能让人知道我还活着，否则弗勒尔就白死了。所以我没有那样做。我一直在四处徘徊，从一个镇子到另一个镇子，在旅店和酒馆里工作。我不能回到我的家人身边。少女让娜已经死了。可是……当我听说你回来了……我必须来看看你。我要告诉你，我绝不会要求我们的弗勒尔——或者你做这种事。"

"不，"他说，"你绝不会那样做。但弗勒尔有她自己的选择。"这一点他非常清楚，这一点也是他可以真正安慰让娜的。刺客们非常复杂，他们让弗勒尔做这件事确实也很残忍，但他知道他们绝对不会强迫或者威胁她。就算是弗勒尔本人提出了这个计划，他也一点儿都不会觉得奇怪。他搂着让娜的肩膀，看着她的眼睛。"她爱你。"

听到他说出这句话，她瞪大了湿润的眼睛，这些话即使现在他也不太敢说出口。然后，她柔声说道："我再也听不到我的声音说话了。是不是我把我的天使弄丢了，加布里埃尔？他们是不是抛弃了我？"

加布里埃尔慢慢地，轻轻地用拇指抹去一滴刚刚顺着她脸颊滑落的泪水。她已经不再是个女孩，而是一个女人了。她的脸庞变得苍老了一些，少了几分天真和丰满，可她的皮肤是如此柔软。他立刻意识到，他本以为是灿烂的满月照下的光芒，其实并不仅仅来自于天空。

贞德抬头看着他，她眼睛里闪烁着那颗美丽、善良的心灵，她再一次由内而外放射着光辉。

"不，"加布里埃尔耳语道，"我想他们并没有抛弃你。他们解放了你。上帝通过弗勒尔的牺牲，把你的人生还给了你。你现在可以选择要怎么度过你的人生了。你打算怎么办，让娜？"

很久以前她说过的话还言犹在耳。我已经发誓只要还能取悦上帝，就继续成为洛林的少女让娜，我怎么能同时再成为妻子让娜呢？我在三年前就已经做过承诺了。我的身体，我的心……我的声音现在需要我的全部。还有他的恳求：你只管让我尽可能陪你走到最远就好。

他感觉她的脸颊在他手中泛起了红晕，他知道贞德也想起了那个晚上。她抬起自己的手指摸索着轻抚他的脸，同时她的光芒绽放开来。加布里埃尔颤抖着把脸靠在她的手上。

"加布里埃尔·拉克萨尔，"贞德耳语道，她的脸是如此明亮，他几乎无法直视，"我会让你陪我永远走下去。"

很久很久以后，西蒙·海瑟威颤颤巍巍地把阿尼姆斯头盔从头上摘了下来。他用颤抖的手指摸索着解开各种搭扣，跌跌撞撞地走到桌前，在桌子上靠了一会儿，调整呼吸。现在他心烦意乱，花了好一会儿才想起必要的代码，从记录里抹掉了他刚刚看到的内容。

然后他拿起他的手机。

"西蒙？你怎么了，怎么回事？"阿娜雅的声音有些困倦，但充满了关切。

"我——阿娜雅，我得和你谈谈。"西蒙想要冷静下来，好好解释清楚他的感受，可这些话却自动脱口而出，"先不要去蒙特利尔。我们先谈一谈再说。求你了。今晚——"

"西蒙。"现在她冷静下来了，"发生了什么事？"

"一个奇迹！"他说，他又哭又笑。"我会把一切都告诉你。所有的一切，阿娜雅。所有我早就应该告诉你的事情，所有我曾经以为并不重要的事情，可实际上这些才是唯一重要的。我知道有时候说第二次机会已经太晚了，可是我……就让我们谈一谈吧。当然你也可以告诉我，如果——如果我现在已经太迟了。"

沉默良久。仿佛有十二年那么久。西蒙紧紧地握着手机，紧得他手都痛了。

"我永远都会听你倾诉的，西蒙。"阿娜雅的声音很亲切，"那就过来吧，我们谈一谈。我去烧壶水泡点茶。"

尾　声

"和您预期的一样，并没过多久。"

艾伦·瑞金暗自微笑。他正靠在阿布斯泰戈公司的空客 A319 舒适的皮椅上。"你有什么发现？"

"海瑟威在几个小时前使用了阿尼姆斯。"

我还以为海瑟威是那种过度谨慎型的人呢，瑞金沉思着。"你拿到模拟记录了吗？"

"不，长官，他用乔达里之前给他的旁路代码可以抹掉模拟记录。但有证据表明那里曾经进行过一场模拟。"

瑞金看了一眼他的表。"我现在没时间处理这件事。继续监视他，等我回来以后，我们再讨论该采取什么措施比较妥当。你觉得有人在怀疑你吗？"

"不。克拉克是个极佳的挡箭牌。他吸引了所有人的注意。他消失以后，黑客入侵就结束了，乔达里对此非常满意。"

"你继续监视的时候一定要小心,"瑞金警告道,"我不知道海瑟威跟她说了多少,但她对你以后的行动可能会更加警觉。"

"同意。要不是克拉克的话,她立刻就会抓到我。"

"我会通知欧米伽小队的其他人暂时停止活动。不过,等我从马德里返回之后,我们有可能要执行双埃普西隆。"

瑞金大胆地尝试过阻止西蒙了解真相。他真的试过。所以现在要发生的事情不能怪到他头上。西蒙高举着伊甸神剑的样子,就好像他是某位二十一世纪的亚瑟王,从石头上拔出了他的王者之剑。他对内殿团产生了严重的影响。他们有些人已经准备好放弃几个世纪以来圣殿骑士团所实际奉行的理念,转而支持很久以前德·莫莱设想的那一套理想形式的理念。

亚瑟王在幻灭中死去,被他的妻子、他最好的朋友还有他的儿子背叛。雅克·德·莫莱被活活烧死。

他们的理想主义观点并不是圣殿骑士团的最佳选择。

"针对海瑟威?"耳中的声音把瑞金拉回了现实。

"针对他们所有人,所有有潜在威胁的人。对于……其他人,也一样。我们得看看马德里的情况怎么样再说。"

"欧米伽待命。"安德鲁·戴维斯说。

圣殿骑士团的秘密中藏着秘密。欧米伽小队是其中隐藏得最深的一个。它是最后的、最终的手段。当他呼唤他们收拾残局的时候,他们便会应召而来。但现在,他们会继续等待他的命令。

他将启程前往马德里,他希望那将是圣殿历史上最伟大篇章的开端。

"阿尔法和欧米伽。"他悄声念道,然后拨通索菲亚的电话……

Assassin's Creed: Heresy
First published in the USA by Ubisoft Publishing 2016
First published in Great Britain by Penguin Books and Ubisoft 2016
Copyright © 2017 Ubisoft Entertainment. All rights reserved.
Assassin's Creed, Ubisoft, Ubi.com and the Ubisoft logo are trademarks of Ubisoft Entertainment in the U.S. and/or other countries. All artworks are the property of Ubisoft.

封底凡无企鹅防伪标识者均属未经授权之非法版本。

图书在版编目（CIP）数据

刺客信条：异端 /（美）克里斯蒂·高登著；夏青，孔颖译.
—北京：新星出版社，2017.7（2017.12 重印）
ISBN 978-7-5133-2686-5

Ⅰ.①刺… Ⅱ.①克… ②夏… ③孔… Ⅲ.①长篇小说-美国-现代 Ⅳ.①I712.45

中国版本图书馆 CIP 数据核字（2017）第 122523 号

幻象文库

刺客信条：异端

（美）克里斯蒂·高登 著　夏青　孔颖 译

策划编辑：陈　曦　贾　骥
责任编辑：陶凌寅
责任印制：李珊珊
装帧设计：九　一

出版发行：新星出版社
出 版 人：马汝军
社　　址：北京市西城区车公庄大街丙3号楼　　100044
网　　址：www.newstarpress.com
电　　话：010-88310888
传　　真：010-65270449
法律顾问：北京市大成律师事务所

读者服务：010-88310811　　service@newstarpress.com
邮购地址：北京市西城区车公庄大街丙3号楼　　100044

印　　刷：三河市文通印刷包装有限公司
开　　本：910mm×1230mm　　1/32
印　　张：10.875
字　　数：160千字
版　　次：2017年7月第一版　　2017年12月第三次印刷
书　　号：ISBN 978-7-5133-2686-5
定　　价：38.00元

版权专有，侵权必究。如有质量问题，请与印刷厂联系调换。